古典文獻研究輯刊

二六編

曾永義 主編

第 20 冊

桃李不言
——李生龍古典文學與文化論集(上)

李生龍 著　段祖青、李華 編

國家圖書館出版品預行編目資料

桃李不言——李生龍古典文學與文化論集（上）／李生龍 著
段祖青、李華 編 -- 初版 -- 新北市：花木蘭文化事業有限公司，2022〔民111〕
序 4+ 目 4+198 面；19×26 公分
（古典文學研究輯刊 二六編；第 20 冊）
ISBN 978-626-344-010-4（精裝）
1.CST：李生龍 2.CST：學術思想 3.CST：中國文學
4.CST：中國哲學 5.CST：文集
820.8   111009925

ISBN-978-626-344-010-4

9 786263 440104

古典文學研究輯刊
二六編　第二十冊　　　　　　　ISBN：978-626-344-010-4

桃李不言
——李生龍古典文學與文化論集（上）

作　　者　李生龍
編　　者　段祖青、李華
主　　編　曾永義
總 編 輯　杜潔祥
副總編輯　楊嘉樂
編輯主任　許郁翎
編　　輯　張雅淋、潘玟靜、劉子瑄　美術編輯　陳逸婷
出　　版　花木蘭文化事業有限公司
發 行 人　高小娟
聯絡地址　235 新北市中和區中安街七二號十三樓
　　　　　電話：02-2923-1455／傳真：02-2923-1452
網　　址　http://www.huamulan.tw 信箱 service@huamulans.com
印　　刷　普羅文化出版廣告事業
初　　版　2022 年 9 月
定　　價　二六編 23 冊（精裝）新台幣 62,000 元

桃李不言
——李生龍古典文學與文化論集（上）

李生龍　著　段祖青、李華　編

作者簡介

　　李生龍（1954～2018），男，湖南祁東縣人。湖南師範大學文學院教授，博士生導師。主要從事中國古代文學與文化的教學與研究。著有《無為論》《道家及其對文學的影響》《隱士與中國古代文學》《儒家文化與中國古代文學》《墨子譯注》《傳習錄譯注》《占星術》《道家演義》《精選今譯〈史記〉》等，在省級以上刊物發表論文 60 餘篇。主持課題多項。參加馬積高教授主持的國務院古籍整理出版十年規劃和「八五」計劃重點課題《歷代辭賦總匯》的編纂工作，任唐宋分冊副主編，具體負責唐代部分的審稿、編輯、補遺等工作，並點校明清辭賦 150 餘萬字。參加國家「九五」新聞出版重點項目《歷代方輿紀要》，完成雲南、貴州二省的點校工作。參加國家社科「九五」重點項目《中國道教科技史》的編纂，負責六朝道教天學部分的撰寫。曾任湖南省古代文學學會副會長，湖南省屈原學會副會長，湖南省孔子學會副會長，湖南省炎黃學會副會長，湖南省道家道教研究中心學術委員，湖南省道教協會永遠顧問等。《道家及其對文學的影響》獲湖南省第九屆優秀哲學社會科學優秀著作獎二等獎。2009 年被評為湖南省優秀教師。2010 年 9 月被聘任為湖南省人民政府參事。

編者簡介

　　段祖青，男，文學博士，江西農業大學人文學院中文系講師。

　　李華，女，文學博士，湖南師範大學文學院中文系講師。

提　　要

　　本書輯錄了湖南師範大學文學院已故教授李生龍先生所撰論文 48 篇，主要涉及儒道思想與中國古代文學的相關研究。李先生生前傾力於此，並卓有建樹，曾出版《道家及其對文學的影響》《儒家文化與中國古代文學》等著作多種。集中論文由於內容較為駁雜，不便分類，故僅統而收之。它們是李先生在治學道路上留下的雪泥鴻爪，為我們瞭解他的學術成就提供了一份重要資料。附錄將李先生去世後朋友、弟子的回憶文章與各方的唁電、輓聯匯合成集，以資紀念，從中亦可見先生之為人為學。

序

廖可斌

　　直到動手寫這篇小文，我仍然不能接受生龍兄已經去世這一事實。我想只有對最親近的人的離去，才會有這種感覺。翻閱他的學生和女兒整理的文稿，生龍兄的音容笑貌，宛在目前。我與生龍兄相識相知的往事，也一一浮現於腦海。

　　我是湖南師範學院中文系 1977 級的本科生，畢業後留系任助教（名額暫屬即將成立的湖南第二師範學院），1983 年報考了本系馬積高先生的碩士研究生。母校中文系培養本科生和研究生，向有重視基礎知識和基本技能的傳統。當時研究生入學考試，除考專業知識外，還考一門「寫作」。記得考題是引用了紀昀《閱微草堂筆記》中的一則，大意是一婦人與婆婆、獨子涉河，船覆，婦人救婆婆，而子溺亡。世人責備不休，或以為她選擇正確，因為她盡了孝道，而孝道最重要；或以為她選擇不當，因為子亡則絕後，而後嗣最重要。要求考生就此談談自己的看法。我信馬由韁寫了幾千字。老師們集體閱卷結束後，彭丙成老師在路上碰到我，告知說：「寫作」這一科目，你和李生龍兩人考得最好。這是我第一次聽到生龍兄的姓名。隔日我即找到生龍兄的考卷，發現其持論公允，理平詞和，條理清晰，語言簡潔，其見識和寫作能力遠在我之上，我不禁深感慚愧，同時也對生龍兄十分佩服。後來才知道，生龍兄雖然和我一樣出身農家，但自幼聰慧異常，多才多藝，琴棋書畫樣樣都通，我更加自愧弗如。

　　當時研究生人數少，不同研究方向的學生往往在一起上課。生龍兄的導師宋祚胤先生講《周易》，我們也都去聽課，這樣就與生龍兄等熟悉了。那個時代的人們，生活都非常簡單。尤其是大學的學子，就只知道讀書求知。本書卷

首所收「湖南師範大學八六屆畢業研究生留影」，前排居中的就是宋祚胤先生，他的右手邊依次是中文系的馬積高先生、樊籬先生，他的左手邊依次是外語系的劉重德先生和當時的校長張楚廷先生。生龍兄是第三排右起第二人，我是第四排右起第四人。我將這幅照片看了一遍又一遍，看到老師和同學們熟悉親切的面容，對當時單純的校園氛圍和樸素的師生情、同學情無比懷念。

宋先生和馬先生這一輩學者，招的研究生都很少。我碩士畢業不久，就去杭州求學和工作，然後又到了北京。當年一起學習古代文學的研究生同學，後來也相繼去外地或長沙其他高校學習和工作。曾經陣容相當強大的母校古代文學學科，在一定程度上出現了師資斷檔。只有生龍兄一直堅守在母校，成了學科的頂樑柱。他不斷發表高質量的論著，不知疲倦地給本科生和研究生上課，大力引進年輕教師，協助馬積高先生等編纂《歷代辭賦總匯》、《中國古代文學史》。直到前些年，隨著新一代優秀青年學者崛起，該學科才緩過勁來，保持了在學術界的優勢地位。生龍兄為湖南師大中國古代文學學科以至整個中文學科的發展發揮了承前啟後的重要作用，這一點應永遠為系友所銘記。

生龍兄主要傾力於老、莊和儒家思想及其與文學的關係、道教文化等方面的研究，在這些方面卓有建樹。他的《無為論》出版後即寄了一本給我，該書首次對「無為」這一中國古代的重要思想觀念進行了系統梳理和深入分析，我當時深為他的選題之獨特、見地之高遠所折服。後來他又寄給我煌煌三大冊的《道家演義》，我更感到強烈震撼。如果說，以我輩庸劣之資，假以時日，肯下苦功，還有可能寫出類似《無為論》的這樣的著作，那麼像《道家演義》這樣的作品，能夠寫出的就舉世無幾了。因為這不僅需要作者有深厚的學力，對道家和道教的思想與歷史瞭如指掌，還需要有將抽象的思想和枯燥的歷史轉化為活生生的人物形象與情節的才力。我要特別強調的是，這還需要有一種矢志傳承古代文化的堅忍不拔的毅力。從生龍兄諸多論著中可以看出，他對所研究的對象，一是熱愛，二是相信它有意義。這種熱愛與信心，就是他焚膏繼晷持之以恆癡心不改的動力所在。正是因為出於熱愛與信心，所以他的每一種論著都只是表達自己的深造自得之言，無意於妝點修飾，取悅時好。這就是宋先生、馬先生等前輩學者教導我們應該遵循的一種學風。如今環境大變，項目制和論文制支配學術。由於申報項目、發表論文特別重視所謂新角度、新思路，於是人們挖空心思，不斷人為地為變換角度而變換角度，作為學術之核心的經典文本、問題與意義倒顯得無足輕重了。學者們勞神苦思

寫出了一篇又一篇論文，出版了一本又一本書，看起來整飭規範，像模像樣，又有幾種是出於熱愛、自己相信它對社會、對人生或多或少或隱或顯有一點或直接或間接的意義呢？時易事移，一代有一代之學術，對學術界的種種變化，我不敢確認它們是合理的還是不合理的，或者哪些改變是合理的，哪些改變是不合理的。只是撫讀生龍兄的遺稿，回想起前輩師長的教誨，不免感慨。

凡是接觸過生龍兄的人，最深的印象就是他總是笑容可掬，洋溢著真誠，有一種自然而強烈的感染力。前些年我回母校的次數較多，常有機會與生龍兄相聚。開始他還能喝酒抽煙，後來生病了，明顯蒼老，但真誠的笑容依然如舊。每次見面，喚一聲「可斌兄」，就讓我覺得無比親切。他坐在你身邊，你會覺得特別輕鬆溫馨。我看到本書稿後面所附生龍兄的學生們的回憶，他們都寫到了李老師的這種赤子之心，並表達了發自內心的愛戴。作為一名教師，不僅要傳授給學生以知識，而且應該以自己的高尚人格感染學生，讓真誠善良、好學深思的種子一代一代傳下去，在這一點上，生龍兄也可無愧矣。

生龍兄的一生，愛國愛家，尊師親友愛生，與人為善，勤勉盡職，但盛年而病，按現在的標準僅得中壽，他的學生們不禁叩問天道無常，不佑善人，甚至對生命的意義產生懷疑。又因為生龍兄精研三教，尤深於佛道，他們想知道，一向能為自己祛疑解惑的李老師，面對他自己的這種遭遇，做何感想。「斯人也，而有斯疾也」，孔子猶為興歎，同學們的質疑完全可以理解。作為一個年過花甲的老者，作為生龍兄的老同學，我試代為解答，可乎？其或曰，三教皆以解析人生為宗旨，其意深長。當今科學日益昌明邃密，有星系、光年、量子諸說，持之以觀，人生何其渺小短暫，基本沒有意義。但既已生而為人，畢竟在這個世界上來過一遭，就有一定意義。因此可以說人生既無意義，又有意義；人就是一種追求意義、創造意義的動物。萬物有生必有死，人也如此。人生實際上就是一個向死而生的過程。既然「修短隨化，終期於盡」，那麼活著時就應該倍加珍惜，盡可能活得快樂、充實。面對生老病死，也只能坦然受之。昔賢有言：存，盡吾志也；歿，順吾命也。豈有他哉？復能如何？九原如可作，不知生龍兄以為然否？

同學弟廖可斌

2022 年 3 月 7 日拜書於燕園

前　圖

李生龍先生（2008 年 11 月攝於杭州西湖）

李生龍先生與夫人龍福蓮女士（2011 年 8 月 19 日攝於
西安世博園長安塔前）

2007 年全家合影於湖南師範大學長塘山小區內。左起：李華（女）、李
生龍、龍福蓮、李雄（子）。

大學時期的李生龍先生（1980 年攝於長沙市嶽麓山愛晚亭）

李生龍先生（左一）與碩士導師宋祚胤先生（右二）及同門劉周堂（右一，湛江師範學院原副院長）、張松輝（左二，湖南大學嶽麓書院教授）合影。

湖南師範大學八六屆畢業研究生合影,三排右二為李生龍先生。

參加工作不久的李生龍先生(1987 年攝於湖南師範大學校園內)

1983 年 10 月，《周易》研究學術討論會合影，後排左四為李生龍先生。

1988 年 4 月，李生龍先生參加首屆中國賦學討論會與部分友人合影。後排左起：李生龍、黃鈞（湖南師範大學教授）、彭靖（湘潭大學教授）、馬積高（湖南師範大學教授）、劉周堂，前排為王毅（湖南師範大學教授）及馬先生的兩位女研究生。

1990 年 10 月，首屆國際賦學術討論會合影，後排左八為李生龍先生。

2002 年 9 月，第二屆中國道教科學技術史學術研討會合影，二排左七為李生龍先生。

2007 年 7 月，李生龍先生參加《文學遺產》國際論壇並發言。

2011 年 9 月 5 日至 11 月 10 日，李生龍先生在臺灣屏東
教育大學中國語文學系授課、講學期間留影。

2013 年 11 月 15 日，李生龍先生在廣東省中山市中山圖書館講學。

2015 年 5 月，李生龍先生（右一）參加「辭賦與中國文化」暨紀念馬積高先生誕辰九十週年學術研討會，與張新科（左起，陝西師範大學教授）、何新文（湖北大學教授）、郭建勳（湖南大學教授）、萬光治（四川師範大學教授）等專家合影。

2005 年 6 月 7 日，李生龍先生與部分學生聚會合影。前排為李華、李生龍、龍福蓮，後排左起：周悅、戴文霞、沈靜、孫妮橘子、李敏、佘紅雲、江君、張夢石、王雲飛、鄒君誠。

2010 年 11 月，李生龍先生參加湖南師範大學符繼成博士論文答辯會。前排左起：李生龍，鄧喬彬（答辯主席，暨南大學教授），成松柳（長沙理工大學教授），後排左起：趙曉嵐（導師，湖南師範大學教授）、胡遂（湖南大學教授）、符繼成、楊雨（中南大學教授）。

2013 年 5 月，李生龍先生參加湖南師範大學段祖青博士論文答辯會。右起：蔣振華（湖南師範大學教授）、吳建國（湖南師範大學教授）、劉躍進（答辯主席，中國社會科學院教授）、郭建勳、劉再華（湖南大學教授）、李生龍（導師）、段祖青。

2014 年 5 月 22 日，李生龍先生與門下三位女博士姚素華（左一）、易永嬌（右二）、陳氏絨（右一，越南留學生）合影。

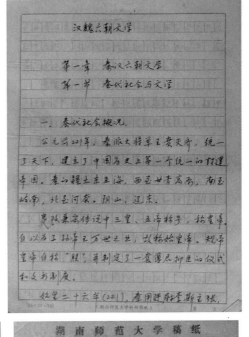

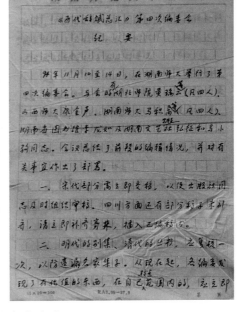

李生龍先生部分手稿

李生龍先生部分著作書影

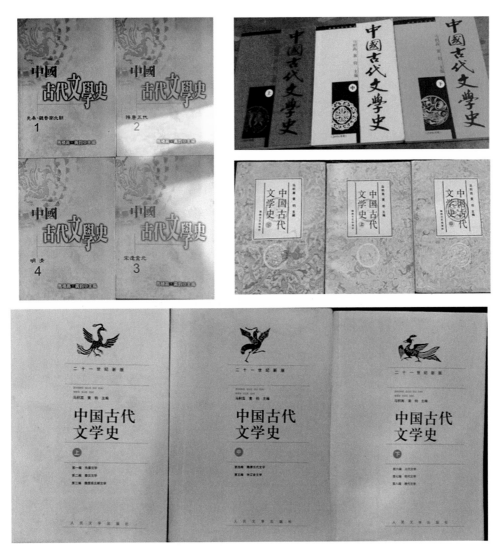

李生龍先生參與編撰的部分著作書影

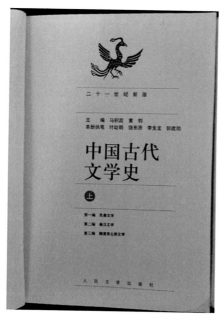

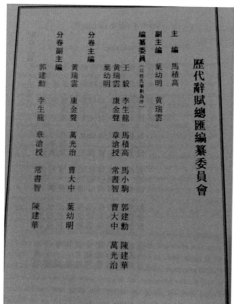

李生龍先生參與編撰的部分著作書影

目

次

先秦「無為」思想簡論

　　「無為」是中國古代的一種重要思想。先秦道、儒、治刑名法術的學者無不講它；漢代不僅學者討論，還被施諸實踐，造成了漢初「無為」而治的盛世。它對後世的影響是極其深遠的。

　　「無為」內涵十分豐富，包括自然觀、政治觀、人生觀諸方面的內容。它是不斷發展、不斷豐富、不斷完善的。對於它的內涵和發展情況，學術界還沒有人系統論述過。本文只試圖就它在先秦時代的情況作一些探索。

　　先秦「無為」思想大體上可以分成四個階段：（一）從西周初年（《詩》、《書》）到西周末年（《周易》），是「無為」思想的萌芽階段；（二）春秋末年（《老子》）是「無為」思想的形成階段；（三）從春秋末年到戰國中晚期（莊子及其後學，治刑名法術之學的學者如稷下先生、慎到、尹文、申不害、韓非，馬王堆古帛書等），是「無為」思想的發展階段；（四）秦王朝建立前夕（由呂不韋組織編纂的《呂氏春秋》），是「無為」思想的初步總結階段。

一、「無為」思想的萌芽

　　「無為」思想的萌芽很早。《尚書・多士》記載周公對殷遺民說，「我聞曰『上帝引佚』」，就是上帝「無為」而治。關於西周初年「無為」思想的材料，大致還有：

> 《詩經・大雅・皇矣》：維此王季，帝度其心，貊其德音。其德
> 克明，克明克類，克長克君；王此大邦，克順克比。
> 帝謂文王，無然畔援，無然歆羨，誕先登於岸。
> 帝謂文王，予懷明德。不大聲以色，不長夏以革。不識不知，

順帝之則。

《尚書‧康誥》：非汝封刑人殺人，無或刑人殺人。又曰非汝封劓刵人，無或劓刵人。

王曰：汝陳時臬，事罰，蔽殷彝，用其義刑義殺，勿庸以次汝封。乃汝盡遜，曰時敘，惟曰未有遜事。

《尚書‧梓材》：王其效邦君越御事，厥命曷以？引養引恬。自古王若茲，監罔攸辟。

《尚書‧君奭》：無能往來，茲迪彝教，文王蔑德降於國人。

《尚書‧立政》：文王罔攸兼於庶言。庶獄庶慎，惟有司之牧夫，是訓用違。庶獄庶慎，文王罔敢知於此。

根據以上材料，我們可以知道西周初年「無為」思想的特點是：第一，以神學為理論根據，「無為」是「上帝」的教導和啟示。第二，要求君道無為而臣道有為，也就是要君主在政治上不以個人主觀意志強加於人──「文王蔑德降於國人」，應發揮廣大臣下的積極性──「庶獄庶慎，惟有司之牧夫」。

西周末年所寫定的一部《周易》，它發展了西周初年的「無為」思想。突出了《詩‧大雅‧皇矣》「無然畔援，無然歆羨，誕先登於岸」的以退為進和以後取先的思想。例如謙卦「六五『不富以其鄰，利用侵伐，無不利』，上六『鳴謙，利用行師，征邑國』」，都是以自己的謙虛退讓作為麻痹和欺騙敵人的手段，然後出其不意地用戰爭去戰勝他們，這些都很清楚地說明了以退為進和以後取先策略在實際中的運用。其他如師、比、豫、履、夬、姤、小過等卦，也都從各個側面闡明了以退為進和以後取先。特別是小過卦九四爻辭「勿用，永貞」，已經十分接近「無為而無不為」的表述了〔註1〕。

二、「無為」思想的形成

老子不僅提出了「無為」，而且有一整套以「無為」為核心的思想體系。其特點是：

第一，老子「無為」思想的哲學根據是「道」。

老子說：「道常無為。」（37章）「道」是一種客觀的、最高的存在，「無為」作為「道」的根本內容，自然也是對萬事萬物的一種客觀的、最高的要求。

老子以「道」為「無為」的根據，在一定程度上仍然是受到了西周以神

〔註1〕參看宋祚胤先生《周易新論》，湖南教育出版社1982年版。

學為根據的影響，「道」是「象帝之先」的（4章）。它是天地萬物的締造者，是一位對天地萬物實行「無為」的主宰。但是，「道」比之於上帝更富於探本窮源的哲學意味，顯得更精緻，更有理性了。神學只是簡單地把「無為」說成上帝的啟發和教導，哲學則更注意從方法論上加以論證。老子看到了世間萬事萬物無不具有相互對立，相互聯繫的兩個方面，有無、難易、長短、高下、前後、盈虛、躁靜、強弱、剛柔、輕重、榮辱、禍福、奇正等等，無不各自向著相反的方向轉化，「正復為奇，善復為妖」、「孰知其極」（58章）！既然原來占主導、領先地位的總是轉化到被動和落後的方面去，那麼，如果事先就站在被動和落後的地位上，並不讓它有足以引起轉化的條件，豈不可以在一定範圍內保住事物相對穩定的地位？基於這種認識，老子在有無、躁靜、強弱、剛柔、盈虛、先後這些對立統一的矛盾中，只肯定無、靜、弱、柔、虛、後的作用並加以誇大，而否定有、躁、強、剛、盈、先的作用。老子的「道」以虛無清靜柔弱為主要內容並歸結到「無為」，與他的這些認識是分不開的。

第二，老子的「無為」思想具有更加明確的按客觀規律辦事的意義。

25章說：「王法地，地法天，天法道，道法自然。」王是社會的主宰，天地是自然界萬物的主宰，「道」是一切的主宰。「道法自然」的「自然」就是「自己的那種狀態」，「道」自己的狀態就是對萬物「無為」而治。它創造了萬物，「長之育之，亭之毒之，養之覆之」，卻「生而不有，為而不恃，長而不宰」，萬物只知道「尊道」，卻感覺不到它在造育和指揮它們，認為是「莫之命而常自然」（51章）。顯然，「道」的這種「無為」正是一種順應客觀事物本身的發展規律而不妄加干預，這也就是「無為」的根本含義。由於「無為」，萬物就無形之中受到了「道」的恩惠，從而繁榮昌盛、興旺發達，這種效果就叫做「無不為」。所以老子說「道常無為而無不為」。「無為而無不為」體現了按客觀規律辦事的行為與效果的統一。

天地王既然效法「道」，自然也應當對自己的統治對象「無為」而治。由於「天法道」，天道和「道」就是完全一致的。「天之道，不爭而善勝，不言而善應，不召而自來，繟然而善謀」（73章），這表明天是「無為」的。那麼，王應當如何法「道」呢？這就是：「處無為之事，行不言之教，萬物作焉而不辭，生而不有，為而不恃，功成而不居。」（2章）像「道」一樣，一切順應客觀，而不以私意妄作非為。

老子實行「無為」的主要手段是「損」。老子說：「為道日損，損之又損，

以至於無為。」（48章）所謂「損」，從統治者來說，就是「去甚，去奢，去泰」（27章），而代之以「好靜」、「無事」、「無欲」。老子要求統治者「不敢為天下先」（67章），「欲上民也，必以其言下之；欲先民也，必以其身後之」（66章）。這是一套以損為益，以退為進，以後取先，以柔克剛，以弱勝強，以不爭為爭的政治策略。這一套不是「無為」，但卻是接近「無為」的必由之路。明代焦竑《老子翼‧序》說：「柔者，剛之對也。道無不在，而獨主柔而賓剛，何居？余曰：《老子》非言柔也，明無為也。柔非即道，而去無為也近；剛非外於道，而去無為也遠。故自柔以求之，而無為可幾也。」這些話說明了柔弱與「無為」的關係，也說明了「損」是達成「無為」的重要途徑。

老子主張對人民也要「損」。「古之善為道者，非以明民，將以愚之。民之難治，以其智多。故以知治國，國之賊，不以知治國，國之德。」（65章）老子所理想的「不以知治國」的情況是：「小國寡民，使有什伯之器而不用，使民重死而不遠徙。雖有舟輿，無所乘之；雖有甲兵，無所陳之；使民復結繩而用之。甘其食，美其服，安其居，樂其俗。鄰國相望，雞犬之聲相聞，民至老死不相往來。」（80章）治理的最高水平就是不治自理，這樣就無事可做，而「其政悶悶，其民淳淳」，而「無為而無不為」了。

老子要求統治者「無為」，這在客觀上反映了動亂時代人們對和平安定生活的嚮往，特別是反映了統治者內部一些進步的思想家要求遵循統治規律辦事的願望。統治者的「無為」是一種自覺的自我限制的結果。但「損」的目的不是取消自己的利益，而是為了保全和鞏固自己的利益。所謂「物或損之而益，或益之而損」（42章），「以其無私，故能成其私」（7章），「終不為大，故能成其大」（34章），功利是不可名狀的。

老子是站在沒落奴隸主的立場來總結統治規律。他貴柔弱，尚虛無，以「無為」求「無不為」，都是為了積蓄力量，伺機再起。雖然歷史的發展對他越來越不利，但是，作為一份思想遺產，老子對於「無為」的闡釋，只要稍加改造就可以為新的統治者所利用。到了戰國，它就成為新興地主階級思想家的一種重要思想了。

三、「無為」思想的進一步發展

老子的「道」在戰國時代得到了發展，「無為」也隨著發展。這可以歸納為兩種情況：一是莊子及其後學，其「無為」主要與人生觀聯繫在一起；一是

治刑名法術的學者，如稷下先生、慎到、尹文、申不害、韓非等，包括長沙馬王堆出土的四篇古帛書，其「無為」則重在政治方面。

（一）莊子及其後學的「無為」思想

莊子否定了「有用之用」，而主張「無用之用」（《人間世》）。什麼是「無用之用」呢？櫟社樹是不材的「散木」，卻可以長壽；支離疏四體不全，卻能夠養家糊口，這就是「無用之用」。講「無用之用」，目的在於解決「苟全性命於亂世」的問題。

莊子把「無為」發展成「無己」、「無功」、「無名」，使精神能獲得絕對自由，同於大通，而與「道」合一，以「無為而無不為」。

這兩個方面是互相聯繫的。在亂世中苟全性命，這本是一種消極的自守辦法。在「無用之用」的理論中，人們看到了莊子無限悲涼的心。況且既是亂世，就免不了天災人禍，又哪能真正自全？正是在極度困難的條件下，物極必反，莊子的思想反而由消極的自守轉向了積極的追求，他乾脆對世俗的一切來一個全盤的否定，甚至連自身的形體也不予理睬，使精神分離出來，無拘無束地「逍遙遊」，從而進入到一種理想的自由王國，在那裡找到新的出路。

根據《大宗師》女偊教卜梁倚學「道」的寓言，精神從形體中分離的過程分為三個步驟。第一步是「外天下」，第二步是「外物」，第三步是「外死生」。這三個步驟的關鍵就在於「齊物」，也就是用相對主義和不可知論來人為地取消客觀世界的個性差異，否認相對真理，「彼亦一是非，此亦一是非」，因而要「和之以是非，而休乎天均」（《齊物論》）。這樣一來，就把現存的一切都否定掉了。世界上既然無是無非，那自然也就無所謂天下不天下，物不物，死生不死生了。但是，身外的一切都可以取消，惟有自我精神是不能取消的，所以莊子只好叫「外天下」，「外物」，「外死生」。外也者，置之度外也。所謂「外天下」，就是把客觀世界置於自己之外，《德充符》中的王駘、哀駘它就是這種「外天下」的人物。所謂「外物」，就是對來自客觀世界的一切，什麼榮辱毀譽，飢寒疾病統統都置之不理，甚至連自己的血肉之軀也不放在心裏。《養生主》中的兀者右師，《人間世》中的支離疏，《德充符》中的叔山無趾、哀駘它、闉跂支離無脤、甕㼜大癭，《大宗師》裏的子輿等都是因人間的種種災患弄得形體不全的人，然而由於他們擺脫了形體的羈絆，精神上就獲得了充分的自由。所謂「外死生」，就是「以死生為一條」（《德充符》），「以生為附贅懸疣，以死為決疣潰癰（《大宗師》）。子桑戶死了，他的莫逆之交孟子反、

子琴張不但不哭泣悲哀，反而鼓琴相和而歌（《大宗師》）；莊子之妻死，莊子不但不痛哭號啕，反而箕踞鼓盆而唱（《至樂》）；都屬於這一類。《大宗師》還有顏回「忘仁義」、「忘禮樂」、「坐忘」三個步驟，其本質與「外天下」等三個步驟並無不同。

莊子認為，精神一旦從形體中分離出來了，就可以與那在時間上無始無終、在空間上無邊無際的永恆的存在──「道」合為一體，這時候人們就可以「芒然彷徨乎塵垢之外，逍遙乎無為之業」（《大宗師》），達到真正的「無為而無不為」的境界。精神與「道」合一的人，莊子稱為「聖人」、「神人」、「至人」、「真人」。他們或者脫離、藐視人間世，或者乾脆不食人間煙火，與神仙為伍。你看《逍遙遊》中那位藐姑射之山的神人，他「肌膚若冰雪，綽約若處子，不食五穀，吸風飲露，乘雲氣，御飛龍，而遊於四海之外，其神凝」，卻能「使物不疵癘而年穀熟」，「是其塵垢糠粃，將猶陶鑄堯舜者也」，這不正是「無為而無不為」麼？

莊子的後學，總的說來，在人生觀上講「無為」，水平都沒有超過他們的先生。但是他們當中有些人卻主張君道無為而臣道有為，與治刑名法術學者的「無為」思想相通。《在宥》說：「有天道，有人道。無為而尊者，天道也；有為而累者，人道也。主者，天道也；臣者，人道也。」他們主張積極進取，對「上下無為」的論調進行了批判。認為「上無為也，下亦無為也，是下與上同德；下與上同德，則不臣」。可是「上下有為」也不行：「下有為也，上亦有為也，是上與下同道。上與下同道，則不主。」只有「上必無為而用天下，下必有為為天下用」，才是「不易之道」。在他們那裡，「無為」成了帝王的專利品：「夫帝王之德，以天地為宗，以道德為主，以無為為常。無為也，則用天下而有餘；有為也，則天下用而不足。」（《天道》）他們也還希望統治者把搞政治和搞養生之道結合起來，「君子不得已而臨蒞天下，莫若無為。無為也，而後安其性命之情」（《在宥》）。這就與老師又大體上一致了。

（二）治刑名法術學者的「無為」思想

治刑名法術的學者包括稷下先生、慎到、尹文、申不害、韓非等，1973年底在長沙馬王堆三號漢墓出土的《經法》、《十大經》、《稱》、《道原》四篇古帛書，也是講刑名法術的。各家宗旨雖頗多不同，但在講「道」的方面卻有相通之處，其「無為」思想也是基本一致的，可以綜合起來考察。

這些學者心目中的「道」包含兩個意思：（一）「道」是天地萬物的總根

源。《韓非子·主道》:「道者,萬物之始。」(二)「道」是天地萬物的總規律。《管子·制分》:「道也者,萬物之要也。」《韓非子·解老》:「道者……萬理之所稽也。」無論是天地萬物的總根源還是總規律,「道」總是客觀的,虛靜無為是它的根本屬性。這說明虛靜無為是一種不以人的意志為轉移的客觀對主觀的要求。

治刑名法術的學者講「無為」,主要講君道無為而臣道有為。所謂君道無為,並非君主什麼都不幹,而是要求君主按封建地主階級的整體利益原則去幹。

君主只有無為,才能比較清醒地認識客觀事物,建立一套能正確反映客觀要求的政治制度。《管子·心術上》:「無為之道,因也。因也者,無益無損也。以其形因為之名,此因之術也。」「因也者,捨己以物為法者也。」所謂「因」就是不把主觀強加於客觀,嚴格按照客觀辦事。這就有利於認清名實關係,建立新的政治制度。《經法·道法》:「執道者之觀於天下殹(也),無執殹(也),無處殹(也),無為殹(也)。是故天下有事,無不自為刑(形)名聲號矣。刑(形)名已立,聲號已建,則無所逃匿其正矣。」講的正是這些意思。

君主只有無為,才能確保封建法令的嚴肅性。治刑名法術的學者大多要求建立封建君主集權制度,但又認識到君主不能以個人意志代替階級意志,以一人之心代替天下人之心。他們主張建立一套反映本階級利益的具有絕對權威性的法令。君主是最高的執法者,他對法的執行情況如何,直接影響到整個階級的利益。但是,在封建地主階級內部,君主既是執法者,又是立法者,限制君主的唯一手段就是靠君王自己。《管子·任法》說:「有為枉法,有為毀令,此聖君之所以自禁也。」因此他們異口同聲要求君上清靜無為,大公無私,「若天然,無私覆也;若地然,無私載也;私者,亂天下也」(《管子·心術下》)。「聖君任法而不任智,任數而不任說,任公而不任私,任大道而不任小物」(《管子·任法》)。君主做到了這一點,雖然狀貌若愚,也會獲得天下人民的擁護和愛戴。所以申不害說:「故善為主者,倚於愚,立於不盈,設於不敢,藏於無事;竄端匿疏,示天下無為,是以近者親之,遠者懷之。」(《申子·大體》)

君主只有無為,才能明白地考察各級官吏的工作情況。君主的檢驗手段叫做「術」。韓非說:「術者,因任而授官,循名而責實,操殺生之柄,課群臣

之能者也，此人主之所執也。」（《韓非子·定法》）由於法是客觀的，檢查執行法的手段也應當是客觀的。君主用術，應該不貪不欲、無思無慮、去愛去惡，沒有一點主觀成見，這樣才能真正地明察下級工作的是非得失，並根據維護本階級利益的原則公正地對他們進行黜陟幽明。君主達到了「白心」的程度，就能夠考察和甄別人材，招賢納士，「欲知者知之，欲利者利之，欲勇者勇之，欲貴者貴之」（《管子·白心》）。這樣才能防止左右近習，讒佞之徒利用君主的好惡僥倖圖進，竊取大權。

君主只有無為，才能擔負起階級重任，事成而身佚。治刑名法術的學者都懂得，地主階級要統治天下，必須充分利用本階級的聰明才智，要使整個階級都行動起來，人人獻智獻策，為階級奔走效勞，不能單靠君主個人有限的才能。「設一人能備天下之事能，左右前後之宜，遠近遲疾之間，必有不兼者焉。苟有不兼，於治缺矣。」（《尹文子·大道上》）因而，君主最重要的是「因民之能為資，盡包而畜之」（《慎子·民雜》），然後合理分工，「使雞司夜，令貍執鼠」（《韓非子·揚權》）。這樣就能「臣事事而君無事，君逸樂而臣任勞，臣盡智以善其事，而君無與焉，仰成而已，故事無不治」（《慎子·民雜》）。

治刑名法術的學者對「無為」的闡釋，反映了新興地主階級一方面要建立起中央集權的封建制度，一方面又要求君主不要包攬階級全權，要求本階級內部民主的政治願望。「君道無為而臣道有為」，稍可調和民主與專制的矛盾，是早期地主階級思想家最美好的政治理想之一。

四、「無為」思想的初步總結

秦統一中國前夕，秦相呂不韋親自主持、召集眾多學者撰寫了《呂氏春秋》。《呂氏春秋》對「無為」思想作了一些初步的總結。

首先，誠如東漢人高誘所說，《呂氏春秋》是「以道德為標的，以無為為綱紀」（《呂氏春秋·序》）的。這一點，《序意》講得非常明確。它揭示十二紀的創作意圖說：「蓋聞古之清世，是法天地。凡十二紀者，以紀治亂存亡也，所以知壽夭吉凶也。上揆之天，下驗之地，中審之人，若此，則是非可不可無所遁矣。」考察天地人，就是為了更好地瞭解和把握自然規律和社會發展規律，「三者咸當，無為而行」。能夠一切按客觀規律辦事，就能駕馭天地自然的風雲變化，預測人事的吉凶存亡，物物而不物於物，做客觀世界的主人，所以他們說「無為之道曰勝天」（《季春紀第二·先己》）。可見，走「無為」的

道路，也就是走人定勝天的道路。

為了真正做到「無為」，《呂氏春秋》以道家思想為綱領，廣泛地吸收、融合了儒、墨、名、法、陰陽、兵、農諸子百家的思想精華，以適應隨著政治上封建大一統而必然出現的思想大一統的需要。儒家的序君臣父子之禮，列夫婦長幼之別，重仁孝，講德治；墨家的強本節用，安死薄葬；法家的正君臣之分，行賞罰之法；名家的正名實，主察辨；陰陽家的序四時之大順；兵家的因敵之險以為己固；農家的使民守本而重遷徙等等都在「無為」的總目標下統一了起來。

其次，《呂氏春秋》繼續發揮了君道無為而臣道有為的思想，但突出了任賢用眾。

《呂氏春秋》講君道之所以應當「無為」，關鍵在於天下是「公」的，不是君主的私產，君道「無為」，就是君主以公心為天下人辦事。他們「嘗試觀於上志」，認為「有得天下者眾矣，其得之以公，其失之必以偏。凡主之立也生於公」。並且高呼：「天下非一人之天下也，天下之天下也。」（《孟春紀第一·貴公》）「置君，非以阿君也；置天子，非以阿天子也；置官長，非以阿官長也。德衰世亂，然後天子利天下，國君利國，官長利官。」（《恃君覽第八·恃君》）這是打著天下人的旗號要求地主階級內部民主，比早期治刑名法術學者的民主要求更為鮮明突出。

與「公」相聯繫的是用眾。《孟夏紀第四·用眾》：「天下無粹白之狐，而有粹白之裘，取之眾白。……凡君之所以立，出乎眾也，立已定而捨乎眾，是得其末而失其本……夫以眾者，君人之大寶也。」用眾包括兩層意思：一是君主想居高位而無事，就得順民心，行仁政，切不可倨傲無道，虐眾自用，征斂無期，求索無厭，殘殺無辜；否則人民就會起來「誅不當為君者，以除民之讎而順天之道」（《孟春紀第七·懷寵》）。二是要任賢。賢人的重要性如《先識覽》說：「城從於民，民從於賢。故賢主得賢者而民得，民得而城得，城得而地得。」人主應「貴為天子而不驕倨，富有天下而不騁誇」，要以「至公」之心禮賢。「非至公，其孰能禮賢！」（《慎大覽第三·下賢》）舉賢不論貧富貴賤，「外舉不避仇，內舉不避子」（《孟春紀第一·去私》），既得賢人，就應當充分信任和依賴他們，對他們實行分職而治，君主只須審名責實就行了。因此，「賢主勞於求人，而佚於治事」（《季冬紀第十二·士節》）。

《呂氏春秋》圍繞君主要不要用智的問題（實際上是君主應不應插手國

家日常具體事務的問題）展開了反覆的、深入的討論。結論是君主不要用智，要放手讓群臣工作，「因者君術也，為者臣道也，為則擾矣，因則靜矣。因冬為寒，因夏為暑，君奚事哉？故曰君道無知無為，而賢於有知有為，則得之矣」（《審分覽第五・任數》）。君主應「以不知為道，以奈何為寶（一作實）」（《審分覽第五・知度》）。若是自奮智慧，必有不贍，又容易給投機分子以阿主取容鑽空子的機會，最主要的還是妨礙賢人用智，影響法令的正常施行。君主最好「耳雖聞，不可以聽；目雖見，不可以視；心雖智，不可以舉」（《審分覽第五・任數》），而深藏若虛。

再其次，《呂氏春秋》對老莊人生哲學也有所總結和發展。

《呂氏春秋》肯定人存在著慾望，認為「天生人而使有貪有欲，欲有情」（《仲春紀第二・情慾》）。除了個別地方主張縱慾外，一般都主張「修節以止欲」（《情慾》）。君主只有去私去慾，「安其性命之情」，才能治理好國家。因此，他們把君主的修養提到很高的地位：「治物者不於物，於人；治人者不於事，於君；治君者不於君，於天子；治天子者不於天子，於欲；治欲者不於欲，於性。性者萬物之本也，不可長，不可短，因其固然而然之，此天地之數也。」（《貴直論第四・貴當》）具體地說，君主應當去掉貴富顯嚴名利、容動色理氣意、惡欲喜怒哀樂、智慧去就取捨，不要讓這些東西「悖意」、「繆心」、「累德」、「塞道」。「此四六者，不蕩乎胸中則正，正則靜，靜則清明，清明則虛，虛則無為而無不為。」（《似順論第五・有度》）君主修身養性，把自己治理得虛靜無為了，百官自然會按部就班，國家自然會興旺，人民自然會富庶，君主自己不僅政治地位高度鞏固，而且「三百六十節皆通利」，目明、耳聰、鼻臭（嗅）、口敏，甚至不言而信，不謀而當，不慮而得，成為全德之人，益壽延年而精力不衰。這些很顯然是從老莊的損益觀繼承發展而來。

總而言之，《呂氏春秋》講「無為」，是更加重視自然規律、社會規律、人生規律了。它總結了它以前的「無為」思想的精華，又根據現實政治的需要而有重點地、有針對性地作了一些發揮。前人已經看出了《呂氏春秋》很多地方把矛頭對準秦始皇的現行政治。明人方孝孺說：「其書誠有足取者。其《節喪》《安死》篇譏厚葬之弊；其《勿躬》篇言人君之要在任人；《用民》篇言刑罰不如德禮；《達爵》（疑爵當作鬱，《呂覽》無《達爵》篇）、《分職》篇皆盡君人之道，切中始皇之病。其後秦卒以是數者償敗亡國，非知幾之士，豈足為之哉！」（《呂氏春秋・附考》）值得注意的是，隨著秦始皇個人專制的日益

加強，他們用君道無為的理論加以抗衡，目的性也是很強的。《呂氏春秋》的「無為」思想不僅是西周初年以來「無為」思想發展的初步總結，而且它對西漢初年「無為」思想的發展，也是一個重要的轉關。

原載《湖南師大社會科學學報》1986 年第 2 期

漢代「無為」思想簡論

　　漢代「無為」思想承先秦「無為」思想而來，但有它新的特點。其發展大致可分為三個階段：從漢高祖到景帝末，「無為」思想被付諸實施並取得了巨大成功，但也表現出嚴重的侷限性；武帝建元、元光間《淮南子》和《論六家之要指》從現實情況出發，對先秦以來的「無為」思想作出了總結和發展；儒家獨尊、黃老失勢後，「無為」思想在政治方面已無突破性進展，但在宇宙觀和人生觀方面又有新的發展。茲略述如下。

一、黃老派實施「無為」後的成效及侷限

　　漢高祖初定天下，儒生陸賈就從總結秦王朝覆滅的教訓、從漢王朝的長治久安出發，提出了行仁義，施「無為」的主張。他認為「秦非不欲為治，然失之者，乃舉措暴眾而用刑太極故也」，因而「道莫大於無為」，要學習虞舜的治天下，「彈五弦之琴，歌南風之詩，寂寞無治國之意，漠若無憂民之心」，而天下治（《新語・無為》）。這就開了西漢初年「無為」政治的先聲。漢惠帝時，曹參在齊為丞相，徵集長老諸生，問所以安集百姓，最後選定了「言治道貴清靜而民自定」的膠西蓋公做了老師。曹參相齊九年，齊民安集，大稱賢相，被由地方提拔到中央為相國，進一步在全國範圍推廣他在齊國的經驗，三年之後取得了巨大的成效，受到了人民群眾的歌頌。其後竇太后好黃帝、老子言，整個上層統治者就不得不讀《黃帝》、《老子》，「無為」就被作為一條政治路線一直實施到她去世。陳平、汲黯、張釋之、鄭當時等一大批重要執政人物都推崇和自覺執行黃老的政治原則，形成了實施「無為」的黃老派。

　　這些實施「無為」的黃老派人物大多出身寒微，親身經歷了戰患和貧乏

的痛苦，掌權以後，還比較地通達下情，因而能為社會的繁榮和安定作出真誠的努力。漢初所採取的招集流亡，勸趣農桑，發展生產，減刑罰，輕賦稅，提倡節儉等一系列措施，都是既符合統治者穩定政治局面的要求，又符合人民群眾生存發展的願望的。因而「至武帝之初七十年間，國家無事，非遇水旱，則民人給家足，都鄙廩庾盡滿，而府庫餘財。京師之錢累百鉅萬，貫朽不可校。太倉之粟陳陳相因，充溢露積於外，腐敗不可食。眾庶街巷有馬，仟伯之間成群，乘牸牝者擯而不得會聚。守閭閻者食粱肉，為吏者長子孫，居官者……為姓號」（《漢書·食貨志》）。這巨大成就的取得，應當說與黃老派的堅持清靜無為政策是分不開的。

漢初黃老派在主張「無為」而取得成效的同時，也暴露出嚴重的侷限。主要表現在：

第一，「無為」被理解為無所作為和因循固守。曹參為相，「日食飲醇酒。卿大夫已下吏及賓客見參不事事，來者皆欲有言。至者，參輒飲以醇酒。間之，欲有所言，復飲之，醉而後去，終莫得開脫，以為常」（《史記·曹相國世家》）。陳平為相，不知國家決獄及錢穀之數，反而振振有詞。他認為漢高祖和蕭何定天下，法令既明，只能「遵而勿失」。當時百姓歌頌曹參的歌子也說：「蕭何為法，講若劃一；曹參代之，守而勿失。載其清靖，民以寧壹。」（《漢書·蕭何曹參傳》）務清靜、少擾民在當時「百姓離酷秦之後」，確有進步意義。「守而勿失」對保持這種與民休息政策的穩定性也是有積極意義的。但是，從理論上看，「守而勿失」的保守性是很突出的，它對進一步發展漢王朝的政治經濟文化是不利的。在實際運用中也造成過重大失誤。例如，在用人方面，曹參用人，就只「擇郡國吏木訥於文辭，重厚長者」加以重用，而對那些「言文刻深，欲務聲名者，輒斥去之」（《漢書·蕭何曹參傳》）。其影響所及，漢文帝時，著名的青年改革家賈誼就被「木強敦厚」、「不好文學」的周勃等人打擊排擠，以致有利於漢王朝的正確主張得不到合理採納，埋沒了人才。漢文帝遊上林苑，「問上林尉禽獸薄，十余問，尉左右視，盡不能對」，結果一個地位低下的嗇夫能應對如流，文帝想提拔他，張釋之就以嗇夫「喋喋利口捷給」為藉口加以阻撓，堵塞了賢路（《漢書·張釋之傳》）。由此可見，所謂「重厚長者」中多庸人，所謂「務聲明者」中多賢士，其弊可知。總之，把「無為」理解為無所事事、因循保守雖然在一定階段上不會出現重大問題，但隨著漢王朝政治、經濟、文化等不斷發展，新矛盾的不斷湧現，這些理論就會變得

無能為力，甚至成為前進的阻力。

第二，把黃老之學與儒學對立起來。竇太后對儒生的壓制之酷烈是眾所周知的。趙綰、王臧皆以儒不為所容，被逼自殺。事實上，儒、道、法這三大主要流派在要求建立和鞏固封建制度上是忠實的同盟軍。在先秦時代，他們都為「無為」思想的發展作出過貢獻，因而《呂氏春秋》能夠用「無為」為綱紀把各家的思想統一起來，使之成為包容群家智慧的開放體系。嚴格地說，漢初所取得的巨大成功，絕非黃老派一家的功績。從陸賈的《新書》看，「無為」是和行仁義的德治思想一致的，而德治則是儒家的理想。叔孫通、陸賈、賈誼、晁錯等都是儒生，而他們都曾為王權的建立和鞏固、國家的安定和繁榮作出過重大貢獻。在施政理論方面，儒家善於從前代文化遺產中吸取經驗，為現實所用。拒絕從儒家吸取營養以豐富「無為」理論，把抽象的哲理同具體事理結合起來，「無為」就會變得內容空洞貧乏、凝滯僵化。所以黃老派的完全排斥儒家是一種非常狹隘的門戶之見。竇太后召轅固生問《老子》書，轅固生斥之為「家人言」，並不是毫無道理的。

第三，在如何對待暴君的問題上，黃老派的「無為」觀也暴露出了理論上的弱點。黃生與轅固生爭論湯武是否受命而立的問題時，恪守「上下之分」的教條，認為「桀紂雖失道，然君上也；湯武雖聖，臣下也。夫主有失行，臣下不能正言匡過以尊天子，反因過而誅之，代立踐南面，非弒而何」（《史記·儒林傳》）？這種理論對維護君主集權制度雖有一定意義，但由於它是一種絕對君權主義，不僅不孚人民和統治階級集團的意願，也無力警誡君主中的不肖子孫。它不僅比起儒家的相對君臣觀遜色甚遠，而且違背了先秦以來君道無為臣道有為中的起碼的民主精神原則。

以上情況說明，黃老派的「無為」理論需要開放和更新。《淮南子》和《論六家之要指》就是這樣應運而生的。

二、《淮南子》《論六家之要指》對「無為」思想的總結和發展

至武帝初，漢王朝的國力已相當雄厚。作為一個封建王朝，它的本質絕不是以物阜民豐作為它追求的最終目標。統治階級需要鞏固王權，需要表現它在政治、經濟、軍事、文化等方面的巨大威力，「守而勿失」的理論已不能滿足它的需要。加之武帝又是個具有雄材大略的君主，這種大有為的心情就表現得更為迫切。在儒家方面，一些大儒正在潛心研究、逐步完善適應新形

勢的理論體系。竇太后一死，第二年漢武帝就詔對賢良，董仲舒一舉托出「天人三策」，就可以看出這形勢是何等咄咄逼人！當然，在黃老學派內部，也有人看到了這種形勢，而從理論上作出了合乎時宜的改造和發展，以適應時代和異端的挑戰需要。《淮南子》出現在武帝即位初期，即建元年間，《論六家之要指》出現在司馬談仕於建元、元封這一時期，絕非偶然。它們都是針對現實，合為事而作的。

同《呂氏春秋》一樣，《淮南子》是劉安召集眾多學者集體寫成的。但它決非《呂氏春秋》的複製品，而是在《呂氏春秋》的基礎上，對先秦至漢初的「無為」思想作了一次全面而深刻的總結，並在很多方面有了新的發展。

《淮南子》「紀綱道德，經緯人事，上考之天，下揆之地，中通諸理」，注意把抽象的「道」與具體的「事」相結合。它認為「言道而不言事，則無以與世浮沉；言事而不言道，則無以與化遊息」（《要略》）。為了把「道」與「事」有機地結合起來，《淮南子》把儒、墨、陰陽，刑名法術、兵諸家思想有批判、有選擇地兼收並蓄，把大量的政治、經濟、軍事、天文、地理、民風世俗知識融匯進去，構成了以「道德」為指導原則的「足觀始終」的龐大思想體系。「道德」的根本含義就是「無為」：「無為為之，而合於道；無為言之，而通於德」（《原道訓》）。綜貫百家，特別是儒學納入「無為」，說明《淮南子》的「無為」體系是一個開放體系。它既要適應大一統政治對學術統一的要求，又要消除本學派內部一些人的門戶之見，所以採取這種既保持自家特色又富於寬容精神的方式。

針對學派內部「守而勿失」的保守主張，《淮南子》對「無為」的含義進行了界說。什麼叫「無為」？《要略》指出：有兩種「無為」，一種是「道而無為」，一種是「塞而無為」。「道而無為也，與塞而無為也，其無為則同，其所以無為則異」。區別兩種「無為」的不同含義，是如何繼承和發展「無為」思想的關鍵所在。

什麼是「道而無為」？《原道訓》說：「所謂無為者，不先物為也；所謂無不為者，因物之所為也。所謂無治者，不易自然也；所謂無不治者，因物之相然也。」《主術訓》說：「無為者，非謂其凝滯不動也，以言其莫從己出也。」《脩務訓》說：「或曰：『無為者，寂然無聲，漠然不動，引之不來，推而不往，如此者乃得道之象。』吾以為不然……若吾所謂無為者……非謂其感而不應，皈（一作攻）而不動也。若夫以火熯井，以淮灌山，此用已而背自然，

故謂之有為。若夫水之用舟，沙之用鳩，泥之用輴，……此非吾所謂為之。」
這些表述說明「無為」是一種按客觀規律辦事的有為，是求發展的必由之道。
這不僅是對「守而勿失」主張的批判，也是對漢武帝大有為政治的規諷。

有些人「於道未淹，味論未深，見其文辭，反之以清靜為常，恬淡為本，
則懈墮分學，縱慾適情，欲以偷自佚，而塞於大道也」（《要略》），這就是「塞
而無為」。「塞而無為」把「無為」理解為凝滯不動，引之不來，推而不往，懈
惰懶散，不事學習，縱慾苟安，無所事事，是一種有害的傾向，這裡的針對性
是極明顯的。

明確了「無為」的含義，《淮南子》就用發展的「無為」觀對先秦以來「無
為」的內容作了進一步的考察和豐富。

在政治上，《淮南子》繼承了先秦君道無為臣道有為的思想。君道無為的
條件是用眾和務法。《主術訓》說：「君人者，不下廟堂之上，而知四海之外
者，因物以識物，因人以知人也。故積力之所舉，則無不勝也；眾智之所為，
則無不成也。」人君能「乘眾勢以為車，御眾智以為馬」，「則無由惑矣」。「法
者，天下之度量，而人主之準繩也」，人主應當依法為治。有了眾智和法，君
主就應當「滅想去意，清虛以待，不代之言，不奪之事，循名責實，官使自
司，任而弗詔，責而弗教，以不知為道，以奈何為寶」，進入「私志不得入公
道，嗜欲不得枉正術」的「無為」狀態。這完全是從維護統治階級內部民主對
君主提出的要求。《淮南子》反對暴君的思想是很突出的。它認為立君的目的
就在於「禁暴討亂」。如果「殺無罪之民，而養無義之君」，「殫天下之財而澹
（贍）一人之欲」，「攘天下，害百姓，肆一人之邪，而長海內之禍」，那是莫
大的禍害。那種「為地而戰」、「為身而戰」的人，必然得不到大眾的擁護，到
頭來只能自取滅亡（《兵略篇》）。這對黃生的維護暴君是一種批判，對武帝的
逐漸走向專制、好大喜功、窮兵黷武也是一種有預見性的警告。

《淮南子》認為法不是一成不變的。「世異即事變，時移則俗易，故聖人
論世而立法，隨時而舉事」（《齊俗篇》）。君主應當「不法其以（已）成之法，
而法其所以為法。所以為法者，與化推移者也」（《齊俗篇》）。這就叫做「道猶
金石，一調不更；事猶琴瑟，每弦改調」（《氾論訓》）。這與曹參的「遵而勿
失」恰巧相反，而與要求進一步變革現實法令制度的時代趨勢是相一致的。

《淮南子》很注重「無為」的物質保障。君主要想「無為」而治，必須
「先計歲收，量積蓄」，「上因天時，下盡地財，中盡人力」，使群生遂長，五

穀繁殖。還要教民養育六畜，以時種樹；務修田疇，滋植桑麻（《主術訓》）。發展生產，人民富足了，還要「取下有節，自養有度」，使人民永遠不受飢寒之患。這些都是對現實經驗的總結。

《淮南子》繼承和發展了老莊全性保真的人生觀。《要略》謂「欲一言而寤，則尊天而保真；欲再言而通，則賤物而貴身；欲參言而究，則外欲而反情」。全性保真既是一般道家人物的人生法則，也常與君道無為聯繫在一起。要求君主講究養生之道，少干預臣下的工作，有利於防止君主以個人意志擾亂整個階級的法制。君主任賢用眾，循名責實，「垂拱而治」了，也需要養生之道來延年益壽，彌補因成功而導致的心靈空虛。

《淮南子》不主張一般士大夫對人生採取絕對虛無的態度。士大夫可以「以道為竿，以德為綸，禮樂為鉤，仁義為餌，投之於江，浮之於海……身處江海之上，而神遊魏闕之下」，這就為士大夫亦隱亦仕，能出世，也能入世創造了理論根據。他們看到了真正虛靜無為的人在現實世界中是無法容身的。「夫鳥飛千仞之上，獸走叢薄之中，禍猶及之，又況編戶齊民乎？由此觀之，體道者不專在我，亦有繫於世矣。……故世治，則愚者不能獨亂；世亂，則智者不能獨治」（《俶真訓》）。《要略》深怕「學者無聖人之才」，「終身顛頓乎混冥之中，而不知覺寤乎昭明之術」，特意指明了二十篇宗旨。其中說「知道德而不知世曲，則無以耦萬方；知氾論而不知詮言，則無以從容……知大略而不知譬喻，則無以推明事；知公道而不知人間，則無以應禍福；知人間而不知修務，則無以使學者勸力」。總而言之，《淮南子》考驗乎老莊之術的結果，是儘量使讀者理解其發展的「無為」觀，要正視現實而不要陷入虛無主義的深淵。

司馬談的《論六家之要指》的基本精神與《淮南子》是一致的。他認為陰陽、儒、墨、名、法、道德六家「一致而百慮，同歸而殊途」，「直所從言之異路」。尚能去偽存真，都可以為現實政治服務。他批判了道家以外的五家，把他們可取的方面統一到道德裡面來，豐富了黃老的理論內涵。他認為道家的宗旨是「以虛無為本，因循為用」。所謂虛無因循，就是「無成勢，無常形」、「不為物先，不為物後」、「有法無法，因時為業；有度無度，因物與合」，即不拘成見，一切從客觀實際出發；不守成規，一切按客觀規律辦事：「聖人不朽，時變是守。」這說明司馬談的「無為」觀是一種兼收並蓄、發展變化的理論體系。

在政治上，司馬談主張君道無為而臣道有為：「因者君之綱也。」君主無為，「群臣並至，使各自明」，「竅言不聽，奸乃不生，賢不肖自分，白黑乃形」。君主無為，應當「去健羨，絀聰明」，防止「形神離」，這也是把養生之道與政治結合。

三、儒術獨尊黃老失勢後「無為」思想的發展

儘管《淮南子》、《論六家之要指》已把「無為」思想闡發成了一個開放兼容體系，但因為黃老當權人物竇太后去世、淮南王謀反、太史公又只掌天官不治民，特別是更能適應封建集權大一統政治需要的春秋公羊學的崛起，黃老失勢了。

「無為」思想在儒術獨尊以後仍在發展。不過，此後研究「無為」的多是儒者，「無為」都蒙上了鮮明的儒學色彩。在政治方面，漢昭帝「承武帝奢侈餘敝師旅之後，海內虛耗，戶口減半」（《漢書‧昭帝紀》），實行過清靜無為、與民休息政策，但成效已遠不如漢初。一些儒生對作為帝王南面之術的君道無為有所肯定，但理論上已無新的建樹，這是因為漢自武帝起，封建集權專制已成定局，「君道無為」只是一種幻想，沒有多少實際意義了。但是，在自然觀和人生觀方面，一些儒者仍取得了突破性的進展，其中較成體系的是揚雄和王充。

揚雄和王充都是著名哲學家。揚雄處於漢朝與王莽爭奪政權的時期，為了逃避政治鬥爭帶來的禍患，轉而潛心哲學。他對公羊學派的把天當作有目的、有意志的神表示反對，認為天是無為的。他說：「吾於天，見無為之為矣。」有人問：「彫刻眾形者非天與？」他又說：「以其不彫刻也。如物刻而彫之，焉得力而給諸？」（《法言‧問道》）他模仿《周易》而作《太玄》。《太玄》認為「玄」「摛措陰陽而發氣，一判一合，天地備矣」（《太玄摛》）。「玄」雖然具有神秘性，但它出現在天命神學流行的時代，就像老子的「道」一樣，具有否定神學的作用。王充生於讖緯學泛濫的時代，也是用天道無為來否定神學。他認為：「天之動行也，施氣也，體動氣乃出，物乃生矣。……天動不欲以生物，而物自生，此則自然也。施氣不欲為物，而物自為，此則無為也。謂天自然無為者何？氣也。恬淡無欲，無為無事者也。」（《論衡‧自然篇》）天本身就是「氣」、「雲煙之屬」，有什麼目的性可言。氣的問題，西周末年虢文公已提出，《老子》也提到，《莊子‧知北遊》說「通天下一氣耳」，稷下先生講「精氣」，

《淮南子‧俶真訓》講「天氣始下，地氣始上」，揚雄講「摛措陰陽而發氣」，但因為虢文公並未把天看作氣，他認為天還是有目的的（詳《國語‧周語上》），老、莊、稷下先生、《淮南子》都把氣納入神秘的「道」，揚雄則把「氣」納入神秘的「玄」，因而他們都具有唯物因素而不徹底。王充把天直接說成「氣」、「雲煙之屬」，這比前人進了一大步。王充對天人感應論的抨擊是十分猛烈的。《論衡‧寒溫篇》說：「夫天道自然，自然無為，三令參偶。……使應政事，是有非自然也。」《譴告篇》說：「夫天道，自然也，無為。如譴告人，是有為，非自然也。」可以看出，正是自然無為，才使王充有了銳利的哲學武器。

揚雄注意「因」與「革」的關係。《太玄瑩》：「夫道有因有循，有革有化；因而循之，與道神之；革而化之，與時宜之。故因而能革，天道乃得；革而能因，天道乃訓。物不因不生，不革不成。故知因而不知革，物失其則；知革而不知因，物失其均。革之匪時，物失其基；因之匪理，物喪其紀。因革乎因革，國家之矩範也。矩範之動，成敗之效也。」「因」「革」的原則是「可則因，否則革」（《法言‧問道》）。這是一種辯證的、發展的「無為」觀。王充主張「自然亦須有為輔助」，輔助的原則是順物之性，不能「驅魚令上陵」，「逐獸令入淵」，更不能揠苗助長（《論衡‧自然篇》）。這也是要求按規律辦事的「無為」觀。

揚雄和王充在人生觀方面也有「無為」思想。他們都曾做官，但仕途都並不平坦，他們目睹官場的黑暗，政治鬥爭的反覆無常，都無意於銳進，因退而自全。但他們又不是甘於寂滅的人，所以還要作深湛之思，探索宇宙和人生的奧秘。因之他們的「無為」人生觀有這樣的特點：即對於做官食祿、功名富貴採取「無為」的態度，而在廣博求知、深入思索、著書立說方面卻發憤進取，積極有為。揚雄「為人簡易佚蕩，口吃不能劇談，默而好深湛之思，清靜亡（無）為，少耆欲，不汲汲於富貴，不戚戚於貧賤，不修廉隅以徼名當世。家產不過十金，乏無儋石之儲，晏如也」（《漢書‧揚雄傳》）。王充也「得官不欣，失位不恨。外逸樂而欲不放，居貧苦而志不倦。淫讀古文，甘聞異言」（《論衡‧自紀篇》）。這可以看出他們對無為與有為辯證關係的深刻理解。

揚雄、王充的「無為」人生觀是儒道兩家的結合體。他們都強調儒家的修身獨善，又強調道家的少欲。揚雄說：「道以道之，德以得之，仁以人之，義以宜之，禮以體之，天也；合則渾，離則散，一人而兼統四者，其身全乎。」又說：「老子之言道德，吾有取焉耳。及搥提仁義，絕滅禮學，吾無取焉耳。」

「或問莊周有取乎？曰：少欲。」（《法言‧問道》）王充說：「行與孔子比窮，文與揚雄為雙，吾榮之。」（《論衡‧自紀篇》）可見兩人傾向相同。儒道兩家在人生觀方面本有相通之處。孟子講：「窮則獨善其身，達則兼善天下。」（《孟子‧盡心上》）「人有不為也，而後可以有為。」（《離婁下》）士大夫想入世而不得，既不肯放棄儒家積極修身的傳統，又欣賞道家少私寡欲的做法，兩家合流也就是自然而然的了。

原載《湖南師大社會科學學報》1987 年第 5 期

孔子、老子的「無為」思想之異同及其影響

在先秦，儒、道、刑名法術之學都講「無為」。「無為」的內涵十分豐富，它可以包含自然觀、認識論、政治觀、價值觀、人生觀諸方面的內容。就孔子和老子而言，孔子的「無為」思想不如老子豐富，因而往往被人們所忽視。其實，孔子講「無為」雖少，但在幾個重要方面卻與老子有可以同日而語之處。本文試圖從自然觀、政治觀、人生觀三個方面作一些探索，比較其異同，略尋其影響。

一

老子整個思想體系的核心是「道」，「道」的根本內容是「無為」。《老子》37 章：「道常無為。」「道」是天地（自然）人（社會）的最高抽象，天道自然無為理所當然地成為「道」的內容的一部分。《老子》73 章：「天之道，不爭而善勝，不言而善應，不召而自來，繟然而善謀。」就是說的天道無為。

孔子對天道自然無為講得較少，在《論語》中可以找到兩處。《論語‧陽貨》：「天何言哉？四時行焉，百物生焉，天何言哉？」對照老子的天道「不言而善應」，可知這裡是說天道自然無為。《泰伯》：「巍巍乎，唯天為大，唯堯則之。」王充說：「《論語》曰：『大哉堯之為君，唯天為大，唯堯則之。』王者天，不違奉天之義也。推自然之性，與天合同。」（《論衡‧初稟篇》）他認為這裡說堯效法天的自然之性，也就是說天是自然無為的，朱熹《論語集注》引尹氏言：「天道之大，無為而成，唯堯則之以治天下，故民無得而名焉。」也肯定這裡的天是自然無為之天。可見，在天道自然無為這一點上，孔子與

老子有相通之處。

雖然，老子的整個哲學體系是客觀唯心主義的，孔子的天道觀中也保留著天命論的殘餘，但是這種天道自然無為的思想卻是接近唯物主義的自然觀。唯物主義者往往從天道自然無為推導出世界的物質性，如王充講天道自然無為，就推論出天不過是「蒼蒼之體」、「雲煙之屬」，萬物的生長是「天地合氣」，自然而然的結果（《論衡·自然篇》）。唯心主義者接受了天道自然無為的思想則可以使他們消除一些神學迷信成分，使他們的思想更加富於理性和思辨的特色，例如何晏、王弼。何晏《無名論》說：「夏侯玄曰：『天地以自然運，聖人以自然用。』自然者，道也。道本無名。故老氏曰：『強為之名。』仲尼稱堯『蕩蕩無名能焉』，下云『巍巍成功』。則強為之名，取世所知而稱耳。」（《列子·仲尼篇》張湛注引）從他這裡我們可以看到孔子和老子天道自然無為的共同影響。王弼講「天地任自然，無為無造，萬物自相治理」（《老子注》5 章）。何晏、王弼都由天道自然無為推廣到「天地萬物皆以無為為本」（《晉書·王衍傳》），他們都花了很大精力去探討「無」的體用問題，極力把先秦以來傳統的宇宙發生論引向本體論，深化了人們的認識，為後世學者開闢了新的哲學研究領域。由於有了天道自然無為的思想，他們思想中的神學成分就比較少。何晏說：「天道者，元亨日新之道也。」（《論語集解·公冶長》）王弼說：「神不害自然也。物守自然，則神無所加；神無所加，則不知神之為神也。」（《老子注》60 章）正因為這樣，他們的哲學才得以從漢代的讖緯神學的羈絆中掙脫出來，放射出理性和思辨的光芒。

二

孔子和老子在政治觀方面有很多共同點，他們都主張均平。孔子講：「有國有家者，不患寡而患不均，不患貧而患不安。」（《論語·季氏》）老子認為「天之道損有餘而補不足」，人之道卻「損不足以奉有餘」，因而他希望有「有道者」來改變這種狀況（《老子》77 章）。孔子主張富民，「足食」（《論語》：《子路》、《顏淵》），老子主張要使民「自富」、「實其腹」（《老子》57 章、3 章）。他們都反對戰爭和掠奪。基於這些共同點，他們都希望天下有均平、安定、富足、不治自理的一天。《禮記·禮運》記載孔子憧憬的「大道之行，天下為公」，《老子》80 章所描繪的「小國寡民」圖景，都從不同角度反映了他們希望無為而治的共同願望。

　　孔子和老子都把實現無為的希望寄託在當時的統治者身上，希望通過對現實政治的改良來實現他們的善良願望。圍繞著如何實現「無為」的問題，他們著重討論了兩點：一是統治者的品質行為；一是社會政治措施，兩者有區別也有聯繫。

　　孔子要求統治者以身作則，「恭己正南面」（《論語・衛靈公》）。季康子問政於孔子，孔子說：「政者，正也。子帥以正，孰敢不正？」（《論語・顏淵》）孔子還說：「苟正其身矣，於從政乎何有？不能正其身，如正人何？」「其身正，不令而行；其身不正，雖令不從。」（《論語・子路》）為政就要「先之勞之」而且「不倦」（《論語・子路》）。恭己還含有要求統治者抑制權力慾和物慾的意思。「巍巍乎！舜禹之有天下也，而不與焉！」朱熹注：「不與，猶言不相關，言其不以位為樂也。」（《論語集注・顏淵》）「季康子患盜，問於孔子。孔子對曰：『苟子之不欲，雖賞之不竊。』」（《顏淵》）可見孔子對統治者的要求是很高的。但老子對統治者要求更高。他要求他們有一種「生之育之，亭之毒之，養之覆之」卻「生而不有，為而不恃，長而不宰，功成而弗居」（《老子》51 章）的最高精神境界；在言行上，「欲上民也，必以其言下之；欲先民也，必以其身後之」（66 章）；在權力慾和物慾上要「去甚、去奢、去泰」（29 章），「損之又損，以至於無為」（48 章）。只有這樣，才有可能「處上而民不重，處前而民不害」，「天下樂推而不厭」（66 章）。很明顯，孔子是要求統治者通過積極的、正面的有為去求取「無為」，老子則要求統治者通過表面上消極實際上更主動的手段去實現「無為」。他們對統治者的這些要求，反映了他們的民主意識，但卻包含著極大的幻想成分。

　　孔子主張用德治的手段去實現社會政治的無為而治。《論語・為政》：「為政以德，譬如北辰，居其所而眾星拱之。」《論語集注》引程子曰：「為政以德，然後無為。」為政以德，一是要「舉賢才」（《論語・子路》），孔子認為只要用善人為邦百年，就可以勝殘去殺；二是對人民要實行先富後教，減輕對人民的盤剝掠奪。老子恰巧相反，他不尚賢，既否定現存的法令、道德、文化，也反對人民有智慧技巧，只希望統治者「無事」、「無欲」、「好靜」（《老子》57 章），「其政悶悶」（58 章）地進入無為而治。孔子和老子的途徑都是在現存政治制度下的逐步改良，相反而實相成。但孔子較多地注意了社會發展的需要，注意了手段的現實可行性；老子的途徑雖能在一定程度上對統治者的驕奢、殘暴、貪婪、專橫起某種抑制作用，卻因割斷了社會歷史發展的

連續性，顯得批判性有餘而建設性不足。

從戰國時代起，孔子和老子的「無為」政治思想就被地主階級思想家們加以揚棄改造，使之能為地主階級政治服務。這裡所說的地主階級思想家，包括儒、道、刑名法術三大主要學術流派。

地主階級思想家們認為要建立鞏固的封建等級制度，有兩個互相矛盾的問題需要解決。一是要建立王權，樹立君主至高無上的地位，作為階級和等級制度這座寶塔形建築的頂峰。慎到說：「天下無一貴，則理無由通。」（《慎子·威德》）二是如何防止君主地位太高，權力太大所必然導致的個人獨裁專制，破壞本階級內部的民主。這兩個問題要解決好，關鍵在於君主的品質行為。本來，孔子和老子對君主的品質行為的要求在原則上是相通的，從維護階級內部民主的角度看，兩者都是可提倡的。但孔子的恭己為天下先倡要在以君主之主觀帶動階級之客觀，它常與人治思想相聯繫；而老子的損己無為要在以主觀服從客觀，它可發展到與法治相聯繫。這些不同形成了儒家和道家、刑名法術之學的分歧。儒家堅持孔子的主張。荀子說：「有亂君，無亂國；有治人，無治法。」因而他說：「請問為國？曰：『聞修身，未嘗聞為國也。君者儀也，民者景也，儀正而景正；君者槃也，民者水也，槃圓而水圓。』」（《荀子·君道》）道家和刑名法術之學在主張法治這一點上有共同之處，這從「道法」這個詞就可以看出。馬王堆帛書《經法·道法》說：「道生法。法者，引得失以繩，而明曲直者殹（也）。故執道者生法而弗敢犯殹（也），法立而弗敢廢（也）。」「道」是客觀的，「法」從屬於「道」，也是客觀的。君主既是執法者，又是立法者，法對他沒有任何限制，全靠的是他執「道」，即虛靜無為。這就與老子對君主品質行為的要求掛上了鉤。君主執道，就一定要有老子所描繪的那種「生之育之，亭之毒之，養之覆之」卻「生而不有，為而不恃，長而不宰，功成而弗居」的絕對大公無私的精神；一定要「去甚、去奢、去泰」，「損之又損，以至於無為」，使個人主觀欲望服從於天下人的事業的需要；一定要遵循階級大法。所以《管子·任法》說：「聖君任法而不任智，任數而不任說，任公而不任私，任大道而不任小物，然後身佚而天下治。」《呂氏春秋·貴公》說：「天下非一人之天下也，天下之天下也。」天下人立了君，就要求君主以「至公」之心對待他們。因此，君主對於貴富顯嚴名利、容動色理氣意、惡欲喜怒哀樂、智慧去就取捨等東西都不能沾邊，防止這些東西「累德」、「塞道」（《有度》）。這些都是從既不損害王權，又要維護階級內部民主的角

度來說的，是要求君主完全服從於地主階級的客觀要求。所以持此說者要求君主去聰明，寡私慮，「以不知為道，以奈何為寶」（《呂氏春秋・知度》），這當然談不上要君主恭己為天下先倡了。相反，當他們認為要維護和鞏固君主集權時，也可以從老子那裡發展出一套君主駕馭群下的陰謀權術。韓非說：「術者，藏於胸中以偶眾端，而潛御群臣者也。」（《韓非子・難三》）他一面要求君主「不以智累心，不以私累己；寄治亂於法術，託是非於賞罰，……不急法之外，不緩法之內，守成理，因自然，禍福生乎道法，而不出乎愛惡」（《大體》），即以君主一己之私服從於地主階級整體利益之「大體」，一面又要求君主表面上裝作無為，私下裏卻潛窺暗測，對群臣行陰謀之術，以駕馭群臣，使他們俯首聽令。這就叫做「明君無為於上，而群臣竦懼於下」（《主道》）。這樣就維護了君主的絕對權威，也鞏固了階級和等級制度。由此可見，地主階級思想家們無論是要維護王權還是維護本階級內部民主，都可以從老子那裡找到理論根據。

基於上述原因，漢初司馬談站在道家的立場上對老子的意見進行了肯定，而對儒家的觀點進行了批判。他說：「儒者……以為人主，天下之儀表也。主倡而臣和，主先而臣隨。如此，則主勞而臣逸。至於大道之要，去健羨，絀聰明，釋此而任術。」（《論六家之要旨》）這裡雖然是從君臣的勞逸關係來說的，其中卻隱含著上面已經談過的極豐富的內容。隨著封建階級和等級制度的不斷鞏固，君主個人獨裁專制的不斷加強，學者已不敢明言其中奧秘了。但即使儒術獨尊以後，這一見解還為學者們所首肯。宿儒班固就認為道家的「清虛以自守，卑弱以自持」作為「君人南面之術」是可取的。朱熹《論語集注》「為政以德」引范氏云：「為政以德，則不動而化，不言而信，無為而成。所守者至簡，而能御煩；所處者至靜，而能制動；所務者至寡，而能服眾。」把老子的思想移過來當作孔子的思想津津樂道。

孔子的恭己正南面為天下先倡的思想也不是沒有影響。封建專制，本身就是人治與法治的結合。即使道家和刑名法術之學，也有人看到了它和自己一致的地方。《淮南子・主術訓》就從君主要帶頭守法的角度發揮了孔子的思想：「是故人主之立法，先以身為檢式儀表，故令行於天下。孔子曰：『其身正，不令而行；其身不正，雖令不從。』故禁勝於身，則令行於民矣。」後代儒生常喜歡引孔子說以諷勸君主，例子舉不勝舉。一些開明君主也懂得以身作則的重要，唐太宗說：「若安天下，必須先正其身，未有身正而影曲，上治

而下亂者。」(《貞觀政要》)總的說來,孔、老的思想在封建社會裏是並行不悖的。

地主階級要發展,就一定要培育和選拔自己的人才,要社會發展生產,發展符合本階級需要的道德文化。老子那種「其政悶悶」的思想是行不通的。所以即使道家,在這方面也不得不向儒家靠攏,吸取孔子以來的儒家不斷發展和充實著的德政思想。早在戰國,儒家以外的一些具有道家傾向的著作如《管子》、《莊子‧內篇》(《天道》、《天地》、《天運》諸篇)、馬王堆古帛書《經法》、《十六經》、《稱》、《道原》、《呂氏春秋》等等,就都注意吸收孔子的德政思想。其中,孔子的任賢授能思想影響最為深遠,後來何晏的《論語集釋》就以「任官得其人,故無為而治」釋「無為而治者,其舜矣夫」一段話。當然,老子的崇尚清淨、簡樸之政對後世也有很深遠的影響,但清淨、簡樸就其減少對人民的干預、盤剝、抑制統治者的貪欲等內容看,它與德政在原則上是相通的,從德政角度看,也可以說這是德政。例如漢初的無為而治,明顯地是受了老子思想的影響,但司馬遷卻說漢文帝「專務以德化民,是以海內殷富,興於禮義」(《史記‧孝文本紀》)。可以這樣說,老子的這部分思想已被涵括到德政思想中影響後世了。

三

孔子和老子在人生觀方面也有很多相通的地方。

他們都有積極用世的思想。孔子周遊列國,遍說諸侯,席不暇暖,知其不可而為之,古今傳為美談。老子被人看偏了,多以為他是飄然物外,只知全真養性,恬淡無為的。其實老子較之孔子,又何嘗落後!他口口聲聲要求聖人救人救物,以無為取天下,聲明「吾言甚易知,甚易行」,真是苦口婆心,有恨鐵不成鋼之意。

然而歷史上偉大的思想家們常遭厄運。孔子和老子都有自己的一本辛酸賬。孔子歎道之不行,只得以累累然如喪家之犬自嘲。老子嗟歎自己的主張「天下莫能知,莫能行」,只好「聖人被褐而懷玉」(《老子》70章);他感到亂世的危殆,人言的可畏,驚呼「人之所畏,不可不畏」(20章)!

正因為如此,老子才提出了他全性保真的人生策略。他採取的是不與濁世同流的辦法:「眾人熙熙,如享太牢,如春登臺,我獨泊兮其未兆,沌沌兮如嬰兒之未孩,儽儽兮若無所歸。眾人皆有餘,而我獨若遺。我愚人之心也

哉！俗人昭昭，我獨昏昏。俗人察察，我獨悶悶。眾人皆有以，而我獨頑且鄙。我獨異於人而貴食母。」（20章）不與濁世同流，便退而自全，退而自全，卻未必能全，於是他說：「吾所以有大患者，為吾有身，及吾無身，吾有何患。」（13章）既然「無身」反而可避患全身，那麼推而廣之，便是「無為故無敗，無執故無失」（29章）了。這便是老子的「無為」人生觀。值得注意的是，老子的「無為」絕非放棄一切，而是一種曲蠖求伸的方法，所謂「明道若昧，進道若退」（41章）是也。

孔子雖不講人生應如何「無為」，但他既然面臨的是與老子相似的境遇，思想感情上不能不發生共鳴，採取的人生策略也自然近乎老子。老子說：「君子得時則駕，不得其時則蓬累而行。」（《史記・老莊申韓列傳》）孔子也多次提到：「邦有道，不廢；邦無道，免於刑戮」；「邦有道則智，邦無道則愚」（《論語・公冶長》）；「邦有道，危言危行；邦無道，危行言孫」（《憲問》）；「邦有道則仕，邦無道則可卷而懷之」（《衛靈公》），總而言之，孔子是主張在世道不利於我時應採取退避自全的辦法的，「賢者避世，其次辟地，其次辟色，其次辟言」。有一次，他還真想「乘桴浮於海」（《公冶長》），去實踐「隱居以求其志」（《季氏》）的主張呢。

老子主張人生「無為」，其中包括對個人物慾、外志的損削，他勸孔子「去驕氣與多慾，態色與淫志」；由此轉入向內心精神世界的追求，使自己處於一種「深藏若虛」，「盛德而容貌若愚」的狀態。孔子對此大為激賞，稱老子為「龍」（《史記・老莊申韓列傳》）。《論語・述而》說：「飯蔬食，飲水，曲肱而枕之，樂亦在其中矣，不義而富且貴，於我如浮雲。」「奢則不孫，儉則固，與其不孫也，寧固」。《堯曰》：「君子惠而不費，勞而不怨，欲而不貪，泰而不驕，威而不猛。」《孟子・離婁下》：「仲尼不為已甚者。」這些言論都近似於老子，所不同的是態度比較折衷，不像老子那樣主張大刀闊斧地「無為」。

老子和孔子的這種「無為」人生觀對後世知識分子產生過廣泛而深刻的影響。由於他們的主張是在特殊的社會條件下造成的，而這種特殊的社會條件在中國古代延續了上千年，所以一代一代的知識分子都從此取法，形成了逆境求生的一套基本策略。有些人可能採取明哲保身、放棄鬥爭的消極態度；但多數人則可能獨善人格，以潔身對抗濁世。特別值得重視的是，孔子、老子那種損削外志、物慾而不斷向精神方面探索的方法，常常可以使知識分子在逆境面前表面上消極無為，實際上卻在大有作為。孟子說：「人有不為也，

然後可以有為。」（《孟子·離婁下》）莊子說：「其嗜慾深者，其天機淺。」
（《莊子·大宗師》）這些都是他們的經驗之談，道出了損益的辯證關係。像
莊子那種人人以為消極無為的人，卻是那樣一位思想深刻、想像豐富的哲學
家和文學家，誰能說他是真正的消極無為呢？中國長期處於封建專制統治之
下，而知識分子面臨逆境卻作出了重大貢獻者代有其人，正是靠的這種向外
「無為」，向內追求的特殊方式。如漢代的揚雄，他「清靜亡（無）為，少耆
慾，不汲汲於富貴，不戚戚於貧賤，不修廉隅以徼名當世。家產不過十金，乏
無儋石之儲，晏如也」，卻「默而好深湛之思」，「非聖哲之書不好也」（《漢書·
揚雄傳》），潛心創作了《太玄》那樣博大精深的哲學著作，為後世留下了寶
貴的精神遺產。

　　原載《中國哲學史研究》1987 年第 4 期。今選自李景明、唐明貴主編之
《儒道比較研究》論文集，中華書局，2003 年

生命：老、莊哲學的一種內涵

在先秦眾多的哲學流派中，能夠對生命問題作較多研究闡發的，大概只有老子、莊子及其後學了。而這一點，似乎還沒有引起我們今天的研究者的充分注意。在此，筆者擬從三個方面作一些探討：第一，他們對生命的一般看法；第二，他們怎樣從生命觀引出他們的人生價值觀；第三，他們的生命觀與他們的社會歷史觀的關係。對他們的人生觀、社會歷史觀人們談得很多，但聯繫他們的生命觀來考察，卻可以得出一些新的結論。試論如次。

一、老莊對生命的一般看法

首先是以「道」為生命之源，繼而發展出以「精」、「氣」作為生命存在的物質基礎。

老子認為宇宙一切皆起於一，一生二，二生三，三生萬物。一即是「道」，是天地萬物的總根源，自然也就是一切生命之源。「道」本身是一個形而上的虛擬的精神實體，因此，對於它是什麼，老子的回答是「不可致詰」。然而，無論從情理還是從實證上說，能夠產生物質性的東西本身也應當是物質的，這一點老子似乎也意識到了，他不可能像黑格爾那樣創造出一套邏輯嚴密的觀念把自身「外化」為自然界的理論，於是只好在自己虛擬的精神實體上開一個小窗口，以滿足經驗論者企圖只是形而下地窮根究底的心理。他說「道」是「恍惚」的，其中有「物」，也有「精」，這樣就為後學從物質性的角度解釋生命之緣起留下了思路。《莊子·知北遊》說：

老聃曰：「……夫昭昭生於冥冥，有倫生於無形，精神生於道，形本生於精，而萬物以形相生，故九竅者胎生，八竅者卵生。」

「冥冥」和「無形」指下文的「道」、「精」,「昭昭」和「有倫」指下文的「精神」和「形」。「道」和「精」是一個統一體,「道」中有「精」,「精」在「道」中;「精神」和「形」也是一個統一體,是生物所必具的內在和外在的質。《莊子・秋水》:「夫精,小之微也。」可見「精」是物質性的。由此可見,由於「道」中有「精」,也就有了生命產生的物質基礎,因而能成為一切生命之源。《知北遊》是莊子後學的作品,它的解釋雖不一定合乎老子,卻也是老子的合理的邏輯引申。它也大體合乎莊子的思想,莊子說「道」能「生天生地」,因為它「有情有信」,也是老子那種從自己的體系開小窗的方法。莊子的後學還有以「氣」為生命的物質基礎的說法:生也死之徒,死也生之始;人之生,氣之聚也。聚則為生,散則為死……故曰:通天下一氣耳(《知北遊》)。

瞭解老、莊及其後學認為生命自有其物質基礎這一點是很重要的,因為它是支撐著他們的哲學使之保持思辨特色而不致陷入鬼神迷信和因果輪迴的堅強理論基石。

其次,無論老子,還是莊子及其後學,都認為生命的演進是一個周而復始的循環過程。

老子說:「萬物並作,吾以觀其復。夫物芸芸,各復歸其根,歸根曰靜,靜曰復命,復命曰常。」(《老子》16章)。萬物產生了,又走向了死亡。但死亡卻並非斷滅,而只是回復到一個暫時的寂靜的境界。在這境界小憩之後,萬物還會覆命,返回到由死到生的進程。莊子說過物「方生方死,方死方生」(《齊物論》),也以生死為一循環過程,他的後學把這一過程更加具體化了:

泰初有無,無有無名。一之所起,有一而未形。物得以生謂之德。未形者有分,且然無間謂之命。留動而生物,物成而理謂之形。

形體保神,各有儀則謂之性。性修反德,德至同於初。

陳鼓應《莊子今注今譯》說「一」是「形容『道』(『無』)的創生活動中向下落實一層的未分狀態」,近是。這裡的「一」即「精」或「氣」,是生命的物質基礎。生命得了這一物質基礎即能滋生,這就是「德」;這未形的「一」中還有確定生命屬性的東西蘊含其間,這就是「命」。生命在胚胎中流動而不斷滋育出身體各部分,且使它們都具備各自的組織結構,這就是「形體」;形體保有精神,行為各有規範,這就叫「性」。生物有了「性」,就標誌著它的成熟和完善。生物不斷地修養和發展它的性,就轉向衰亡,回到未生時的狀態。這樣它就完成了由生到死的半度循環,再從頭開始,作周而復始的全循

環運動。

　　這裡描述的只是一物由萌生到衰亡的半循環過程，儘管很詳細，但仍然失之簡單。它至少還不能解答這麼一個問題：如果生物僅從「一」生出，又復歸於「一」，那麼世界就只能是同一生物的簡單出生與復歸，不可能有林林總總、千差萬別的生命現象出現。這就需要從更廣闊的背景上來思考了：

　　　　種有幾，得水則為繼，得土之際則為蛙蠙之衣，生於陵屯得為

　　　　陵舃，陵舃得鬱棲則為烏足。……久竹生乎青寧；青寧生程，程生

　　　　馬，馬生人，人又反入於機。萬物皆出於機，皆入於機。（《至樂》）

這裡勾畫的是生物由簡單向複雜，由低級向高級，由水生向陸生的演進歷程，即使衡之以現代生物進化理論，我們也可以看到其中所閃耀的天才之光。它描繪了整個生物界演進的大循環圈，使他們向把世界理解為一種處在不斷的歷史發展中的物質過程的科學辯證思維邁進了一大步。我們不必用今天的科學發展水平去責備老、莊及其後學的循環論，而應當特別注意他們學說中的核心：即生命是一個綿亙不斷、生生不息的流程，它只能永遠被創生，而不可能被泯滅。這種理解對他們的生死觀、人生觀和社會歷史觀都有巨大影響。

　　再其次，老、莊及其後學對生命的理解是廣義的，他們甚至沒有在討論生命問題的時候把生物與無生物、低等動物與高等動物區別開來。加之他們的「道」又或多或少總有一些神秘因素，因而他們也程度不同地帶有泛神論的傾向。

　　老子說：「夫物芸芸，各復歸其根，歸根曰靜，靜曰復命。」就是認為萬物都有「命」；他還說：「昔之得一者，天得一以清，地得一以寧，神得一以靈，谷得一以盈，萬物得一以生，侯王得一以為天下正。」（《老子》39 章）「一」是「道」，「道」既然是生命之源，因而天、地、神、谷、萬物、侯王便莫不有生命了。《知北遊》載莊子論「道」，認為「道」在螻蟻，在稊稗，在瓦甓，在屎溺，無處不在。《齊物論》說：「民濕寢則腰疾偏死，鰍然乎哉？木處則惴慄恂懼，猿猴然乎哉？三者孰知正處？民食芻豢，麋鹿食薦，蝍蛆甘帶，鴟鴉嗜鼠，四者孰知正味？猿猵狙以為雌，麋與鹿交，鰍與魚游。毛嬙、西施，人之所美也，魚見之深入，鳥見之高飛，麋鹿見之決驟，四者孰知天下之正色哉？」把人與猴、魚、鴟鴉、蝍蛆等混為一談，正是高等動物與低等動物不分的典型例子。《莊子・天地》說：「夫子曰：『夫道淵乎其居也，漻乎其清也，金石不得，無以鳴。』」這裡的「夫子」指莊子，莊子以為金石也可以得

道，正是把無生物當成生物。莊子後學屢稱莊子關於「道」無處不在的遺訓，表明他們也繼承了老師的這種泛神論傾向。

泛神論傾向是老、莊「萬物一體」論的思想前提，也是他們要求返歸自然的社會歷史觀的哲學基礎，因而是不可忽視的。

二、老莊哲學與人生價值觀

老子呼籲人們要珍惜生命。珍惜生命首先就要看重身體。他這樣說：「名與身，孰親？身與貨，孰多？」（44 章）看重身體就得講究養生之道。老子看到了維持生命需要一定的物質條件，因而他承認「實其腹」、「甘其食」的合理性。但是，這種合理性只能限止在維持生命這一點上，超出這一範圍就會自我戕害了。超出生命需求之外的物慾首先會使生命受到自然後果的矯正，如五色令人目盲，五音令人耳聾，五味令人口爽，馳騁田獵使人心發狂都是。其次是會受到社會後果的懲罰，所謂甚愛必大費、多藏必厚亡、金玉滿堂莫之能守之類即是。這樣一來，養生之道也就只能以知足保和為原則。過分的物質追求與生命是對立的，「生生之厚」只能導致生命陷入死地。

僅從養生原則看，老子的價值判斷是自足的、保守的、封閉式的。但是老子的全部人生觀並沒有僅僅停留在這樣一種水平上。他認為為身體而活著的人生觀是短淺的，它不僅不能達到養生的目的，反而會給生命招來大患。他說：「吾所以有大患者，為吾有身，及吾無身，吾有何患？」（13 章）生命的要義在於：它不能僅以肉體的完善、健全為滿足，而應當以精神的豐富、廣博為宗旨。每一個人都應當使自己擺脫自私、貪鄙、自矜、奢泰而成為大公無私的聖人。聖人對物慾採取的是一種完全克制的態度，他「去甚、去奢、去泰」，沒有個人利益，而完全以百姓之心為心。他仁慈、儉嗇、謙退，對善人和不善人皆一視同仁。他的「損之又損」完全是針對個人的道德行為，目的是損削一己之私以服從天下之公。老子勸告人們，不必擔心這樣做了會使個人泯滅，天下人是會給他厚報的。人們信任和愛戴他，會推他成器長，給他以極高的地位和榮譽，死了也會流芳百世，這就是所謂「不失其所者久，死而不亡者壽」（33 章）。這樣看來，老子的人生觀就不能認為是自足、保守、封閉式的了。它在表面上、形式是消極的，而在實質上、內涵上是積極的。

老子之所以對人生採取積極用世的態度，與他對「道」的理解有關。他的「道」本身就是生生不息的生命之源，它對萬物生之育之、亭之毒之卻生

而不有、為而不恃、功成而弗居的。人生的最高境界就是要「從事於道」，要體現「道」的精神，像「道」一樣，使自己的價值在大利群生中得到實現。撇開老子人生觀虛無、消極的外表來看，他倒是十分接近儒家精神的。

老子主張抑制個體服從群體，克制自我服從天下，他是以人的社會性為前提來考慮人生問題的。這一點，在莊子那裡卻遭到了否定。莊子認為：人生在世，實在是一場悲劇，而造成悲劇的原因，除了自然界寒暑、災疾等因素外，主要的是社會和人本身。人要名利、有知識、有各種慾求，這些使人終生役役，陷入死地而不自知；而現實社會的各種複雜關係又那樣緊緊地維繫著每一個人，如父子關係、君臣關係等等，使人無所逃於天地之間。出路在哪裏呢？莊子的看法是，要麼是順命，服從自然和社會給個體的全部安排，「知其不可奈何而安之若命，德之至也」。要麼從精神上把這一切全盤推翻，實現人的重建。莊子把自己重建的人稱為「聖人」、「至人」、「神人」、「真人」。這些人只以保全和促進個體生命的發展，只以自身的存在為道德和真理的準繩，他們自足、自由、自愛，超越自身，超越庸眾，也超越命運，不僅充實、豐富、偉大、完全，而且永恆、獨斷、無限、絕對。這種重建的人帶有神話色彩，然而莊子卻認為是完全可能的。他的理由就在於，「道」是生命之源，而「氣」是一切生命存在的共同基礎，生命可以以人的形體的形式來表現，也可以用別的形式來表現，因而現實的人，包括他的肉體都可以否定掉，而生命卻隨「氣」之不滅而永遠存在。這就是所謂「與造物者為人，而遊乎天地之一氣……假於異物，託於同體，忘其肝膽，遺其耳目，反覆終始，不知端倪」（《大宗師》）。他把生命看成是永遠流轉、生生不息的過程，而人的精神完全可以和宇宙精神合而為一，這首先在生命觀上就已不同於世俗的、經驗的認識了。莊子生命觀的這一特點，與近代西方的生命哲學有很多合拍之處。如果我們把他與尼采作一比較，就會發現其中有許多的驚人的相似之處。撇開莊子「至人」、「聖人」、「神人」、「真人」身上的神話因素，我們會發現他們活像尼采的「超人」。而尼采也這樣說：「我們必須把自己看作是時間、空間和因果關係中永恆的展開過程——即我們所謂經驗的實在。但是如果我們暫時不注意我們自身的實在，將我們經驗的存在和整個世界的存在看作每一時刻產生之『原始太一』的表象，那麼，我們的夢幻是一種幻象的幻象，因而也是一種追求幻象的原始慾望的更高滿足。」（《悲劇的誕生》）為了謀求生命的絕對而無限擴大生命的界限，誇大它存在的一切可能性，最後的結果必然要宣

布生命即是某種宇宙精神、意志、表象等等，這是一切生命哲學的共同邏輯歸宿，故無論古今中外，都能若合符節。

　　一般人都從莊子散佈的人生悲劇論調把莊子斷為悲觀主義者，斷為命運的俘虜和奴才，其實這是看偏了。莊子的根本立場，卻在於克服人生悲劇，制服或超越命運，所以他的人生論調往往是詼諧的、樂觀自信的。又有人把這種詼諧、樂觀自信看成是阿Q式的自大狂，這就把一個明智的哲人等同於一個愚昧的庸眾了。自然，莊子的人生觀是存在矛盾的，然而這種矛盾卻只能說是人對生命問題的困惑，反映了人既無法把握自身而又企圖超越自身的矛盾和苦惱。這是他之所以能與近代西方哲學中某些流派相通的根本原因。

　　莊子的後學已沒有莊子那種感情上的大起大落，他們對生命問題的看法都比較理性化了。不過，他們當中流派較多，也不能一概而論。大致說來，有三種情況：第一種類似老子。他們即講「天樂」，又講「人樂」。講「天樂」，要求對己「無為」；講「人樂」則要求積極用世。《天道》：「夫明白於天地之德者，此之謂大本大宗，與天和者也；所以均調天下，與人和者也；與人和者謂之人樂，與天和者謂之天樂。」第二種是專講精神的超脫，但目的是為了謀求個人生命之自由與長在。這種人的人生觀介於老、莊之間，他們像老子一樣講「無為」卻不講捨己以大利群生，像莊子一樣講超人卻不失其為現實的人。《刻意》：「純素之道，唯神是守，守而勿失，與神為一，一之精通，合於天倫。……故素也者，謂其無所與雜也；純也者，謂其不虧其神也。能體純素，謂之真人。」如果說知足保和的話，這類人才是真正的典型。第三種人是專講超人，把莊子引入了神仙家流。所謂「聖人鶉居而鷇食，鳥行而無彰，天下有道，則與物皆昌；天下無道，則修德就閒，千歲厭世，去而上仙，乘彼白雲，至於帝鄉」（《天地》）者即是。這三種人觀點雖異，卻都沒有脫離老、莊的貴生的軌道。

三、老、莊哲學與社會歷史觀

　　老、莊及其後學的社會歷史觀也是從他們的生命觀引發出來的。

　　老子指出「道」是生命之源，並認為它只對生命起滋育、促進作用而不加任何干預和佔有。這樣一來，生命就只能是一個自生自長、自為自足，生生不已的發展系列，要想促進它，就只能順應它，「以輔萬物之自然而不敢為」（《老子》64章）。從這個最基本的看法，老子引申出了他的社會歷史觀。要

點有二：其一，生命既然是自生自長、自為自足的，那麼社會政治也應當適應生命的特性，以利於它們自生自長、自為自足為最高原則。這樣的政治，只能是「無為」政治。老子認為：現存的一切法律制度、倫理道德、學術智慧全都是人為的，它只能使人性異化、道德淪喪，使生命受到扼殺。因此他宣布：「絕聖棄智，民利百倍；絕仁棄義，民復孝慈；絕巧棄利，盜賊無有。此三言也，以為文未足，故令有所屬：見素抱樸；少私寡欲；絕學無憂。」（《老子》19 章）最理想的「見素抱樸」、「少私寡欲」的社會是《老子》第 80 章所描繪的「小國寡民」社會。只有這樣的社會人民才真正做到了自化、自正、自富、自樸，得到最完美的、健全的發展。其二，生命既然是一個發展系列，就應當對一切生命一視同仁。從這裡，老子引申出了他的人性論。他認為天之道損有餘而補不足，人之道也應如此。最有道的政治應當是天地萬物人民能構成一個十分和諧協調的生命整體。32 章說：「道常無名、樸，雖小，而天下不敢臣。侯王若能守之，萬物將自賓。天地相合，以降甘露；民莫之令，而自均焉。」對於人，老子特別突出一個「慈」字。他說「吾恆有三寶，持而寶之：一曰慈」，「天將救之，以慈衛之」（67 章）。只有「慈」心的人，才可以「常善救人，而無棄人；常善救物，而無棄物」（27 章）；才可以「以戰則勝，以守則固」，成為人民擁護的聖人。我在第一部分說過，老子對生命的理解是廣義的，他是把整個天地萬物人類社會理解為一個生命流程，加之他對「道」的描述還帶有一定的神秘性，所以在哲學上有一定的泛神論色彩。這種泛神論色彩反映到他的人性論上，就是他普愛眾生的抽象人道主義。

莊子的社會歷史觀受老子的影響很深，但也有一個很大的質變。這就是：老子的社會歷史觀是建立在生命群體意識的基點之上，因而它十分強調生命的總體需要和整體和諧，以自為自足為生命的終極目的。莊子則重點地強調生命的個體意識，因而他特別強調生命的個體需要，不僅僅以自為自足為終極目的，而是以精神自由為最高理想。莊子認為，生命的健全發展在於每個個體都能獲得自由。大澤中的野雞十步一啄，百步一飲，求生十分艱難，但它們絕不希望在樊籠中被人蓄養。牛馬四足，是它們的天性如此，倘若人為地絡馬首，穿牛鼻，那它們就喪失了自由，從而也就泯滅了它們的天性。因而，理想的人類社會是既能使人自為自足，又能使人充分自由的社會。《應帝王》說：

有虞氏不及泰氏。有虞氏，其猶藏仁以要人；亦得人矣，而未

始出於非人。泰氏，其臥徐徐，其覺於於，一以己為馬，一以己為
牛；其知情信，其德甚真，而未始入於非人。

這幅社會圖景與老子「小國寡民」圖景的區別在於：老子還強調物質生活的
滿足，強調合乎人性的良風美俗，這裡則一概置而不論，著眼點全在人精神
的自由了。莊子也主張「無為」，要求「無為名屍，無為謀府，無為事任，無
為知主」，然而這種「無為」都是從個體精神自足自全自由的角度出發的。每
個人的個性自由都保障了，天下自然也就和諧完美了。從老子的群體觀念到
莊子的個體觀點，中間有一個合乎邏輯的發展環節，那就是生命意識的不斷
增強和深化。

莊子對庸眾不珍惜生命批判甚多甚力，但對現存社會制度卻很少批判。
不僅很少批判，反還這樣說：「天下有大戒二：其一，命也；其一，義也。子
之愛親，命也，不可解於心；臣之事君，義也，無適而非君也無所逃於天地之
間。」（《人間世》）莊子也有救世之心，說過「治國去之，亂國就之，醫門多
疾」（《人間世》）一類的積極用世的話，甚至還提出過「以刑為體，以禮為翼，
以知為時，以德為循」（《大宗師》）之類的解決現實問題的措施，然而這些言
論大多是即興式的，是偶而心血來潮的片言隻語。莊子給自己的主要任務是
個體的人的重建，對現實問題只是敷衍罷了。在他看來，解決了個體的人的
重建問題，一切社會問題便都好說了。《逍遙遊》中那藐姑射之山的神人，「其
神凝」，也能「使物不疵癘而年穀熟」，「旁礴萬物以為一世蘄乎亂」，哪裏還
把善於治理天下的堯、舜放在眼裏呢！老子強調人的社會性而莊子強調個性，
因而老子要宣講人道主義，講「為無為」，莊子則不講這些，這是他們的原則
區別。

莊門後學流派多，其中有一派人的觀點很值得注意。這些人重新揭櫫了
人性這一論題並以是否合乎人性作為衡量社會是否合理的標尺。《庚桑楚》說：
「性者，生之質也。性之動，謂之為；為之偽，謂之失。」性，是生命的本
質，只有發自生命本質的動才能算「為」，那種由人為施加的行動都是「失」。
那麼，什麼是發自人本性的「為」呢？《馬蹄》說：「彼民有常性，織而衣，
耕而食，是謂同德；一而不黨，命曰天放。故至德之世，其行填填，其視顛
顛。」這裡揭示了三點：第一是勞動；第二是人與人關係的合諧無爭；第三，
每個人發出的行為都樸質、誠實。《讓王》記舜以天下讓善卷，善卷說：「余立
於宇宙之中，冬日衣皮毛，夏日衣葛絺，春耕種，形足以勞動；秋收斂，身足

以休食；日出而作，日入而息，逍遙於天地之間而心意自得。」這是對勞動的謳歌。解決生命問題的唯一途徑是勞動，解決社會問題的唯一途徑也是勞動。把勞動說成是發自人性的活動，這是莊門弟子的一大思想飛躍，也是他們遠遠超過他們前輩思想水平的地方。人與人的關係合諧無爭，就不會有君子與小人之分，人民就可以含哺而熙，鼓腹而遊，甘其食，美其服，安其居，樂其俗。不僅如此，人與自然也應和睦相處。《馬蹄》描繪的景象是：「山無蹊隧，澤無舟梁，萬物群生，連屬其鄉，禽獸成群，草木遂長。是故禽獸可係羈而遊，鳥鵲之巢可攀援而窺。」這裡似乎是美化了原始蒙昧時代的生活，然作者的本意是要藉此寫出一首生命的協奏曲，寫出人與人、人與自然和平共處的美妙理想。其哲學基礎是萬物一體觀。所謂人的行為要質樸、誠實，《馬蹄》說：「同乎無知，其德不離；同乎無欲，是謂素樸；素樸而民性得矣。」從這一點出發，他們認為現存的一切法律制度、倫常道德、學術文化都是違反人性的。因而要「絕聖棄知」、「殫殘天下之聖法」（《盜跖》），這些論點的確過於偏激，他們沒有看到人性的淳樸必須有賴於文明的高度發展，反而抱怨文明泯滅了人的善良的天性，從而堅持要讓人回到獸性的質樸狀態中去，實際上走向了生命要求的反面。總的說來，這一派人的社會歷史觀是在老、莊的基礎上引申、發揮創立起來的，他們充分繼承了老子的自為、自足的生命意識，也接受了莊子的自由觀點，從而有融匯兩家的特點。他們把勞動當作解決生命困境的途徑，在今天看來也是有意義的。

原載《湖南師大社會科學學報》1989 年第 6 期

老子的社會文化批判及其理想

　　春秋末至戰國末,是一個社會文化批判異常激烈、新的社會文化理想開始確立的時期。其時各家都操起自家的理論武器,對傳統和現實進行旗幟鮮明的挑戰,並在此基礎上構築未來的理想的社會文化藍圖。這是真正意義上的百花齊放、百家爭鳴。應該說,老子和孔子是這場爭鳴的最早的、最傑出的發起人,也是最有久遠影響的理論奠基人。兩人在社會文化問題上有許多共同點,例如對遠古自然文明的嚮往,對人道主義和民本精神的呼喚,對群體意識和自我價值的張揚,以及對現實中假醜惡的否定、抨擊等等,都有驚人的趨同性。但是就批判的深度和徹底度來說,我認為老子超過了孔子;就對未來的理想藍圖的構築說,兩人的主張都有相當的現實可行性,但孔子更加具體切實,老子則較疏闊悠遠。本文重在探討老子,但考慮到老子的時代背景,必得時時以孔子為參照系,故預及之。

　　筆者認為,老子的社會文化批判主要有三個方面。在政治方面,他是用人道主義和民本思想為武器批判現實政治的人性淪喪,荼毒生靈;在道德文化方面,他是用歸樸返真的「自然」精神來批判現實道德文化的淪落和虛偽;在人生問題方面,他是用全性葆真、貴生重死的養生論來批判現實人們(主要是統治者)的放縱私慾、自毀生命。其對未來藍圖的構築,就是要使人道主義、民本精神、「自然」精神和養生理論得到有機的融匯和落實。批判和理想是並行不悖,相得益彰的。

一

　　人道主義和民本思想是互相聯繫的一個整體。所謂人道主義,其最起碼

的含義就是尊重人民群眾的生存權、發展權，保護人民群眾的基本利益。而所謂民本思想，其最起碼的含義就是承認和重視人民群眾在國家政治生活中的根本作用，依靠人民群眾的整體力量來解決國家政治生活中的重大問題，自然也包括尊重人民群眾的生存權、發展權，包括保護人民群眾的基本利益。在階級社會裏，人們之所以呼喚人道主義，強調民為邦本，就是因為現實社會中居於統治地位的人們不尊重人民群眾的生存權、發展權，侵奪人民群眾的基本利益，漠視人民群眾的整體力量。這裡所用的人道主義和民本思想都是放在古代社會歷史範圍內探討問題的概念。今天的人道主義則有更高層次的內容，為了加以區別，有人稱古代的人道主義為樸素的人道主義，民本思想則只適用於古代，今天適用的應是民主思想，這是需要加以說明的。

老子對社會政治的批判所用的理論武器就是這種樸素的人道主義和民本思想。其樸素人道主義的集中體現就是一個「慈」字。老子把它看作是聖人的三寶之首（《老子》67 章）。《說文解字》：「慈，愛也。」釋「慈」為「愛」，是符合老子的原意的。《老子》27 章「聖人常善救人，而無棄人；常善救物，而無棄物」，就是對「慈」的具體闡釋。老子的慈愛跟孔子的仁愛有相通之處，但老子自認為他的慈愛比「仁」要高一籌。38 章說：「失道而后德，失德而後仁。」蓋孔子的「仁」雖強調「愛人」，卻要強將人分成善與不善，善善惡惡，必然造成愛有所偏，愛有所遺。老子則強調對人要一視同仁，即使對「不善人」也要愛他：「善人者，不善人之師；不善人者，善人之資。不貴其師，不愛其資，雖智大迷。」（27 章）老子是站在「道德」的層次來談慈愛，是以「聖人」之心看待眾生；孔子是站在一般的人倫關係來談仁愛，是以「君子」之心來看待眾生。老子說：「聖人無常心，以百姓之心為心。善者吾善之，不善者吾亦善之，得善矣；信者吾信之，不信者吾亦信之，得信矣。聖人之在天下歙歙焉，為天下渾渾焉，百姓皆注其耳目，聖人皆孩之。」（49 章）所謂「歙歙」、所謂「渾渾」，王弼注為「心無所適」、「意無所主」，十分正確，也即不強將人群分為善與不善、信與不信，厚此薄彼之意。

民本思想在《老子》中最有概括力的表達是「貴必以賤為本，高必以下為基」（39 章）。貴、高自然指王侯之類的統治階級，賤、下自然指被統治的人民群眾。以人民群眾為統治階級之「本」之「基」，應該說看到了人民群眾在國家政治生活中的整體作用。老子認為，統治階級雖貴雖高，人民群眾雖賤雖下，但相對於人民群眾，統治階級只是少數。以少數對多數，少數是不

可能勝利的。所以統治階級應該謙讓，自稱「孤、寡、不穀（不善）」，不能同人民群眾爭衡。同時，統治者只有謙退，才能贏得人民群眾的推戴和擁護，成就自己偉大的事業。66 章云：「江海所以能為百谷王者，以其善下之也，故能為百谷王。是以聖人欲上民也，必以其言下之；欲先民也，必以其身後之。故居上而民弗重也，居前而民弗害也，天下樂推而不厭也。以其無爭，故天下莫能與之爭。」統治者想領先居上，就應先在人民面前居下居後，這是辯證法在政治問題上的最生動的運用。

基於上述的樸素人道主義和民本論，老子對現實政治展開了猛烈抨擊：「朝甚除，田甚蕪，倉甚虛，服文采，帶利劍，厭飲食，財貨有餘，是謂盜竽，盜竽非盜也哉！」（53 章）「盜竽」，《韓非子·解老》：「竽也者，五聲之長者也。故竽先，則鍾瑟皆隨；竽唱，則諸樂皆和。今大奸作，則俗之民唱；俗之民唱，則小盜必和。故服文采，帶利劍，厭飲食，而資貨有餘者，是之謂盜竽矣。」據此，則「盜竽」即是「大奸」，也就是強盜頭子了。罵統治者是強盜頭子，這憤慨已無以復加。老子把統治者當作社會的一切動亂之源：「民之饑，以其上食稅之多，是以饑；民之難治，以其上之有為，是以難治；民之輕死，以其上求生生之厚，是以輕死。」（75 章）他甚至詛咒：「強梁者不得其死！」（42 章）宣稱：「民不畏死，奈何以死懼之！」（74 章）「民不畏威，則大威至矣！」（72 章）對統治者的強暴恨入骨髓，而對人民群眾的反抗鬥爭、對人民群眾所潛藏的巨大威力有深刻的認識和理解。

老子認為只有用人道主義和民本思想才能解決現實問題。他強調「慈」的力量：「夫慈，以戰則勝，以守則固，天將救之，以慈衛之。」從天道人心的高度論證「慈」的救民救物的力量。只有「慈」，才能贏得民心，取得人民群眾的擁護和支持，挽救岌岌可危的政治局面。其具體措施是實行「無為」。從政治的角度說，「無為」就是要對人民群眾全面退讓。從思想上說，要正視人民的力量，重視人民群眾的「本」、「基」作用。從態度行為上說，絕不能在人民群眾面前趾高氣昂，盛氣凌人，要甘於「處眾人之所惡」（8 章），甚至「受國之垢」、「受國之不祥」，以忍辱負重之精神博取民眾之同情與親近。從經濟上說，要「損有餘而補不足」（77 章），「執左契而不責於人」（79 章），統治者自己要儉嗇，多給人民實惠。從法律上說，要去掉越來越繁瑣、嚴酷的法令（57 章：「法令滋章而盜賊多有。」）不要忌諱太多（同上：「天下多忌諱而民彌貧。」）要「常有司殺者殺」，不要「代司殺者殺」（74 章），即按法律規

定殺人，不要以意濫殺。從對外關係說，不要好戰，好戰者即是「樂殺人」，而「樂殺人不可得志於天下矣。(31章)，即使不得已而戰，也要「殺人眾，以悲哀莅之；戰勝，以喪禮處之」(31章)。46章說：「天下有道，卻走馬以糞；天下無道，戎馬生於郊。罪莫大於多欲，禍莫大於不知足，咎莫於欲得。」能做到以上各個方面，就能使天下安定，人民富足，統治者自己也就能福祿綿長，「子孫以祭祀不輟」(54章)了。這就叫做：「我無為而民自化，我好靜而民自正，我無事而民自富，我無欲而民自樸。」(57章)「其政悶悶，其民淳淳」(58章)是老子所憧憬的最理想的政治局面。「悶悶」是形容政治寬簡，法網疏弘的狀態。人民群眾能過上安定富足的生活，民風自然也就淳樸了。

在對現實政治展開猛烈抨擊的同時，老子也對文化道德進行了反思和批判。老子用以批判文化道德的武器是一種「歸樸返真」的「自然」精神。所謂「自然」，與「道」關係密切，「道」是老子全部思想的核心，其含義十分豐富而複雜。但從文化道德角度說，「道」包含著最原初的人文精神。「道」產生在天地萬物之先，它以質樸、真率為特色。32章：「道常無名，樸。」21章描寫「道」「窈兮冥兮，其中有精，其精甚真，其中有信。」老子認為，「道」的這種質樸、真率完全是自生自成、自完自足的，與人為毫無關係，因而屬於天地萬物的最本質的東西。人類屬萬物之一，自然也包含著這種本質的東西。它既然是最原初的東西，自然也是最純美無瑕、最高級的東西。人類在自身的演進過程中，不斷地創造新的文化，由結繩而至於使用文字，從步行而至於使用舟車，從空手向自然索取到利用兵甲保護自身同敵人作戰，一步步地走向「文明」。而在創造物質文明的同時，人類的爭奪也在加劇。為了避免爭奪，人類為自己設置了一套套道德規範、法律規程，企圖把每一個人都定位到這些規範規程之中。可這些規範規程越詳密、嚴格，離人們設置這些規範規程的初衷就越遠，人與人之間的關係不是越來越親近、和睦，相反地倒是越來越爾虞我詐、鈎心鬥角了。人類把自己創造的文明、文化成果也用進了無休止的爭奪之中，使爭奪變得更加巧妙、複雜和激劇。老子用「道」所包含的原初精神，也即「自然」精神來衡量現實，發現現實已倒退得如此之遠，於是大聲疾呼：

　　　　大道廢，有仁義。智慧出，有大偽。六親不和有孝慈，國家昏
　　亂有忠臣。(18章)

　　　　失道而后德，失德而後仁，失仁而後義，失義而後禮。夫禮者，

忠信之薄而亂之首也，前識者，道之華而愚之始也。（38 章）

　　天下多忌諱而民彌貧，民多利器而邦家滋昏，民多智慧而邪事

滋起，法令滋章而盜賊多有。（57 章）

老子指出：智慧是大偽的根源、愚昧的始因，於是，老子又以他那歸樸返真
的「自然」精神相號召，號召人們「絕聖棄智」，「絕仁棄義」，「絕巧棄利」，
而回到「見素抱樸」、「少私寡欲」、「絕學無憂」的「理想」境界之中去（19
章）。

　　對老子的這些主張應作具體分析。他認為「絕聖棄智」可以使「民利百
倍」，這包含了對統治者所推崇的聖人智者的徹底否定和對人民群眾利益的關
注，體現著深厚的民本精神。老子把社會的動盪、人民的苦難歸因為這些「聖
人智者」，應該說是找對了原因，找準了病根。可是老子又認為人民群眾也不
應該有智慧，認為社會的動亂、爭奪也與人民群眾「多智慧」有關，這就走向
了民本精神的反面了。他這樣說：「古之善為道者，非以明民，將以愚之。民
之難治，以其智多。故以智治國，國之賊；不以智治國，國之德。」（65 章）
這顯然是在宣揚愚民政策。老子認為，只要上面沒了「聖人智者」，下面盡是
「愚民」，社會就歸樸返真，安寧無事了。這種想法在老子本人固然只是天真，
可對後世的影響就不那麼妙了。後世的實際情況是，在上的「聖人智者」不
僅沒有被「絕棄」，反而更「聖」更「智」，而人民群眾在這些「聖智」的「教
化」之下，倒是真正的「愚」了！老子的天真中所包含的荒謬，也應當在「絕」、
「棄」之列。

　　老子否定仁義、孝、慈、忠、信、禮、法，這些道德和法律規程沒有否定
智慧那樣徹底。他並不認為仁、義、孝、慈、忠、信、禮、法這些東西本身有
什麼錯，而是從歸樸返真的「自然」精神來反觀，覺得這些東西在現實中並
沒有起到它們應起的作用。實際上他本人也反覆地提倡這些東西。例如「慈」，
他列為三寶之首；又說「絕仁棄義」，「民復孝慈」（19 章）；又說「信者吾信
之，不信者吾亦信之，得信矣」（49 章）。可見他並沒有否定「慈」、「孝」、
「信」。又說「上仁為之，而無以為；上義為之，而有以為；上禮為之，而莫
之應，則攘臂而扔之」（38 章），是並未全否定仁、義、禮。至於法，上文我
們已說過許多有關老子對法的看法，老子之所以沒全盤徹底否定它們，是因
為他看到了這些東西中仍包含著與「自然」精神一致的東西，只是在現實社
會中它們已被聖人智者們弄得華美、繁瑣、苛細、有名無實而已。只要煥發

它們的真精神,即還其「真」「樸」,它們仍不失為維繫天道人心的良風美德。
怎樣才能返樸歸真?老子主張加強修養:

> 修之身,其德乃真;修之家,其德乃餘;修之鄉,其德乃長;
>
> 修之邦,其德乃豐;修之天下,其德乃溥。故以身觀身,以家觀家,
>
> 以鄉觀鄉,以邦觀邦,以天下觀天下。(54章)

這種修養論,簡直跟後來儒家的修齊治平差不多了!由此可見,道家跟儒家
往往也有相同的思路,只是道家總是企圖用「道」來籠罩儒家,比儒家更關
心道德的本質罷了!

在人生問題上,老子是用全性葆真、貴生重死的養生論來批判現實人們
(主要是統治者)的放縱私慾、自毀生命。重視養生,這是老子思想的一大
特色,也是此後道家的一貫傳統。老子認為,一個人要重視生命。因為同世
界上任何東西相比,生命都顯得重要無比。他曾經這樣啟發人們:「名與身,
孰親?身與貨,孰多?」(44章)答案就在問題之中。生命是人的大本,養生
的根本點就在於使人能「長生久視」(59章),而不至於「動而之死地」(50
章)。這是老子的基本觀點。

養生的重要毋庸煩言,關鍵是怎樣養生。

在一般世俗的人看來,養生的關鍵就是保養身體。而保養身體,就是要
「厭飲食」,即吃足喝好,五味俱全,還要目視五色,耳聽五音,滿足感官享
受;豐衣足食之後,便是車馬馳騁,盤遊取樂,悠閒度日。為了過上養尊處優
的生活,就想方設法剝奪他人,聚斂財物。而財富越多,慾望就越膨脹;慾望
越膨脹,享受就越豐厚;享受越豐厚,剝奪他人也就越瘋狂,聚斂財富也就
越無止境。這種惡性循環的結果,就是使個人的養生問題轉化成了嚴重的社
會問題:財富日益聚集到少數人手裏,兩極分化日益嚴重,窮人無法維持自
己的生命,只好「輕死」,同富人拼個你死我活,富人也就走上死路了。因此,
老子猛烈地批判這種世俗的養生觀:

> 出生入死,生之徒十有三,死之徒十有三,而民之生,生而動,
>
> 動皆之死地,亦十有三。夫何故也?以其生生之厚也!(50章)

這是對認為厚自奉養即能養生的人的一聲當頭棒喝!

老子還非常理性地分析了「生生之厚」所造成的雙重後果。首先是自然
後果,養生太過者,必受自然後果之懲罰:「五色令人目盲,五音令人耳聾,
五味令人口爽,馳騁田獵令人心發狂,難得之貨令人行妨。」(12章)感官享

受過分會導致感官的遲鈍，並由遲鈍而致病，這是有醫學依據的。再就是社會後果的懲罰：「金玉滿堂，莫之能守」（9章），「甚愛，必大費；多藏，必厚亡」（44章）！聚斂私財以供個人養生，這私財未必保得住。

鑒於「生生之厚」之害，老子反過來說：「夫唯無以生為者，是賢於貴生也！」（75章）這是說，與其貴生過渡，還不如不貴生。

批判了世俗的養生觀，老子提出了自己的養生主張：

其一，保養身體雖是「貴生」的一個重要內容，但要講究一個度。這個「度」就是「知足」。只有「知足」，才「可以長久」（44章）。知足一是為了防止感官享受太過致病，二是為了防止由個人的養生問題演化成社會問題。與知足相配合的是「寡慾」，不限制慾望，就不可能知足。

老子還用另一種調養身體的方法來避免厚養太過。這方法，老子稱為「搏氣致柔」（10章）。他從嬰兒旺盛的生命力中受到啟發，認為嬰兒「骨弱筋柔而握固，未知牝牡之合而朘怒」，「終日號而不嗄」，是因為「精」、「和」之至，因而創造了一套向嬰兒回歸的煉養方法。可惜他對這種方法的具體操作語焉不詳。他宣稱這一套很有奇效，可以使「蜂蠆虺蛇不螫，猛獸不據，攫鳥不搏」（以上均見55章），甚至可以「陸行不遇兕虎，入軍不被甲兵。兕無所投其角，虎無所措其爪，兵無所容其刃」（50章）。他這些說法對養生家有很大的魅力，後來的養生家們沿著他的思路，創造出了很多養生的方術，形成了絢麗多姿的養生文化。

其二，相對於保養身體，老子更強調保養精神。保養精神有二義。「塞其兌，閉其門，挫其銳，解其紛，和其光，同其塵」，即閉目塞聰，不要過多地糾纏於人事是非，避免過多地耗精勞神，此是第一義。第二義，也是最重要的一義，就是要培養個人的高遠的精神境界。要胸懷天下，時時想著怎樣利物濟人，即使取得了輝煌的成就也始終謙虛謹慎，不驕不躁，居安思危，功成不居。不患得患失，不寵辱若驚，不圖名，不圖利，甘於淡泊，與世無爭。精神的裕如、志趣的高邁、眼界的闊大，心胸的廣博都對生命的健全大有裨益。如果說全性葆真，這就是全性葆真。把人生觀的培養與養生論結合起來，這是老子的一大特色，也是中華養生學的一大傳統。

二

綜上可知，老子對社會文化的批判同他對理想的追求是同步的，批判的

本身就包含著建樹,儘管他的建樹有些是天真可笑的。現在我們來看一看他所構築的未來的理想的社會文化藍圖。《老子》第 80 章是人所共知的:

> 小國寡民,使有什伯之器而不用,使民重死而不遠徙,雖有舟輿,無所乘之;雖有甲兵,無所陳之;使民復結繩而用之。甘其食,美其服,安其居,樂其俗,鄰國相望,雞犬之聲相聞,民至老死不相往來。

之所以說這幅圖景是「未來的」,是因為它是在有什伯之器、舟輿、甲兵這些「現代」文明之後,通過擱置這些「現代」文明才達到的「境界」。應該說,這是一個既體現了老子的人道主義、民本思想,又體現了歸樸返真的「自然」精神和全性葆真、貴生重死的養生論的「境界」,是這三者的完美結合。這裡雖有「國」、有「鄰國」,全沒有不人道的戰爭,繁瑣、虛偽的道德法制,人民群眾真正回到了「真」、「樸」的「自然」狀態之中,過著一種知足保和、自得其樂的生活。和平和安寧是這裡的基本主題,聖人智者在這個結繩而用的國度裏沒了用武之地,自然也就銷聲匿跡了。

然而,這一頗富詩意的境界是用擱置「現代」文明──「什伯之器」、「舟輿」、「甲兵」、文字等──換取的,而且人類又從「現代」的廣泛交流、溝通復歸於相互隔絕、自我封閉的狀態。只要我們一想到爬樹逐獸、茹毛飲血,這境界中所包含的詩意便會蕩然無存。我們會情願在現代文明中受再多的痛苦和煎熬,也不會願意重新回到老子指示的境界中尋覓詩意。

老子的理想對後世的影響是複雜的。黃老派對它作了另一種解釋:「昔堯之治天下也……水處者漁,林處者採,谷處者牧,陵處者田。地宜其事,事宜其械,械宜其材。皋澤織網,陵阪耕田,如是則民得以所有易所無,以所工易所拙,以所長易所短。是以叛離者寡,聽從者眾……是以鄰國相望,雞犬之音相聞,而足跡不接於諸侯之境,車軌不結於千里之外,皆安其居也。」(《文子·自然》)這幅圖景,顯然也包含著老子的「自然」精神,甚至也有「鄰國相望,雞犬之音相聞」之類的各自為政,但它並不廢棄「現代」文明,不僅不廢棄「現代」文明,相反地還努力創造包括商業、機械製造在內的「現代」文明。「現代」文明的發展與「自然」精神可以並行不悖,這是黃老派對老子的發展和超越,對我們今天也有某些有益的啟示。

法家也受了老子的影響,這樣描寫自己的理想:「故至安之世,法如朝露,純樸不散,心無結怨,口無煩言。故車馬不疲弊於遠路,旌旗不亂於大澤,萬

民不失命於寇戎，雄駿不創壽於旗幟，豪傑不著名於圖書，不錄功於盤盂，記年之牒空虛……古之牧天下者，不使匠石極巧以敗太山之體，不使賁、育盡威以傷萬民之性，因道全法，君子樂而大奸止。」（《韓非子·大體》）這顯然對老子的貴生重死內容有所繼承和發展，對老子的人道主義和民本精神也有所首肯。從中我們可以看出老子理想的可塑性。

對老子的理想境界謳歌最多，發揮得最淋漓盡致的是莊子。老子的理想國雖然具有鮮明的復古性，卻以擱置「現代」邁入未來的方式來暗示，莊子則明確宣布要回到上古：「昔者容成氏、大庭氏、伯皇氏、中央氏、栗陸氏、驪畜氏、軒轅氏、赫胥氏、尊盧氏、祝融氏、伏羲氏、神農氏，當是時也，民結繩而用之，甘其食，美其服，樂其俗，安其居，鄰國相望，雞狗之音相聞，民至老死而不相往來。」（《莊子·胠篋》）莊子張揚得最充分的是老子的「自然」精神，他用「自然」精神同「現代」文明相對抗，比老子具有更強的叛逆性。後來受他的影響的人很多，如魏正始時的阮籍、西晉的鮑敬言、東晉末的陶淵明，唐末的無能子，以及南宋末的康與之，都是典型代表。關於這些，拙著《無為論》第四篇已有較詳細的論述和分析，這裡就不再重複了。

原載《湖南師範大學社會科學學報》1997 年第 6 期

老子：一個介於入世
與出世之間的哲人

　　我讀《老子》，每恨典籍所載老子事蹟太略，因而常掩卷想見其為人。思之既久，印象漸深。認為其為人在入世與出世之間：他既是一個深沉的憂世者，積極的救世者，深婉的諷世者，又是一個激昂的憤世者，孤高的傲世者和沉潛的遁世者。這六者隱含著他思想的發展軌跡及特徵：他由憂世而欲救世諷世，救世諷世不見成效，便轉而憤世傲世，直至避世。據《史記》本傳所載，老子著書，是避世之初的事。《老子》中所反映出來的思想，正符合這樣的特徵：它保持著作者的積極用世精神，但他的救世方略和諷世方式，又深深地打上了隱逸者的烙印。以這種理解讀《老子》，可以對其中的一些有爭議的問題作出一些新的解釋。

一

　　說老子是一個深沉的憂世者，是說他對現實的某些弊端有較深層的憂慮和思考。綜觀《老子》，他著重憂慮和思考的現實問題主要有三個：

　　第一個是文化問題：人類智慧和知識的積累、發展給人類自身造成了什麼後果？

　　第二個是政治問題：隨著仁義禮樂政刑等統治手段的完備，人民和統治者本身的命運如何？

　　第三個是生命問題：隨著當時社會文化、政治、經濟等各方面的發展，人的慾望正在迅速膨脹，這慾望的膨脹對人的生命造成了什麼影響？

　　在老子看來，這三個問題是聯繫在一起的，都是令人擔憂的。在現實社

會中，特別是統治者的所謂智慧、知識，其內容是偏狹的，其發展是畸形的。其內容主要是仁義禮樂政刑等統治方術及其運用，其發展不是把人類引向善境，而是引向更巧妙的欺騙、爭奪和迫害。有了這樣的智慧和知識，人類真樸自然的天性只會越來越凋落，道德也越來越淪喪。因此，仁義禮樂政刑等統治手段的完備只能導致人際關係和階級矛盾的日益加劇，使不同地位的人群越來越無法和諧共存。慾望的膨脹不僅導致對立的加劇，還導致人格的裂變，由人格裂變進一步導致人類精神價值的貶損，又由精神價值的貶損進一步導致生命價值的失落，使生命在自然後果和社會後果的雙重懲罰之下走向萎縮和消亡。

面對人間種種禍福變化，老子沉痛地慨歎：「人之迷也，其日固已久矣！」（《老子》58 章）

說老子是一個積極的救世者，是說他勇於竭誠盡智，針對著現實的弊端開藥方。老子開的藥方，用一個字來總括，就是「道」；用兩個字來概括，就是「無為」。

「道」是一個內涵複雜的範疇，學者們可以從不同角度來理解它、闡釋它。但要義在於：它是老子全部主張和理想的總和。

「道」的可操作性就在於「無為」。「無為」也是一個內涵極其複雜的範疇，「無為」的要義之一，是表示一種人為禁忌。從字面來理解，就是「不要做什麼」的意思。值得注意的是，它雖然否定和禁止人為，但並不否定和禁止所有人為，而只是否定和禁止部分人為。而否定、禁止部分人為的目的，又是為了更好地張揚另一部分人為。否定和禁止的是弊端，張揚的是理想，這裡面包含著一種深刻的辯證法。用老子自己的話來表達，就叫做「去彼而取此」（《老子》12 章、38 章、72 章）。老子又說「道常無為而無不為」（37 章）、「為無為」（3 章、63 章）。可見「無為」的目的是為了「無不為」，「無為」只是「為」的一種方式。孟子也曾說過：「人有不為也，而後可以有為。」（《孟子‧離婁下》）此語頗得老子神髓。因為老子主要是以「無為」來張揚理想，且將它同造成弊端的「有為」相對而言（《老子》中「有為」只用來表示統治者的種種統治手段，即仁義禮樂政刑之類），所以老子不用「有為」一詞來表達自己所肯定的種種人為。實際上，他講「無為」的時候，就包括了他所肯定的種種人為。

老子的「無為」著重要解決的就是上面提到的三大可憂的問題。

　　針對第一個問題，「無為」就是要「絕聖棄智」、「絕學」（17 章）。所謂「聖」，段玉裁《說文解字注》說：「聖從耳者，謂其耳順。《風俗通》曰：『聖』者，聲也，言聞聲知情。」因此，「聖」也就是睿智而有先見之明之意，與智意義相同。讀過《老子》的人都知道，老子是不否定「聖人」的，《老子》中「聖人」比比皆是，就是明證。「絕聖棄智」的含義是：「聖人」雖有智慧，但一概摒棄不用。「絕學」也是如此。指「聖人」雖有學問、知識，但一概摒而棄之。「聖人」的做法是：「塞其兌，閉其門；挫其銳，解其紛；和其光，同其塵。」（56 章）也就是有意不用耳目心智。「聖人」是什麼人呢？從「絕聖棄智，民利百倍」這句話來看，「聖人」自然是與「民」相對的統治者，準確地說，是老子所理想的統治者。一般統治者的所謂「智」、所謂「學」，無非是指仁義禮樂政刑之類的統治術。老子說統治者去掉了「聖」、「智」這些東西對人民只有百利而無一害，可見他是把人類真樸天性的失墜和道德的淪喪歸咎於統治者，把他們看成天下紛爭禍亂之源。

　　當然，老子也反對人民有智慧，所謂「民多智慧，而邪事滋起」（57 章），即是此意。但他似乎看到了人民的智慧與統治者的智慧性質有所不同。統治者是用「智慧」統治和敲剝人民，人民則在統治者「智慧」的激發下學會了以其人之道還治其人之身，也變得有智慧起來，其結果必然是人際關係的惡化和階級矛盾的激化。所以老子要求統治者先從自身做起，帶頭去掉智慧，然後大家一道歸於真樸。這就叫做「我無為而民自化」（57 章），叫做「其政悶悶，其民淳淳」（58 章）。有人見《老子》中有「古之善為道者，非以明之，將以愚之，民之難治，以其智多」（65 章）的話，就說老子主張愚民政策，這是不合老子本心的。

　　老子認為從統治者到人民都去掉了用以欺騙爭奪的智慧、知識，就可以使「民復孝慈」（17 章），即建立起一套以真樸為內容的新的人際關係和社會道德體系了。這時候，「無為」就完成了它的使命，而為「有為」——雖然老子避免使用這一個詞來表達自己的理想——所取代了。54 章說：

　　　修之身，其德乃真；修之家，其德乃餘；修之鄉，其德乃長；
　　修之邦，其德乃豐；修之天下，其德乃溥。故以身觀身，以家觀家，
　　以鄉觀鄉，以邦觀邦，以天下觀天下。

這種修齊治平的思路，與號稱「有為」的儒家的思路有什麼不同呢？

　　針對第二個問題，老子的「無為」也是要求統治者去掉仁義禮樂政刑那

一套統治方術。不過這時他說得更明確、更具體了。在政治上，他反對苛察（58章：「其政察察，其民缺缺。」）、「多忌諱」、「法令滋章」（57章）；經濟上，他反對「食稅之多」（57章）、「損不足以奉有餘」（77章）。他把統治者所採取的一切政治、經濟手段都稱為「有為」，認為這才是人民難治的根本原因（75章：「民之難治，以其上之有為也。」）他明確指出，這種「有為」不僅對人民不利，而且對統治者本身也不利。因為「有為」的結果是人民「輕死」（75章）、「不畏威」（72章）、「不畏死」（74章）。而人民一不怕死，統治者也就難逃「金玉滿堂，莫之能守」（9章）的可悲下場了。老子的「無為」，就是要求統治者去掉苛繁的政治壓迫和經濟壓榨，以此來緩解、消弭人際關係的惡化和階級矛盾的加劇。

按照「無為」包含的辯證法，老子批判了這樣的「有為」，就必然要張揚另一種「有為」。這種「有為」，用老子的話來說，就是生養。他的「道」就是以生養為主要內容的。所謂「道生之，德畜之，長之育之，亭之毒之，養之復之」（51章），「以輔萬物之自然而不敢為」（64章），都是指「道」能生養萬物。落實到政治層面，就是要求統治者對人民實行休養生息的政策，由干預、掠奪性的「有為」轉向引導性、輔助性的「有為」，讓人民「自富」、「自正」（57章）。

這種以生養為內容的「有為」是以深厚的人道主義為內核的。用老子自己的話來表述，就是「慈」，只有「慈」才能挽救衰世——「天將救之，以慈衛之」（67章）。統治者能對人民柔慈，人民才會像萬物對待「道」那樣「尊道而貴德」（51章），如此則彼此相安無事，人民得以生養繁育，統治者本身也會長生久視，「子孫以祭祀不輟」（54章）。

針對第三個問題，老子的「無為」就是批判和否定慾望。他的名言是「罪莫大於多欲」（46章）。他認為，慾望最大最強烈的還是統治者。正是不斷膨脹的慾望促使他們對外大動干戈，對內誅求無已，對己則唯求「生生之厚」，養生之具無所不至。然而，慾望的滿足和實現往往是以人格的裂變為代價的。統治者一旦獲得了成功，便會自認剛者、強者、雄者，從而變得更加自以為是，更加剛暴乖戾，更加猖狂妄行，為所欲為。當他們的人格裂變到無以復加時，天下生靈也就無以為生了；而一旦天下生靈無以為生，他們自己也就必然要受到社會後果的懲罰了。何況過多的物質享受也會使他們導致自然後果的懲罰，如「五色使人目盲，五音使人耳聾，五味使人口爽，車馬馳騁使人

心發狂」（12 章）之類。自然後果同樣可以導致生命價值的失墜和消亡。

老子所說的慾望包括權利慾、物質佔有慾及其衍生物如主宰慾、表現慾、求勝慾、享受慾等。老子要求「聖人」「生而弗有，為而弗恃，長而弗宰」（51 章）、「功成而不居」（2 章）、「不自見」、「不自是」、「不自伐」、「不自矜」（22 章）、「善利萬物而不爭」（8 章）、「不敢為天下先」（67 章）、不求「生生之厚」、「無以生為」（75 章），都是指要統治者放棄權力慾、物質佔有慾及其衍生物。產生這些慾望的根源是自私，所以他又將「少私」與「寡欲」聯繫在一起（19 章）。

老子的意圖是通過否定慾望來重建人格，通過高揚人的精神價值來調整和充實人的生命價值。老子所肯定的理想人格是柔慈、寬厚、真樸、儉約、謙虛、淡薄名利、公正無私。他把具有這些人格特徵的人稱為「聖人」。「聖人」所追求的不是人的物質價值，而是人的精神價值。「聖人」不是不斷突出自我在公眾中的形象，而是不斷弱化、虛化自我形象，讓人們僅僅知道他存在而已，「下知有之」（一作「不知有之」）是「聖人」的「太上」境界（17 章）。要達到這樣的境界是很不容易的，必得有一個戰勝自我的過程。「聖人」戰勝了自我之日，也就是確立了精神價值、獲取了生命價值之時，這就叫做「自勝者強，知足者富，強行者有志，不失其所者久，死而不亡者壽」（33 章）。

像對待智慧和知識一樣，老子也要求人民「無知無慾」（3 章）。他認為人民的慾望是統治者「見可慾」激發出來的（3 章），因而首先得統治者率先戰勝慾望，才能使人民消除慾望。他認為只有在低物慾水平狀態下人民才會「重死」（80 章），即看重死亡，珍惜生命。聯繫他的「損有餘以補不足」（77 章）、「我無事而民自富」（57 章）等主張看，他是主張人民富足的。他之所以主張要使人民「無慾」，乃是因為當時生產力水平低下，一部分人慾望的滿足要以另一部分人慾望的喪失為代價，只有全社會都處於低物慾狀態才能保證大多數人的基本慾望的實現。其用心是善良的，不宜苛責。

二

說老子是一個深婉的諷世者，是說他諷勸世人特別是統治者的手法極其深婉。

其手法最深婉的地方莫過於「道」這一範疇的提出。「道」這個東西，不僅包含著天地萬物之理，也包含著老子的全部主張和理想。老子想像（依《韓

非子‧解老》的說法）、虛構出這麼一個東西，其根本意圖無非是引導世人特別是統治者用哲學的、理性的眼光來觀照世俗的一切，從天地萬物的生成演化的高度、深度來把握、駕馭人間的一切問題。「道」的最突出的特性就是它的可踐履性。老子講得很明白，「從事於道者，同於道」（23章）。這是說，凡是踐履大道的人，他本人就可以與「道」同體，成為那永恆不變的「道」。這實際上是想把人們引入大道境界，也就是他所理想的最高社會和人生境界。

為了體現上述意圖，他用了許多迂曲的手法。例如，他說「道」的形象是「惚兮恍兮，其中有象；恍兮惚兮，其中有物；窈兮冥兮，其中有精；其精甚真，其中有信」（21章），那麼踐履大道的人就應當是這麼一副模樣：

古之善為道者，微妙玄通，深不可識。夫唯不可識，故強為之容：豫兮其若冬涉川，猶兮其若畏四鄰，儼兮其若客，渙兮其若凌釋，敦兮其若樸……（15章）

這無非是說，踐履大道的人外似渾渾噩噩、畏葸愚鈍，其實內心真樸精誠、深遠莫測。然而由於他表達的曲折深婉，就使人很難正確理解。

又如，萬物的演生模式是「道生一，一生二，二生三，三生萬物，萬物負陰而抱陽，沖氣以為和」，這是一個由少生多、萬物自成的過程。那麼踐履大道的人就應當悟出「道」作為「一」這個小數所包含的深刻意義：「一」雖是一個至小至卑的數字，但從它是「萬」之始這一點說，他又是至高至尊的。踐履大道的人（指王侯，即統治者）也是如此，他們對自己用「孤、寡、不穀」這「人之所惡」的謙稱，使自己居于謙下的狀態，卻可以更好地生眾養眾御眾，讓萬民自生自長，故而又是至高至尊的（以上引文均見42章）。其本意只不過是奉勸居高位的統治者要清虛自守，卑弱自持，而表達卻婉曲得令人難以弄清真意。

老子對辯證法的闡釋也是極為深婉的。他指出了有無、長短、音聲、高下、先後、美醜、剛柔、靜躁、榮辱、禍福、奇正等一般對立轉化的原則之後，便教導人們，應當盡可能地避免物極必反規律，以便使自己在矛盾轉化過程中永遠居於有利的地位。具體做法是：在互相對立的矛盾關係中，本來居於矛盾主要方面的人們要主動地占居矛盾次要方面的位置，即先者要取後，躁者要取靜，剛者要居柔，高者要居下，強者要守弱，雄者要守雌，這樣就可以使自己在矛盾轉化過程中永遠居於上升的地位，永遠立於不敗之地。這樣他就創造了一套使強者保持長盛地位的特殊哲學。善於運用這套哲學的人，

往往能取得以柔克剛，以弱勝強，以退為進，以後取先，以不爭取勝的效果。但這種哲學也容易使人們產生誤解。前代有人稱他為「陰謀家」，今天有人稱他的哲學為「弱者的哲學」，就是如此。

老子諷世手法的深婉還表現在他常用誇張的手法來表達功利。如「道常無為而無不為，侯王若能用之，萬物將自化」（37章）、「道常無名，樸，雖小，而天下弗能臣。天地相合，以降甘露；民莫之令，而自均焉」（32章）、「以其無私，故能成其私」（7章）、「夫唯不爭，故天下莫能與之爭」（22章）之類。好談功利表明老子始終未忘現實，企圖於世有用，但他表達的曲折卻容易使人產生誤解，有人見他說「故能成其私」之類的話，就斷定他其實是個「最大的自私自利者」，就是一例。

總之，老子的諷世表現出一種溫厚、和平、陰柔、深邃、婉轉曲折的特點，這與他用心的善良、誠摯、天真、深沉是一致的。他的諷勸多半是對統治者而言，這表明他對統治者是忠誠的，抱著幻想的他希望他們能從非理性走向理性，從剛暴自恃之主變成理想的聖主賢君，從而實現社會的長治久安。

三

老子的諷世手法雖極深婉，卻未能掩藏他作為一個激昂的憤世者的真實面目。在《老子》中，我們常可看到他對昏憒貪暴的不滿，常能讀到許多出語斬截、措詞尖銳、愛憎強烈的語句。如「富貴而驕，自遺其咎」（9章）、「絕聖棄智，民利百倍；絕仁棄義，民復孝慈；絕巧棄利，盜賊無有」（19章）、「夫禮者，忠信之薄而亂之首也；前識者，道之華而愚之始也」（38章）、「強梁者不得其死」（42章）、「服文采，厭飲食，財貨有餘，是謂盜竽」（53章）、「民不畏死，奈何以死懼之」（74章）、「民不畏威，則大威至矣」（72章）等等，都是怒形於色、擲地有聲的「斬截語」。從這些話中我們可以想見老子那金剛怒目式的形象，與上文提到的溫婉極不相稱。之所以如此，無非是因為他已經看到了當時的俗眾主要是統治者已經病入膏肓，不可救藥，徒溫婉不足以振聾發聵，驚世駭俗。這是他同世俗主要是同統治者極不協調乃至分道揚鑣的一個表徵。

由激昂的憤世走向孤高的傲世，再由孤高的傲世走向沉潛的避世，這是歷史上許多正直士大夫走過的人生之路，老子自然也不例外。

老子的學說在當時就不被人們理解和接受，這在《老子》中就有充分的

體現。70 章說「吾道甚易知也，甚易行也，而天下莫之能知也，莫之能行也」，一種屈原式的失意情調溢於言表。41 章說：「上士聞道，勤而行之；中士聞道，若存若亡；下士聞道，大笑之。不笑不足以為道！」所謂上士云云，只是勉勵世人行道之辭而已，現實中大約是沒有的；更多的當是下士，他們對老子採取的是一種譏諷、輕蔑的態度。「不笑不足以為道」一語足可見老子同他們針鋒相對、反唇相譏的態度。老子同俗眾的齟齬難合表明了老子的孤立和孤傲，像歷史上無數堅持己見、死守善道的哲人們一樣，老子也深感曲高和寡，人言可畏。20 章說：「人之所畏，不可不畏……眾人熙熙，如享太牢，如春登臺……我愚人之心也哉！俗人昭昭，我獨昏昏；俗人察察，我獨悶悶……」這些話，讀來令人悲愴不已。

老子所表現的孤傲是相當強烈而鮮明的。20 章說「我欲獨異於人，而貴食母！」70 章說：「知我者希，則我貴矣，是以聖人被褐而懷玉！」表達的完全是一種寧受困窮，也不肯與世俗同其波流的失意士大夫的自信與執著。

正是憤世、傲世使他由積極的入世轉向了沉潛的避世。他的著書，當是在決心避世之後的事了（《老子》中所表達的思想正與《史記》本傳相合），因而他的思想體系又深深地打上了隱逸者的烙印。主要表現在：

其一，隱逸者往往是從統治階層內部分化出來的，屬於統治階層中有獨立思想、獨立人格的一支。失意使他們比較接近人民，瞭解人民的疾苦、願望並能為之代言；但他們又並不從根本上背離自身固有的階層，他們總是懷著善良的願望為本階層的實際掌權者出謀劃策，以體現自己的忠悃和真誠。於是他們彷彿站在交叉路口，甚至似乎站在空中發言，對兩個敵對陣營的人們各有理解體貼，也各有批評、奉勸，甚至指責。老子就是如此，他一方面同情人民，為世道的不平橫眉怒目，甚至為民請命，另一方面卻又將「王」列為「域中四大」之一（25 章），表現出鮮明的尊王思想，且苦口婆心地向他們進言，為他們獻長治久安之策。這種類似「中介人」、「局外人」的態度，與他隱逸者的身份是一致的。

其二，隱逸者往往對現實危機十分敏感，特別關注吉凶禍福的倚伏變化之機，並流露出一種世事無常、禍福難料的感喟。58 章說：「禍兮福之所倚，福兮禍之所伏，孰知其極？其無正邪？正復為奇，善復為妖。」似乎世間的禍福奇正都在作無條件的轉化。基於這樣的心態，他奉勸統治者要早識禍福之機，不要貪戀高位，執著於暫時之榮華，而當自挫鋒芒，激流勇退；即使在

位，也當以天下為寄託，不可因天下自累其身。13 章說：「吾所以有大患者，為吾有身。及吾無身，吾有何患？故貴以身為天下，若可寄天下；愛以身為天下，若可託天下。」這種情懷，不是一般處於隆盛得勢之時的人所能有的，它只是一種隱逸者的情懷。

其三，隱逸者因對現實危機過於敏感，往往不對現實作熱情追求，而力圖從精神世界找到自己安身立命的領地。他們把人生放到時空的大背景下作冷靜的思考，找出能使自身與天地萬物溝通、協調的東西，並以此作為人生的精神支柱和歸宿。老子通過對天地萬物的觀察和思考，認為虛無恬靜才是天地萬物的終極，即「夫物芸芸，各復歸其根；歸根曰靜；靜曰復命，復命曰常……」（16 章）、「天下萬物生於有，有生於無」（40 章），進而把虛無恬靜作為自己整個思想體系的根柢。這種思想的形成，實與他那隱士式的「終極關懷」有關。

其四，隱逸者因脫離了其固有階層的經濟支持，一般都過著清貧寒素的生活。他們追求的是精神世界的和諧與寧靜，人格的健全與完具，對低水平的物質生活方式自然採取認同甚至讚美的態度。對因追求物質生活的滿足而展開的激烈競爭，自然也就會厭憎甚至加以抨擊。「被褐懷玉」的老子極力詛咒「罪莫大於多欲，禍莫大於欲得」而推崇「知足之足，常足矣」（46 章），都與他隱逸者的經濟狀況和生活理想有關。

其五，由於隱逸者對現實危機過於敏感，批判、否定較多，對社會的前途自然也會心存惕懼。他們往往不肯前瞻，而情願後顧，從人類的童年時代去尋覓失墜已久的天真和完足。老子的「小國寡民」理想就是如此。他的這種理想，在後世的隱逸者如莊周、鮑敬言、陶淵明、無能子那裡不斷被引為同調並加以發展，就是這個道理。

原載《中國文化研究》1999 年第 2 期

莊子的社會文化批判及其理想

一

　　莊子用來進行社會文化批判的標尺就是居於他整個思想體系核心的「道」。「道」是從老子那裡繼承過來的。老子也曾經用他的「道」為武器進行社會文化批判，並由此建構自己的社會文化理想。但莊子對老子的「道」既有所繼承，也有所捨棄和發展。老子的「道」所包含的人文精神有三：一是樸素的人道主義和民本思想，二是歸樸返真的「自然精神」，三是全性葆真、貴生重死的養生論。老子就用這三條標尺來抨擊當時統治者的人性淪喪、荼毒生靈，批判現實道德文化的淪落和虛偽，批判人們的放縱私慾，自毀生命。莊子則重點張揚了老子的「歸樸返真」的「自然」精神，並將它發展成一種「自然」人性論，同全性葆真、貴生重死的養生論更加有機地融貫起來，從個性生命、精神健全的必要推及到整個社會成員生命、精神健全的必要性，並以此為標的對當時各家各派乃至整個社會文化體系進行反思、加以批判，且在此基礎上構築起自己的社會文化理想。至於老子的樸素人道主義和民本思想，則部分地被融匯在他的「自然」人性論中，部分地被捨棄掉了。

　　在老子的時代，人性的問題已被提出。老子的以「慈」為表徵的人道主義，孔子的以「仁」為表徵的人道主義，可以說就是一種人性論。但老子不言性，孔子也只說了句「性相近也，習相遠也」（《論語·陽貨》），就再也沒說什麼。他的學生子貢說：「夫子之文章可得而聞也，夫子之言性與天道，不可得而聞也。」（《論語·公冶長》）可見在孔子看來，「性」是一個很高深的哲學問題，是不輕易談論的。到戰國中期，也就是孟子和莊子的時代，人性問題就

成了熱門話題。諸子紛紛談「性」，並展開了辯論。典型的例子是孟子同告子的辯論，事詳《孟子·告子》。從他們的爭辯看，兩人都認為「性」是事物與生俱來的東西。只是告不害認為人性與物性並無區別，更無所謂善惡；孟子則認為事物各有不同的「性」，人性更不同於物性。人性善，這種善性是人與生俱來的，「非由外鑠我也，我固有之也。」莊子對「性」的看法，同孟子和告子也有一致之處，即認為「性」是與生俱來的東西。但莊子跟他們又有很大不同，他們談人性，始終沒脫離人的道德性問題。孟子講人性善，把道德植根於人性；告子講性無善惡，卻又強調「食色性也」，強調「仁內義外」，認為人性是可以引導走向善惡的（「性猶湍水也，決諸東方則東流，決諸西方則西流」）。莊子談人性是針對「自然」與人為的關係立論的，他認為道德完全是「人為」的東西，是違背「自然」的，要談「性」首先就得排斥「人為」，其中最根本的東西就是世俗所謂的「道德」。如果要「道德」的話，也只能要符合「自然」的道德。這種道德無所謂善惡，因為它不用「善惡」來評價；也無須引導，因為它本身就是最完美的東西。

　　莊子把「性」看作是「道」在萬物中的展現。《天地》：「泰初有無，無有無名。一之所起，有一而未形，物得以生謂之德。未形者有分，且然無間謂之命。留動而生物，物成生理謂之形。形體保神，各有儀則謂之性。」這個「一」就是「道」。萬物得了「道」也就有了生命，這生命依次展開，有了形體精神諸條理，這就是「性」了。眾所周知，「道」是莊子所稱道的最完具自足的東西。性既然是「道」在萬物中的展現，那麼萬物也就具有了完具自足性，這種完具自足性也就是所謂「自然」。這種「性」也就稱之為「自然之性」，或者叫做「天性」，莊子有時也直呼之為「天」。「天」與「人」是相對的，互不相容的。《秋水》：「牛馬四足，是謂天；落馬首，穿牛鼻，是謂人。」就是這個意思。

　　萬物有了這完具自足的「性」，就應當保住它，以保證自身的獨立發展，完成自身生命的全過程。「性」的最大敵人就是人為。一經人為，「性」就被擾得面目全非，甚至失去，這叫做「失性」。萬物一旦「失性」，也就一切都亂了套了，其生命力也就大打折扣，甚至早早夭折了。所以要緊的是保住自身的「性」，不能讓它受人為的侵害。能保住「性」，「道」所賦予的「真」、「樸」也就完整無缺了。所以莊子又說：「無以人滅天，無以故滅命……謹守而勿失，是謂反（返）其真。」（《秋水》）在莊子看來，「謹守而勿失」，這是萬物保證

自身完美具足的最重要原則。老子的全性葆真、貴生重死的養生論在這裡得到了最符合邏輯的應用，同時也被賦予了更深刻的哲學內涵。

二

　　從上面的分析我們可以看出，莊子的社會文化批判尺度又可以簡化為維護自然本性、反對人為。由於人為的內涵極其廣泛而複雜，所以莊子對社會文化的批判也顯得十分廣泛而複雜。但是莊子也並不是沒有重點的。其重點是對準當時的儒、墨、名、法諸家，（還有一個楊朱，在《莊子》中被反覆批判，但為什麼要批判楊朱，因莊子沒有展開，總是將他附於墨家之後，別的資料也匱乏，理由不得而詳。大約是因為他當時影響很大之故），並由此引入對當時的社會文化制度的思考。

　　儒、墨、名、法的共同特點是想用自己的理論來挽救當時日趨紛亂、崩潰的社會，重建新的社會文化體系，使社會復歸於統一和有序。儒、墨都主張行仁義，通過呼喚人道主義來為現存的制度輸血，以贏得人心的歸附；名、法則主張核綜名實，厲行賞罰，以激濁揚清，整肅人心，並從制度上保證社會的規範和有序。莊子認為這些都是行不通的，徒勞無益的，相反地只能使人失去人的自然之性，使人越來越陷入不可拔救的危難之中。

　　莊子這樣說的理由之一，就是現實中實際執政的統治者都是「大盜」，隨你發明了什麼好的東西，他們都會巧妙地據為己有，並用它們來奴役、剝奪別人，使別人失去自然之性，不得善終。莊子的著名論斷已人所共知：「為之斗斛以量之，則並與斗斛而竊之；為之權衡以稱之，則並與權衡而竊之；為之符璽以信之，則並與符璽而竊之；為之仁義以矯之，則並與仁義而竊之。何以知其然邪？彼竊鉤者誅，竊國者為諸侯，諸侯之門而仁義存焉，則是非竊仁義聖知邪？故逐於大盜、揭諸侯、竊仁義並斗斛權衡符璽之利者，雖有軒冕之賞弗能勸，斧鉞之威弗能禁。此重利盜跖而使不可禁者，是乃聖人之過也。」（《胠篋》）儒、墨、名、法對自己的主張都很自信，自視為救世的聖人，莊子卻一針見血地指出，你們這些聖人，都不過是為竊國大盜作準備罷了！

　　因此之故，莊子不主張用「仁義」之類的東西來救世，他宣稱：「愛民，害民之始也；為義偃兵，造兵之本也。」（《徐無鬼》）老子雖然也否定「仁義」，但他還講「慈」，講「愛民治國」，莊子則看到了「仁義」是「假夫禽貪者器」

（《徐無鬼》），人道主義已經成了地地道道的遮醜布，所以他乾脆連「慈」、「愛民」這類話也不講了。這可能是莊子對老子的人道主義和民本論避而不談的原因。

莊子否定儒、墨、名、法主張的理論之二，是認為他們的這一套未必就能起到使人心歸附或整肅人心的作用，相反，還可能把人心擾得更加紛亂。《在宥》：「昔者黃帝始以仁義攖人之心，堯舜於是股無胈，脛無毛，以養天下之形，愁其五藏以為仁義，矜其血氣以規法度。然猶有不勝也。堯於是放讙兜於崇山，投三苗於三峗，流共工於幽都，此不勝天下也。夫施及三王而天下大駭矣！下有桀跖，上有曾史，而儒墨畢起，於是乎喜怒相疑，愚知相欺，善否相非，誕信相譏，而天下衰矣！大德不同，而性命爛漫矣！天下好知，而百姓求竭矣！於是乎釿鋸制焉，繩墨殺焉，椎鑿決焉。天下脊脊大亂，罪在攖人心。故賢者伏處大山嵁岩之下，而萬乘之君憂慄乎廟堂之上。今世殊死者相枕也，桁楊者相推也，刑戮者相望也，而儒墨乃始離跂攘臂乎桎梏之間，意甚矣哉，其無愧而不知恥也甚矣！」黃帝行仁義的初衷是想治好天下，結果把人心擾得稀亂，仁義不足以收服人心，堯舜以下，就企圖以刑罰整肅人心，而使用刑罰的結果，人心更加動盪不安，這就連君主也憂懼不安，處於兩難境地。這段話主要批判的是儒、墨，連類而及，也批判了名、法。《庚桑楚》說得更明白：「簡髮而櫛，數米而炊（按郭象注：「理鋸刀之末也。」喻名、法的核綜名實），竊竊乎又何足以濟世哉？舉賢則民相軋，任知（智）則民相盜。之數物者，不足以厚民。民之於利甚勤：子有殺父，臣有殺君，正晝為盜，日中穴阫。吾語汝：大亂之本，必生於堯舜之間，其末存乎千世之後。千世之後，其必有人與人相食者也！」儒、墨、名、法想盡了一切辦法來救世，換來的卻是人吃人，真令人不寒而慄！

批判儒、墨、名、法的同時，莊子還批判了一批智者。他們包括人們譽為能工巧匠的離朱、工倕，音樂家師曠，相馬專家伯樂等。為什麼要批判這些人，綜觀《莊子》，大致有兩個理由：一是這些人的創造嚴重地破壞了物性。離朱的眼睛過分銳利，造成了「亂五色、淫文章，青黃黼黻之煌煌」；師曠的耳朵太靈敏，造成了「亂五聲，淫六律，金石絲竹、黃鐘大呂之聲」（《駢拇》），伯樂宣稱自己會治馬，結果「燒之，剔之，刻之，雒之，連之以羈馽，編之以皁棧，馬之死者十二三矣；饑之，渴之，馳之，驟之，整之，齊之，前有橛飾之患，而後有鞭筴之威，而馬之死者已過半矣」（《馬蹄》）。二是這些人擁有

了各種專長，也就成了文化壟斷者，在他們的控制之下，別人的天性就得不到發展，所以莊子激憤地說：「擢亂六律，鑠絕竽瑟，塞瞽曠之耳，而天下始人含其聰矣；滅文章，散五采，膠離朱之目，而天下始人含其明矣；毀絕鉤繩，而棄規矩，攦工倕之指，而天下始人有其巧矣。」儒、墨、名、法這些所謂的聖人是為統治者政治上的專制提供方略，積累經驗，師曠、離朱、工倕這些智者則從文化上與這種專制相配合，要想使天下的人性、物性得到保全和發展，就必須要棄絕這些聖人智者。很顯然，莊子的「絕聖棄智」已遠遠地超出了一般維護自然本性，反對人為的範圍而深入到了對專制制度的批判和否定。

莊子還進一步由社會政治文化的違背、破壞人性、物性引發出對人類的生態環境的關注。《在宥》借廣成子批評黃帝的故事說：「自而治天下，雲氣不待族而雨，草木不待黃而落，日月之光益以荒矣。」《胠篋》也指出當時由於人們毫無計劃地向自然進軍，已造成了「上悖日月之明，下爍山川之精，中墮四時之施，惴耎之蟲，肖翹之物，莫不失其性」的嚴重局面。

除了社會政治文化的角度批判人為對人、物的自然之性的破壞、傷害外，莊子還對社會各行各業、各個階層的人因「囿於物」（即侷限自己的專業、愛好、追求等）而人為地戕害自身的現象作了全面的批判：「知士無思慮之變則不樂，辨士無談說之序則不樂，察士無凌誶之事則不樂，皆囿於物者也。招世之士興朝，中民之士榮官，筋力之士矜難，勇敢之士奮患，兵革之士樂戰，枯槁之士宿名，法律之士廣治，禮樂之士敬容，仁義之士貴際。農夫無草萊之事則不比，商賈無市井之事則不比。庶人有旦暮之業則勸，百工有器械之巧則壯。錢財不積則貪者憂，權勢不尤則誇者悲。勢物之徒樂變，遭時有所用，不能無為也。此皆順比於歲，不物於易者也。馳其形性，潛之萬物，終身不反，悲夫！」（《徐無鬼》）更有甚者，許多不僅因追逐物慾失去了自然之性，而且連生命都賠送掉了。

「故嘗試論之，自三代以下者，天下莫不以物易其性矣！小人則以身殉利，士則以身殉名，大夫則以身殉家，聖人則以身殉天下。故此數子者，事業不同，名聲異號，其於傷性以身為殉，一也。」（《駢拇》）總而言之，不管聖人智者也好，普通的庶民百姓也好，大家的一切所作所為，都只是傷害自身的自然本性，使自身成了自身行為的犧牲品，人為的害處如此之烈之廣，令人驚心動魄，而世人卻茫然不知，照舊按積習沿死路奔逐而去，豈不可悲！

三

世態已是如此，該批判的都批判過了，該否定的也都否定過了，剩下的問題是：出路在哪裏？

莊子也為現實開了一些藥方，主要有：

（1）放棄現有的社會文化制度，重新回到符合「自然」之性的原始社會中去。用莊子的話說，叫做「反其性情而復其初」（《繕性》）。在返回原始社會的問題上，莊子比老子更為徹底、更加旗幟鮮明。老子的「小國寡民」社會被莊子鑿實為「容成氏、大庭氏、伯皇氏、中央氏、栗陸氏、驪畜氏、軒轅氏、赫胥氏、尊盧氏、祝融氏、伏羲氏、神農氏」（《胠篋》）等上古氏族社會。老子的理想只是有什伯之器、有舟車、有甲兵這些「現代」文明但擱置不用，莊子的社會則根本沒有這些東西。老子沒說人同禽獸相處，莊子則說那時的人本來就同禽獸親如一家。「故至德之世，其行填填，其視顛顛。當是時也，山無蹊隧，澤無舟梁，萬物群生，連屬其鄉，禽獸成群，草木遂長。是故禽獸可係羈而遊，鳥鵲之巢可攀援而窺。夫至德之世，同與禽獸居，族與萬物並，惡乎知君子小人哉？同乎無知，其德不離；同乎無慾，是謂素樸。素樸而民性得矣。」（《馬蹄》）這裡徹底「絕聖棄智」，連君子小人的差別都不存在了；所有一切被莊子認為是「人為」的東西，在這裡全消失得無影無蹤。莊子認為，只有這樣，人才能恢復「常性」，成為真正意義上的「人」，「而未始入於非人」（《應帝王》）；而自然界一切的「物」也才能恢復自己的「物性」，得以健全順遂地長育，人性物性兩全其美，這才叫做「全性葆真」。這是莊子為現實開的最大的一劑治「本」的猛藥。

（2）調整現有的道德文化體系，使之符合於「自然」之性。這一點莊子又向老子靠攏了。他提出了一些新的道德文化準則，如「至禮有不人，至義不物，至知不謀，至仁無親，至信闢金」（《庚桑楚》）。儒家講仁、義、禮、知（智）、信，稱為「五常」，莊子也講仁、義、禮、知、信，但要加上一個「至」字以示區別。這幾句話意為：最高的禮就是視人若己，毫不見外，因而用不著凡事行禮。最高的義就是物我各得其宜，不必區別此是彼非。最高的智是自然流出、發自天性的智，而非出自機心之智。最高的仁就是不講親愛，因為彼此間本來就親密無比，不必把親愛二字掛在口上。最高的信就是無須以金玉一類的貴重物作抵押，因為彼此誠信，所謂一諾千金。其要旨是重在人際關係本身的融洽，親密無間，而毫無人為的矯揉造作。這也是追求仁、義、

禮、智、信的內在實質，所謂本於人情，率性而動之。究其實，是對儒家道德體系的調整。又強調人與人之間要「以天屬」而不要「以利合」，因為「以利合者，迫窮禍患害相棄也；以天屬者，迫窮禍患害相收也」。所謂「以天屬」，就是以發自天性的真誠共處，這樣才能夠患難相扶，死生與共。所謂「君子之交淡若水」（以上均見《山木》），「莫逆之交」（《大宗師》），「魚相忘乎江湖，人相忘乎道術」（同上）都是這個意思。真誠，這是自然之性的根本內容之一，在沒有改變既成的道德文化體系的背景下，呼喚人多一點真誠，這在莊子來說，應該說是一種權宜之計。這也是莊子思想中最富於人性、富於人情味的地方。

（3）個體作自我調整，使之符合自然之性，實現自我精神的完具與健全。莊子實際上很明白，要全盤推倒現存既有的不符合自然之性的道德文化體制是完全不可能的。「天下有大戒二：其一命也，其一義也。子之愛親，命也，不可解於心；臣之事君，義也，無適而非君也，無所逃於天地之間」，一切都是命定的。現實社會的一切既然是命定的，那麼回到那沒有君子小人之分、與禽獸萬物為一家的原始社會自然也只是一種充滿詩意的幻想了。「來世不可待，往世不可追」（以上均見（《人間世》），這兩句歌辭就唱出了問題的嚴峻性。「往世」既然「不可追」，那就只能在這無法改變的人間世安身立命了。

於是莊子便由對社會文化體系的批判轉向對個體自我的安頓。在這塊小天地上，老子的全性葆真、貴生重死的養生論大大地有了用武之地，莊子將它發展成一個非常有系統的理論體系，或者說，構建了一個非常廣闊的理想王國。因另有文論述，這裡只簡述其要。

莊子認為，個體的健全，有個形神關係問題。養形，即是「保身」，它只是養生的第一步。因為身體與生命是聯繫在一起的。莊子不承認有可以離開身體的生命。因此，莊子也有一套養形的方法，例如不要過分勞累，「形勞而不休則弊」（《刻意》）之類。莊子養形的最高境界就是要使生命不受到傷害，使人能終其天年而不中道夭折。

但莊子認為純粹的養形並非養生的最高境界。「吹呴呼吸，吐故納新，熊經鳥申（伸），為壽而已矣，此導引之士，養形之人，彭祖壽考者之所好也」（《刻意》），莊子區別於導引之士、養形之人的地方，就是他把養「神」看得比養形更為重要。因為他認為：「夫昭昭生於冥冥，有倫生於無形，精神生於道，形本生於精，而萬物以形相生。」（《知北遊》）「形體保神，各有儀則謂之

性。性修反德，德至同於初。」(《天地》)「神」和「性」都直接為「道」的衍生物，是屬於高層次的東西。莊子對「養神」有過許多論述，並提煉出許多方法。如「心齋」(《人間世》)，「坐忘」(《大宗師》)，「守一」(《在宥》)，「心養」（同上)，「用志不分，乃凝於神」(《達生》)等等。《刻意》:「純粹而不雜，靜一而不變，淡而無為，動而以天行，此養神之道也。」養神的要旨是培養一種高遠、闊大、平和、恬淡、寧靜的精神境界，造就一種超凡脫俗，桀驁不馴，偉岸不羈，灑落坦蕩的精神人格。莊子中的聖人、至人、神人、真人都屬於這一類。

原載《船山學刊》1998 年第 1 期

後世對莊子形象之解讀與重構

　　古今學人論莊子，一般都徑直通過對原典的解讀來探討其人其思想。但是，也有人通過詮釋《莊子》文本對莊子形象有所解讀與重構，更有不少人通過創作詩、詞、散曲、賦、散文、小說、戲曲、道情等體式的文學作品來解讀和重塑莊子的形象。經過各種解讀與重構的莊子，或為高尚不仕、棲遲丘壑的隱者，或為獨立特行、憤世嫉俗的傲吏，或為萬物一齊、覺生如夢的哲人，或為勘破生死、皈依虛無的宗教徒。這些解讀與重構雖然也是建立在對莊子其人其思想的理解之上，然而跟莊子的原貌總有或多或少的區別，有時甚至大相徑庭。之所以造成這樣的情況，原因很多，主要是因為：第一，莊子事蹟主要見於《史記‧老莊申韓列傳》，該傳有關莊子的主要事蹟其實本於《莊子》，而《莊子》則「寓言十九」，連莊子本人的事蹟也可能帶有寓言性質，其哲理往往大於事實本身。第二，《莊子》思想複雜，指向多途，不同生活閱歷、知識儲備和思想文化取向的人都可以根據自己的理解和需要加以解讀，重構出自己心目中的莊子形象。《莊子》中還有不少能與宗教接軌的內容，可以導致莊子形象的宗教化。第三，傳世之《莊子》多有舛錯甚至互相矛盾之處，究竟哪些篇目是莊子本人所作，哪些篇章是弟子、後學所作，學者們一直莫衷一是，不同的文本取捨也會導致人們心目中的莊子各異。正是這些原因使莊子形象具有很大的可塑性和可變性。分析這些不同的莊子形象，能使我們更加清楚地認識莊子影響的複雜。

一、高尚不仕、棲遲丘壑的隱者

　　《莊子‧刻意》說：「就藪澤，處閒曠，釣魚閒處，無為而已矣。此江海

之士,避世之人,閑暇者之所好也。」這是對隱士思想生活特點的概括。從這段文字的上下文看,莊子並不願把自己等同於隱士。因為下文明明說「若夫不刻意而高,無仁義而修,無功名而治,無江海而閒,⋯⋯此天地之道,聖人之德也」,表明著莊子是以聖人自居,而非自列於隱士。《莊子》中屢言「聖人」、「至人」、「神人」、「真人」、「畸人」種種,應是他比較喜歡的、高於一般隱士的名號。但《莊子·秋水》和《史記·老莊申韓列傳》都講莊子不願做官而釣於濮水。《莊子》中還描寫了大量隱士。因而後世很多人都把莊子本人看作隱士。

漢魏以來的隱士或嚮往隱逸者都喜歡把莊子引為同類,從他那裡獲取隱逸的理論支撐與精神力量。這些人對莊子形象的描繪,往往融入自己的生活方式或人生理想,以提升自己的品位風調。例如班嗣給桓譚的信中就這樣描繪莊子:

> 若夫嚴子(即莊子,避漢明帝諱改)者,絕聖棄智,修生葆真,清虛澹泊,歸於自然,獨師友造化而不為世俗所役者也。漁釣於一壑,則萬物不奸其志;棲遲於一丘,則天下不易其樂。不紲聖人之罔,不籲驕君之餌,蕩然肆志,談者不得而名焉,故可貴也。〔註1〕

班氏對莊子思想的表述,基本上本於《莊子》。但「漁釣於一壑」、「棲遲於一丘」等描繪,卻是對他本人活動場景的提煉與概括。此後漁釣、丘壑就成了隱者或莊子的經典意象。

相傳為蔡邕所著之《琴操》卷下有《莊周獨處吟》一首,對莊周的形象有更為具體的描寫:

> 莊周者,齊人也。篤學術,多所博達。進見方來,卻睹未發。是時齊愍王好為兵事,習用干戈。莊周儒士,不合於時,自以不用。行欲避亂,自隱於山嶽。後有達莊周於愍王,遣使齎金百鎰,聘以相位。周不就。使者曰:「金至寶,相尊官,何辭之為?」周曰:「君不見夫郊祀之牛?衣之以朱彩,食之以禾粟,非不樂也。及其用時,鼎鑊在前,刀俎在後。當此之時,雖欲還就孤犢,寧可得乎?周所以饑不求食、渴不求飲者,但欲全身遠害耳。」於是重謝。使者不得已而去。復引聲歌曰:

> 天地之道,近在胸臆。呼噏精神,以養九德。渴不求飲,饑不

〔註1〕班固《漢書·敘傳》,中華書局 1964 年版,第 4205 頁。

索食。避世守道，志潔如玉。卿相之位，難可直當。岩岩之石，幽而清涼。枕塊寢處，樂在其央。寒涼固回，可以久長。〔註2〕

序文敘述莊周生平的文字明顯吸收了《史記·老莊申韓列傳》，但把莊子說成是齊愍王時的儒士，因與齊愍王政見不合才避亂自隱於山嶽，則可能是出於作者的杜撰（當然也可能另有所本）。莊子所唱琴操不見於《莊子》一書。「岩岩之石，幽而清涼，枕塊寢處，樂在其央」等描摹具體而真切，與其說是莊子的生活情景，還不如說是作者本人的所見所感，是借莊子來為自己寫真。

漢以後把莊子描寫成隱士的作品很多，通常是把自我與莊子融成一體，以狀寫自己的隱逸之態。如嵇康的《贈秀才入軍》。此詩本是為送其兄嵇喜入軍而作。其十四為：「息徒蘭圃，秣馬華山。流磻平皋，垂綸長川。目送歸鴻，手揮五弦。俯仰自得，遊心太玄。嘉彼釣叟，得魚忘筌。郢人逝矣，誰可盡言。」詩中講「垂綸」、「太玄」，詩末講「釣叟」、「郢人」，分明是指莊子，但「息徒蘭圃，秣馬華山」又好像是在描繪其兄的灑落，「目送歸鴻，手揮五弦」則似乎在狀寫自家的高逸。

西晉夏侯湛《莊周贊》，則以充滿敬意與仰慕的語氣描繪他心目中的隱逸者莊子形象：

邁邁莊周，騰世獨遊。遁時放言，齊物絕尤。垂釣一壑，取戒犧牛。望風寄心，託志清流。〔註3〕

「騰世獨遊」、「遁時放言，齊物絕尤」、「取戒犧牛」等描寫都可以在《莊子》中找到根據。但「丘壑」、「清流」這一與山林有關的意象卻是對一般隱士生存背景的描寫。

西晉玄學盛行，人們普遍推崇老莊，甚至有人畫莊子垂綸之象來炫耀自己的出塵脫俗。《晉書·嵇含傳》載：「時弘農王粹以貴公子尚主，館宇甚盛，圖莊周於室，廣集朝士，使含為之贊。含援筆為弔文，文不加點。其序曰：『帝婿王弘遠華池豐屋，廣延賢彥，圖莊生垂綸之象，記先達辭聘之事，畫真人於刻桷之室，載退士於進趣之堂，可謂託非其所，可弔不可贊也。』」弔

〔註2〕逯欽立《先秦漢魏晉南北朝詩》漢詩卷十一《琴曲歌辭》，據明代馮惟訥《詩紀》題為《引聲歌》。中華書局1983年出版，第314頁。《文選》卷三十八桓溫《薦譙元彥表》注引「莊周歌曰『避世俟道，志潔如玉』」兩句，逯先生作漢詩處理應有根據。

〔註3〕嚴可均《全上古三代秦漢三國六朝文·全晉文卷六十九》，中華書局1985年版，第1857頁。

辭為：

> 邁矣莊周，天縱特放。大塊授其生，自然資其量。器虛神清，
> 窮玄極曠。人偽俗季，真風既散。野無訟屈之聲，朝有爭寵之歡。
> 上下相陵，長幼失貫。於是借玄虛以助溺，引道德以自獎。戶詠恬
> 曠之辭，家畫老莊之象。今王生沉淪名利，身尚帝女，連耀三光，
> 有出無處。池非岩石之溜，宅非茅茨之宇，馳屈產於皇衢，畫茲象
> 其焉取！嗟乎先生，高跡何局？生處岩岫之居，死寄雕楹之屋，託
> 非其所，沒有餘辱。悼大道之湮晦，遂含悲而吐曲！〔註4〕

這是借對莊子「大道」的頌揚抨擊王粹之流的假高雅真卑俗。與嵇含同
時的曹攄也曾作《贈王弘遠詩》三章，其一曰：「道貴無名，德尚寡欲。俗牧
其華，我執其樸。人取其榮，余守其辱。窮巷湫隘，環堵淺局。肩牆弗暨，茅
室不劉。潦必陵階，雨則浸桷。……將乘白駒，歸於空谷。隱士良苦，樂哉勢
族。」〔註5〕這首詩雖然沒有提到莊子，但「道貴無名」云云卻分明與莊子有
關聯。末云「隱士良苦，樂哉勢族」，則是以隱士同勢族對比，突出了道家人
物（包括莊子）作為隱逸之士同權貴的對立。

陳代也有為莊周畫像者，江總的《莊周畫頌》可以為證：

> 玉潔蒙縣，蘭薰漆園。丹青可久，雅道斯存。夢中化蝶，水外
> 翔鯤。出俗靈府，師心妙門。垂竿自若，重聘忘言。悠哉天地，共
> 是籠樊。〔註6〕

莊子作為隱士的經典形象還是垂釣濮水的漁父形象，它與《莊子·漁父》
中的漁父、《孟子·離婁上》唱「滄浪之水清兮」的漁父，《楚辭·漁父》中
的漁父甚至東漢嚴光、陶淵明《桃花源記》中的漁父等等常常混糅在一起，
構成詞曲中體現隱逸精神的漁父形象。在推崇隱逸的時代，連貴倖者也被附
會為莊子以顯清雅。如唐代趙彥昭《奉和聖製幸韋嗣立山莊應制》：「廊廟心
存岩壑中，鑾輿矚在灞城東。逍遙自在蒙莊子，漢主徒言河上公。」一般隱
士（或歸隱期間）自比莊子的更多。如李珣《漁父歌》其一：「水接衡門十里
餘，信船歸去臥看書。輕爵祿，慕玄虛，莫道漁人只為魚。」詩中那追慕玄

〔註4〕房玄齡《晉書·忠義傳》，中華書局 1974 年版，第 2301～2302 頁。
〔註5〕逯欽立《先秦漢魏晉南北朝詩·晉詩卷八》，中華書局 1983 年版，第 752 頁。
〔註6〕嚴可均《全上古三代秦漢三國六朝文·全隋文卷十一》，中華書局 1985 年版，第 4073 頁。

虛、不貪爵祿的漁父形象就有莊子的影子。又如辛棄疾詞《感皇恩》(讀莊子有所思):「案上數編書,非莊即老。會說忘言始知道。萬言千句,自不能忘堪笑。朝來梅雨霽,青青好。一壑一丘,輕衫短帽。白髮多時故人少。子云何在,應有玄經遺草。江河流日夜,何時了。」也是借莊子等隱士以自寫性靈、心境。

二、獨立特行、憤世嫉俗的傲吏

《莊子·天下篇》說莊子「獨與天地精神往來而不敖倪於萬物」。敖倪,成玄英注:猶驕矜也。不敖倪於萬物,就是「混世揚波,處於塵俗」之意。按這裡的講法,莊子可能有「孤」的一面,卻未必就「傲」。然而,莊子的「傲」在《莊子》書中不僅能找到根據,而且俯拾即是。《逍遙遊》之大鵬傲視斥鴳,《齊物論》說「眾人役役,聖人愚芚」,《胠篋》之痛斥竊國者,《秋水》之嘲笑惠施,《列禦寇》之諷刺曹商等等,無不體現著莊子「傲」的個性。司馬遷說他「詆訿孔子之徒」,「自王公大人不能器之」,也是說他有「傲」的一面。諸多的例證都給人留下了莊子獨立特行、孤傲不群的印象。

後世多有以「傲」字概括莊子之品性者。郭璞《遊仙詩》其一「漆園有傲吏」,即是如此。後來「傲吏」不僅成了莊子(或類似莊子)的代稱,還昭顯著士人職位不高,卻蔑視榮祿、人格超邁的價值取向。孟浩然《梅道士水亭》:「傲吏非凡吏,名流即道流。」李嘉祐《寄王舍人竹樓》:「傲吏身閒笑五侯,西江取竹起高樓。南風不用蒲葵扇,紗帽閒眠對水鷗。」劉禹錫《和令狐相公言懷寄河中楊少尹》:「任向洛陽稱傲吏,苦教河上領諸侯。」呂溫《夜後把火看花南園招李十一兵曹不至呈座上諸公》:「夭桃紅燭正相鮮,傲吏閒齋困獨眠。應是夢中飛作蝶,悠揚只在此花前。」張觀《過衡山贈廖處士》:「未向漆園為傲吏,定應明代作徵君。」等等,都是沿用郭璞對莊子的「傲」字概括。

北宋詩人孔平仲《讀莊子》一詩描繪的也是這樣一位孤高傲世的莊子形象:

> 損此以錙銖,益我以千金。豈足為輕重,徒能勞爾心。覆彼以
> 狐狢,蒙此以絺綌。豈足為厚薄,徒能損卿德。南山有鷙鳥,睥睨
> 天地秋。有意橫八極,固非守一丘。老鴟嚇腐鼠,安可施於此!鵷
> 雛尚不屑,況非鵷雛比。〔註7〕

〔註7〕北京大學古文獻研究所《全宋詩》卷九二四(第16冊),北京大學出版社1993年版,第10831頁。

　　後面八句是演繹《莊子‧秋水》莊子見惠施以鵷鶵、腐鼠嘲之的寓言，把莊子睥睨一世的孤傲形象塑造得十分生動。

　　從韓愈明確地把莊騷並舉，到宋代，便有人認為莊子跟屈原同調，是一位憤世嫉俗之賢者。林希逸《南華真經口義‧外篇‧駢拇》注云：「塘東劉叔平向作《莊騷同工異曲論》曰：莊周，憤悱之雄也。……看來莊子亦是憤世疾邪而後著此書，其見既高，其筆又奇，所以有過當處。太史公謂其善屬書離辭，指事類情，用剽剝儒墨，雖當世宿學不能自解免也。……此數句真道著莊子。」〔註8〕

　　此後莊子跟屈原之相同點不斷被挖掘、強化。如明代譚元春的《遇莊》、陳子龍的《莊周論》、《譚子〈莊騷二學〉序》等文章都有很細緻的比較、陳說。如《譚子〈莊騷二學〉序》：「戰國時，楚有莊子、屈子，皆賢人也，而跡其所為，絕相反。莊子游天地之表，卻諸侯之聘，自託於不鳴之禽、不材之木，此無意當世者也。而屈子則自以宗臣受知遇，傷王之不明而國之削弱，悲傷鬱陶，沈淵以沒，斯甚不能忘情者也。」「夫莊子勤勤焉，欲返天下於驪連、赫胥之間，豈得為忘情之士？而屈子思謁虞帝而從彭咸，蓋於當世之人不數數然也。」〔註9〕清代胡文英曾從十個方面來概括莊子的形象，其中有「莊子眼極冷，心腸極熱。眼冷，故是非不管；心腸熱，故感慨無端。雖知無用而未能忘情，到底是熱腸掛住；雖不能忘情，而終不下手，到底是冷眼看穿」；「莊子每多憤世嫉邪之談，又喜歡譏誚出名大戶」；「莊子最是深情。人第知三閭之哀怨，而不知漆園之哀怨有甚於三閭也。蓋三閭之哀怨在一國，而漆園之哀怨在天下；三閭之哀怨在一時，而漆園之哀怨在萬世。昧其指者，笑如蒼蠅」〔註10〕。

三、萬物一齊、覺生如夢的哲人

　　莊子本來就是哲人，按理說把莊子塑造成哲人乃自然而然之事。然而，《莊子》中所涉哲理諸多，最能代表莊子的哲理是什麼，表現哲人莊子最經

〔註8〕林希逸撰、陳紅映校《南華真經口義》，雲南人民出版社2002年版，第140頁。

〔註9〕上海文獻叢書編委會《陳子龍文集‧安雅堂稿卷三》，華東師範大學出版社1988年版，第76～77頁。

〔註10〕胡文英撰、李花蕾校《莊子獨見‧莊子論略》，華東師範大學出版社2011年版，第6頁。

典的寓言故事又有哪些，是需要經過選擇、提煉的。從後世眾多作品來看，《莊子》中的夢蝶、歎骷髏、鼓盆而歌等是最經典的寓言故事。這些寓言最能表達人們對莊子哲學的解悟與共識：人生變化難測、恍如大夢，應以齊死生、等禍福的達觀態度處之。

《莊子‧齊物論》：「昔者莊周夢為蝴蝶，栩栩然蝴蝶也……不知周之夢為蝴蝶與？蝴蝶之夢為周與？」這則寓言，本意是為了說明萬物一齊：「天地與我並生，而萬物與我為一。」即視死生、窮達、貧富、壽夭、成毀為一。但它也包含人生如夢、後事難知、萬物一體、死生不殊等涵義。故郭象注曰：「夫時不暫停，而今不遂存，故昨日之夢，於今化矣。死生之變，豈異於此，而勞心於其間哉？方為此則不知彼，夢為蝴蝶是也。取之於人，則一生之中，今不知後，麗姬是也。而愚者竊竊然自以為知生之可樂，死之可苦，未聞物化之謂也。」〔註11〕齊萬物、一是非與人生如夢、後事難知兩種理念，常常糾合在一起，共同構成達觀大度、逍遙放任、超越玄遠、詩意棲居的莊子形象。

唐人賈餗有《莊周夢為蝴蝶賦》、張隨有《莊周夢蝴蝶賦》。前者雖然稱莊子為南華真人，描繪的卻是那齊萬物、一是非的哲人莊子：「何真人之異氣，以異類而遷易。將以明道之樞，喻心之適。徐徐在寐，忽羽化於他方；栩栩既遊，忘魂交於此夕。……是以大同而言，萬物為肝為膽；小異而說，一身為越為胡。苟愚智而自得，實聖靈之軌模。」後者稱莊子為漆園傲吏，用優美的筆調描繪了夢蝶的形態情狀：「伊漆園之傲吏，談元默以和光，表人生之自得，繫萬化之可量，萬靈齊夫一指，異術吻乎通莊。忘言息躬，輒造逍遙之境；靜寐成夢，旋臻罔象之鄉。於以遷神，於以化蝶，樂彼形之蠢類，忘我目之交睫。於是飄粉羽，揚翠鬛，始飛飛而稍進，俄栩栩而自愜。煙中蕩漾，媚春景之殘花；林際徘徊，舞秋風之一葉。」後半部分抒發的則是變化難知，人生如夢，因任自然，不較是非的莊子齊物理念：

> 於戲！變化悠悠，人生若浮……我豈彼類？彼寧我儔？苟夢非而覺是，誠虛往而實留。且元蹤莫覿，真理難求，莊周之夢蝶，而蝴蝶之夢周歟？……其在周也，不知蝶之於彼矣；其在蝶也，不知周之於此乎？若然者，萬物各得其性，一體或殊其途。有徐徐而龜曳其尾，有察察而狼跋其胡，智者所以自智，愚者所以自愚。則孰能閒其鉅細？孰能別其榮枯？欲窮莊生夢蝶之理，走將一問於洪爐。

〔註11〕郭慶藩撰、王孝魚點校《莊子集釋》，中華書局1982年版，第113頁。

　　在詩、詞、曲中，莊生夢蝶經常被當作典故或意象使用，往往融入作者濃厚的人生悲慨。詩如庾信《擬詠懷詩二十七首》其十九：「尋思萬戶侯，中夜忽然愁。琴聲遍屋裏，書卷滿床頭。雖言夢蝴蝶，定自非莊周。」李白《古風》其九：「莊周夢胡蝶，胡蝶為莊周。一體更變易，萬事良悠悠。乃知蓬萊水，復作清淺流。」最典型的莫過於李商隱《錦瑟》的「莊生曉夢迷蝴蝶，望帝春心託杜鵑」，把莊周夢蝶與杜鵑泣血組合在一起，極寫人生之迷茫、悵惘、傷感與淒惻。詞如趙師俠《沁園春》上片：「羊角飄塵，金烏爍石，雨涼念秋。有虛堂臨水，披襟散髮，紗幮霧卷，湘簟波浮。遠列雲峰，近參荷氣，臥看文書琴枕頭。蟬聲寂，向莊周夢裏，栩栩無謀。」曲如馬致遠的《雙調·夜行船·百歲光陰》：「百歲光陰一夢蝶，重回首往事堪嗟。」在這類作品中，夢蝶不僅隱含著莊周式的恬適體驗，也浸透著作者的滄桑體認。

　　如果說莊周夢蝶是一種隱含悲劇色彩的超越，《莊子·至樂》中的骷髏、鼓盆寓言則是一種富於喜劇色彩的達觀。《至樂》中涉及骷髏的寓言有兩則，一則是莊子赴楚途中遇骷髏，一則是列子行食於道見骷髏。前一則寓言非常詳細，後一則比較簡略，但意思大致相同。骷髏向莊子宣揚它的生死觀說：「死，無君於上，無臣於下……雖南面王樂，不能過也。」莊子要為骷髏起死回生，骷髏竟說：「吾安能棄南面王樂而復為人間之勞乎？」這是說生不如死，死為至樂，黑色幽默中透露的是厭世者的人生感慨。

　　漢魏以後骷髏被很多人作為文學意象使用，也有一些藉以塑造哲人莊子的形象。如張衡《髑髏賦》。這篇賦把遇骷髏的人換成了張平子，即張衡本人，髑髏則是莊子的骷髏，說：「吾，宋人也。姓莊名周，遊心方外，不能自修。壽命終極，來此玄幽。」這樣一換，此賦便頗具意趣：《至樂》是骷髏為莊子代言，此則為莊子直抒己見。它還把《莊子》中許多有關生死的看法都融到了骷髏身上。如「死為休息，生為役勞」乃《大宗師》「夫大塊載我以形，勞我以生，佚我以老，息我以死」理念的發揮，而「以造化為父母，以天地為床褥。以雷電為鼓扇，以日月為燈燭。以雲漢為川池，以星宿為珠玉」等語則出自《列禦寇》：「莊子將死，弟子欲厚葬之。莊子曰：『吾以天地為棺槨，以日月為連璧，星辰為珠璣，萬物為齎送。』」把骷髏直接寫成莊子本人，通過同骷髏的對話寫出了莊子超越生死的達觀哲人形象。

　　莊子鼓盆而歌的故事本來只是表達莊子的豁達生死觀。莊子的朋友惠施持世俗的觀念指責莊子妻死不哭反而鼓盆而歌，莊子則說其妻未生之時，本

無生、無形、無氣，後來變而有氣、有形、有生，如今復歸於死，是回歸到未生之前的狀態。她已偃然寢於巨室，我卻嗷嗷然隨而哭之，是不懂得自然之法則。這一故事常被作為典故使用，並流傳到英、法、德、意、日、韓等歐亞國家，或翻譯或改編〔註12〕。

莊子鼓盆這種從生命回歸角度看待死亡的觀點，同骷髏對死亡之態度有一致之處。元代李壽卿的《鼓盆歌莊子歎骷髏》就把兩者組合到一起。可惜此劇今不存全本，景李虎校注的《李壽卿集》據趙景深《元人雜劇鉤沈》輯錄得《仙呂點絳唇》、《混江龍》、《油葫蘆》、《天下樂》、《哪吒令》、《鵲踏枝》、《寄生草》等十四曲，既不涉及鼓盆的情節，也不涉及歎骷髏的情節，而只是莊子攜道童下山途中所見所思所唱。這裡的莊子是一位充滿生活情趣，饒有世情思考的哲人形象。《後庭花》一曲格調尤為清雅高逸：「俺山中過一宵，你人間過了幾朝；恰才桃李三春放，又早梧桐一葉凋。歎節令不輕饒，虛度了青春年少，怎如俺步煙霞閒迅腳，攜琴書過野橋，採茶芽摘藥苗，砍青松連葉燒，撅蔓菁和土炮，種胡麻綠水繞，採靈芝澗水澆，我其實年益高。」嘗一臠而知一鼎，這個劇本塑造的哲人莊子形象應該是非常鮮活的。

明代張祿所輯《詞林摘豔》收有呂景儒所作、寧齋增補的散套《中呂·莊子歎骷髏》，共十三支曲子，敘述莊子歎骷髏的故事。《北般涉調哨遍》引出莊子這個核心人物：「守道窮經度日，謝微官不受漆園吏。歸來靜裏用工夫，把《南華》參透玄機。戰國群雄騷擾，止不過趨名爭利。爭似俺樂比魚游，笑談鵬化，夢逐蝶迷。青天為幕地為席，黃草為衣木為食。跳出凡籠，歷遍名山，常觀活水。」這一形象具有道教徒兼隱士的特徵，跟作為哲人的莊子雖有些微差異，卻仍非常接近。《莊子·至樂》中，莊子一連串地向骷髏追問死因：「夫子貪生失理而為此乎？將子有亡國之事、斧鉞之誅而為此乎？將子有不善之行、愧遺父母妻子之醜而為此乎？將子有凍餒之患而為此乎？將子之春秋故及此乎？」這種多角度追問死因的寫法被後世《歎骷髏》的作品所繼承並大力拓展。呂景儒的這套散曲之《耍孩兒》前十曲全用來歎骷髏，用「骷髏呵，你莫不是……」句式追問骷髏的生前的職業、身份、遭遇、死因等，就是一例。它寫出了莊子關注世情民命、悲憫芸芸眾生的哲士情懷。尾聲說「骷髏呵，……我如今掘深坑埋你在黃泉內，教你做無滅無生自在鬼」。以埋葬骷髏結束，沒有莊子用法術讓骷髏復活給自己帶來麻煩的情節，似是歎骷髏故

〔註12〕張愛民《莊子鼓盆故事在國外的流變》，《棗莊學院學報》2012年第6期。

事的早期模式。呂景儒生平事蹟不詳。《詞林摘豔》刊於嘉靖四年（1525），可知呂氏此作至晚也應在嘉靖四年，比現在能看到的較完整的莊子歎骷髏故事為早。

四、勘破生死、皈依虛無的宗教徒

　　金元時期，道教、佛教都很興盛。莊子作為道家人物，在唐代就已被尊為南華真人，其學說也被道教不同程度地吸納到自己的體系之內。《莊子》的某些理念跟佛教也有相通之處。所以到了這一時期，莊子往往被當作宗教徒來塑造──多數時候是道教徒，偶而也打上佛教的烙印。把莊子塑造成宗教徒，用得最多的還是夢蝶、鼓盆和歎骷髏等寓言故事。這是因為這些故事所隱含的一死生、齊萬物理念被引向勘破生死、皈依虛無的道教、佛教理念簡直是水到渠成。

　　滲透著人生感慨的蝴蝶夢同頗有道教覺解意味的黃粱夢有相通之處。黃粱夢有兩個版本，一是唐人沈既濟所作傳奇《枕中記》裏盧生的黃粱夢，一個是元代道士趙道一所纂《歷世真仙體道通鑒》卷四十五鍾離權點化呂洞賓時讓他作的黃粱夢，兩夢人物不同，故事小異，意義卻大致相同，只是呂洞賓的黃粱夢宗教覺解意味濃厚。馬致遠的《西華山陳摶高臥》第二折《牧羊關》曲詞就是把蝴蝶夢同黃粱夢混糅在一起：「我恰才遊仙闕，謁帝閽，驚的我跨黃鶴飛下天門。為甚的玉節忙持，金鐘煞緊？又不是紙窗明覺曉，布被暖知春。驚的那夢莊周蝶飛去，尚古自炊黃粱鍋未滾。」

　　同是把莊子形象宗教化，不同作品的處理也有不同。有些作品把他處理成被宗教點化的對象，有些則把他塑造成教化者點化世人。

　　史九敬先（史樟）的雜劇《老莊周一枕蝴蝶夢》（又作《破鶯燕蜂蝶莊周夢》、《花間四友蝴蝶夢》等）就是一部寫莊子被點化的神仙道化劇。在此劇中，莊子本是大羅神仙，後來升任玉京上清南華至德真君，「因笑執寶蓋幢旛仙女，貶在下方」，成了謫仙。為了不讓他迷失正道，太白金星奉玉帝之命，派蓬壺仙子帶著風花雪月四位仙女去杭州城南聚仙莊從酒色財氣四個方面誘惑他。如此莊子尚不覺醒，太白金星又從金母那裡請得春夏秋冬四仙女化作桃柳竹石四美女，自己則化作李府尹假裝到洛陽赴任，以四美女相託，讓他沉迷花酒，在誘惑中與仙女們煉成大丹。最後寫仙女煉丹洩漏天機，太白金星奉命將她們捉拿上天。李府尹回來，揭破莊子前身，使之不再思凡，回到

仙界。此劇寫莊子的覺悟不是由於歷盡苦難，而是遍嘗酒色財氣之樂，從對人世歡樂短暫、虛幻的醒悟中覺解仙界的永恆與圓融。從人物塑造的角度來說，莊子雖是謫仙，又終成正果，卻頗像一位縱情詩酒、放浪形骸的文人。

不少作品都把莊子塑造成教化者形象。莊子歎骷髏的故事就是如此。這個故事最富於覺世意義的並不是歎骷髏本身，而是莊子用法術讓骷髏復活後骷髏恩將仇報的情節。馮夢龍《醒世恒言·李道人獨步雲門》寫到演唱莊子歎骷髏道情，就有骷髏「皮生肉長，覆命回陽」的情節。正是由於骷髏復活這一虛構情節的增益，莊子才由對骷髏作生死思考的哲人變成了借骷髏開導世人的教化者。

今存最完整的述說莊子歎骷髏的作品是《新編增補評林莊子歎骷髏南北詞曲》〔註13〕。該道情以第三人稱、全知視角來講述故事，描寫人物，又以第一人稱、有限視角，通過說唱表達人物的心理活動、情感變化。作品中的莊子儼然一全真道士：「塵世事飄飄，歎浮生何日了。不如我棄功名，學做個全真教。把家私撇了，穿一領道袍，每日看塵世中，拍手呵呵笑。那逍遙清閒處快活，終日裏浪淘淘。」（《黃鶯兒》）三月初二日，他換上綸巾道服，羽扇芒鞋，隨喚道童，背著琴囊，到淮安府鹽城縣去找縣尹梁棟，意欲度化他。正行之間，忽見一骷髏暴露於荒郊野外，骸骨縱橫，四肢分散，卻被犬鴉爭食，又被牧童鞭打天靈。莊子不勝傷感，以《歎詞》、《西江月》、《桃源憶故人》、《耍孩兒》、《新水令》、《折桂令》、《喬牌兒》、《沽美酒》、《雁兒落》、《清江引》、《東五近》等眾多曲子，以諸多「莫不是……」句式，追問骷髏的性別、身世、職業、遭際、致死原因等等，表現了他關注世情、洞悉人事、深明禍福、悲天憫人的精神品格。

故事最大的變化是把《至樂》中莊子欲使骷髏復活的願望演繹成了現實。按常理，骷髏對莊子的再造之恩會感恩戴德。然而，當莊子用楊枝、仙丹將它救活的時候，那個生前名叫武貴的福州商人不但不領情，反而索要包傘金

〔註13〕這個本子，國內學者杜穎陶曾有收藏，但今已下落不明。日本尚有幾種，比較容易見到的是日本東京大學東洋文化研究所的《新編增補評林莊子歎骷髏南北詞曲》兩卷，係日本人根據刊本手抄，錯別字較多。卷下末尾有詩說：「骷髏詞曲久差訛，夏暇重將校正過。增續詩詞成卷集，後賢深便助閒歌。」可知此作乃杜蕙在原有道情《莊子歎骷髏》的基礎上增添詩詞編纂而成。杜蕙，僅知其為毘陵人，生平不詳，但此道情刊刻於萬曆年間，故至遲為萬曆時人。

銀。官司打到梁棟那裡，梁縣主不僅不相信莊子那令凡人難以置信的陳訴，反而聽信武貴，咬定他和道童合夥打劫。莊子不得已，只好做法使骷髏復現原形，才結束了這一場鬧劇，對梁縣主說：「大人，我看這骷髏表似人，獸心安可識，我已救其生，反圖金與餘。正是人心不足蛇吞象，世事到頭螳捕蟬。」「眾生好度人難度，寧度眾生莫度人。」之所以「人難度」，是因為人中有笑裏刀、人中虎。骷髏復活恩將仇報的事件說明人心險惡無可救藥，善良和惻隱在嚴酷的現實面前只能遭遇尷尬、自討沒趣。這不僅對傳統的性善論是一種顛覆，還為虛無和出世提供了根據。

明末王應遴（？～1644）的雜劇《衍莊新調》，一名《逍遙遊》，是在杜蕙道情基礎上改編而成〔註14〕。該劇人物仍是莊子、道童、縣尹、骷髏四個。地點也是在淮安府鹽城縣。中間骷髏復活向莊子索賠要傘包珠寶，雙方發生爭執，打官司，莊子不得已使骷髏還原等情節大同小異。改動較大之處是前面部分圍繞道童挖取骷髏口中一文錢、莊子勸誡道童展開，後面部分則是梁棟勘破名利大關，主動要求入道。開場末念「小道童挖含錢惹禍，刁骷髏奪包傘成空。梁縣尹撥利名楔子，莊周子透生死關中」四句詩，便是一篇宗旨。故事重點的改動突出了莊子的教化者角色。跟杜蕙道情《莊子歎骷髏》不同的是，劇本後面部分莊子所唱《耍孩兒》套曲，一忽兒道教，一忽兒淨土，一忽兒儒家，直至說：「釋道雖分二途，與儒門總歸一理。但做心性工夫，三教豈分同異？」這番話，使莊子這一形象明顯地具有三教合一的特徵。

明人龔正我所輯《摘錦奇音》卷三之《周莊子歎骷髏》與杜蕙道情也有明顯的相似之處。該刊本縫署為《皮囊記》，似為《皮囊記》之一齣。但它故事完整，形式較為獨立，又標為「時尚新調」，有可能是當時新作。寫莊子喪妻以後打扮成全真道士前往洛陽城外訪道，遇著一個骷髏。以《西江月》、《耍孩兒》套曲（十八曲），以「莫不是……」句式遍猜骷髏生前職業、身份、致死原因等，與杜蕙道情中的這一部分非常相似。後面部分寫莊子以柳枝、仙丹使骷髏復生，其名張聰，復活後向莊子索要雨傘金銀，把莊子告到縣裏，

〔註14〕據王宣標介紹，日本早稻田大學所藏《王應遴雜集》中的《衍莊新調》原刻本卷前有《衍莊新調引》、《自題衍莊新調》、《凡例八則》等。《自題衍莊新調》明確說：「丙寅（天啟六年，1626年）秋，恭謁泗、鳳兩陵，道出蒙，即莊生夢蝶處也。散步街衢，得舜逸山人《骷髏歎》寓目焉。……因就肩輿中腹稿，盡竄原文，獨摘新調。及抵宿，宿宿，而小劇成。」可知王作乃是在杜作的基礎上改編而成。見《文化遺產》2012年第4期。

縣主梁某見人心如此恩將仇報，也棄職修行等情節，寫得極其簡單，類似於壓縮改寫。

清初人丁耀亢《續金瓶梅》第四十八回《蓮淨度梅玉出家瘸子聽骷髏入道》寫劉瘸子經過大覺寺聽一道人說唱《莊子歎骷髏》道情，說白與唱詞甚全。莊子以道人身份帶著道童下山去洛陽度人，與《摘錦奇音》所載《周莊子歎骷髏》相同。骷髏是福州人，名喚武貴，則與杜蕙道情《莊子歎骷髏南北詞曲》相同。該漁鼓說唱的重點放在莊子用「莫不是……」句式對骷髏性別、職業、身世、遭際、致死原因的猜測，雖然只標了一個《耍孩兒》，明顯可以看出是九支曲子構成的套曲。曲詞意思與前述各種歎骷髏曲詞大同小異。唯寫武貴在縣令面前百般曲說一段較各本為詳，凸現了骷髏的翻臉無情，恩將仇報，狡詐陰毒，強詞奪理。莊子令其再變骷髏後吟詩四句：「古今盡是一骷髏，拋露屍骸還不修。自是好心無好報，人生恩愛盡成仇。」莊子的穎悟覺解，凸現了他教化者的形象和作品諷世的主旨。

莊子鼓盆的故事到明末有更為重大的改變。馮夢龍《警世通言》第二卷《莊子休鼓盆成大道》是一篇著名的擬話本小說。這個故事由《至樂》的宣揚達觀的生死態度一變成了揭露和鞭撻假情偽態。它跟歎骷髏的教化意旨相同，不同之處在於它把人心險惡、道德虛假的揭露由社會轉向了家庭內部，對傳統的之死靡它的夫妻情感作了令人瞠目結舌的顛覆。在這個故事中，莊子既是一個精通法術的道士，又是一個洞悉人情真偽、撕破溫情面紗的警世者和批判者。莊子之妻田氏這一人物和與她相關的情節完全是虛構的。她在莊子生前詆毀他人搧墳，莊子死後卻受不了誘惑，見了新人竟於丈夫屍骨未寒時劈棺取腦，以成就自己的好事，結局只能羞愧自盡。莊子的鼓盆歌是那樣血腥、悲愴而寡情：「伊弔我兮，贈我以巨斧；我弔伊兮，慰伊以歌詞。」「你死我必埋，我死你必嫁。我若真個死，一場大笑話！」這個渾身冒著冷氣的莊子必然會走向出世，皈依虛無。

鄭振鐸主編的《古本戲曲叢刊》第三集收錄了明末謝弘儀所作《蝴蝶夢》傳奇。該劇分上下二卷四十出，擴拾《莊子》中夢蝶、觀魚、貸粟、說劍等故事，加上話本故事和道教神話敷衍而成。莊子妻由姓田改姓韓，心跡敗露後獨自靜修，最後與莊子一起飛昇。這一改動削減了該劇的諷世功能而增添了新的道德教化意義，莊子的形象過於宗教化，反不及話本的鮮明、立體、深刻。清代錢德蒼所編《綴白裘》第六集第三卷收錄了《蝴蝶夢》中的《歎骷》、

《搧墳》、《毀扇》、《病幻》、《弔孝》、《說親》、《回話》、《做親》、《劈棺》數出，以田氏羞愧自盡結束，基本上按擬話本的故事構架，可以看出話本的影響力。近代以來京劇和許多地方戲如秦腔、河北梆子、評劇、徽劇、漢劇、川劇、湘劇、桂劇等都有此劇目。上世紀九十年代以來崑劇改編有《新蝴蝶夢》，川劇改編有《田姐與莊周》，越劇有《蝴蝶夢》，話劇有《莊周戲妻》等。但一些改編對田氏為情劈棺寄予同情，對莊子卻頗有貶抑，這已改變了原作警世、諷世、勸世的主題，只能另當別論。

原載《湖南師範大學社會科學學報》2013 年第 6 期

論莊子的入俗與反俗

　　只要展讀《莊子》，就會感受到其中隱含著某些矛盾。莊子既有入俗的一面，又有反俗的一面，就是這種矛盾最為突出的表現。分析這組矛盾及其產生的原因、意義，對深入理解莊子有重要意義。

一、莊子的入俗

　　所謂俗，是一個中性詞，指人們在長期生活過程中形成的風習。《莊子·則陽》（以下只說篇名）借大公調之口說：「丘里者，合十姓百名而以為風俗也，合異以為同，散同以為異。」風俗的形成是人們長期既求同存異又散同為異的結果，是趨同性與求異性的統一。風俗的差異隱含著不同人群的思維取徑、生存取法、價值取則、文化取擇和審美取向等多方面的差異。同一族群內部的不同人群也可能有不同風習。不同人群的風習可能會各美其美，甚至互相褒貶。從文化的角度說，不同人群的風習差異常常被簡化為聖人與凡眾的對立，或聖哲與愚氓的對立。《齊物論》曰：「眾人役役，聖人愚芚。」成玄英疏：「凡俗之人，馳逐前境，勞役而不息；體道之士，忘知廢照，芚然而若愚也。」就是把凡俗與聖人（體道之士）對舉。聖人、聖哲屬少數派，而凡眾則屬多數派。這個多數派多到非常普遍時，常被聖哲們以「天下」稱之；多到一定數量時，則往往被籠統地稱之為「眾」、「世」或徑稱之「世俗」、「俗」等。

　　道家以聖哲自期，清高自命，超凡出世，通常與俗眾格格不入，然而任何聖哲只要不遠遁山林、隱跡魚鳥，就得同世俗共處，與凡眾為伍。故而從老子開始，道家就有入俗的一面。《老子》第 4 章、第 56 章都有「挫其銳，

解其紛，和其光，同其塵」之說，講的就是「不露鋒芒，消解紛擾，含斂光耀，混同塵世」〔註1〕，即與世俗同其波流之意。道家的入俗，往往表現為寄跡寰中而心超物表，或身居塵俗而居心玄遠。它也是道家應世的重要方式。

莊子思想承老子而來，自然也有入俗的一面。《山木》曰：「入其俗，從其俗（一作令）」，講的就是入鄉隨俗的意思。為什麼要入俗？《人間世》曰：「天下有大戒二，其一，命也；其一，義也。子之愛親，命也，不可解於心；臣之事君，義也，無適而非君也，無所逃於天地之間。是之謂大戒。是以夫事其親者，不擇地而安之，孝之至也；夫事其君者，不擇事而安之，忠之盛也。……為人臣子者，固有所不得已。」「不得已」三字，說盡了莊子入俗的原因。

《天下》曰：「獨與天地精神往來而不敖倪於萬物，不譴是非，以與世俗處。其書雖瑰瑋而連犿無傷也，其辭雖參差而諔詭可觀。」也是說莊子不譴是非，能與世俗和平共處。不譴是非，就是《齊物論》所說的「彼是莫得其偶，謂之道樞。樞始得其環中，以應無窮」。通過取消是非對立來達成自我內心的靈動圓轉，謀取與他人的和諧圓融，這是莊子入俗的哲學基礎。《知北遊》曰：「聖人處物不傷物。不傷物者，物亦不能傷也。唯無所傷者，為能與人相將迎。」成玄英解釋為「處俗和光，利而不害，故不傷之也」〔註2〕，可知這裡講的「物」，指的就是世俗。聖人與世俗雖然存在著矛盾，但聖人也因存在利物之心而與世俗相容，同世俗和睦相處。如果聖人同凡俗相爭，會因處於少數派而受到世俗的傷害，因而主動地「與物無傷」，是聖人入俗的重要生存策略。

莊子的不譴是非、與物無傷或和光同塵、混世揚波的應世理念在哲學上被視為相對主義或許有一定道理，但從處世的角度說，未嘗不隱含著某種平等意識、容眾心理。《秋水》曰：「是故大人之行，不出乎害人，不多仁恩；動不為利，不賤門隸；貨財弗爭，不多辭讓；事焉不借人，不多食乎力，不賤貪污；行殊乎俗，不多辟異；為在從眾，不賤佞諂。」「帝王殊禪，三代殊繼。差其時，逆其俗者，謂之篡夫；當其時，順其俗者，謂之義之徒。」大人或聖人主動同凡眾調和，實際上也隱含著聖人對群生一視同仁、對俗眾地負海涵、對時俗因循順從的寬容心態和高遠格調。這種包容還往往被賦予某些道家政治的含義，如《天地》說：「大聖之治天下也，搖盪民心，使之成教易俗，舉

〔註1〕陳鼓應《老子注譯及評價》，中華書局 2003 年版，第 281 頁。
〔註2〕郭慶藩撰、王孝魚點校《莊子集釋》，中華書局 1982 年版，第 767 頁。

滅其賊心而皆進其獨志，若性之自為，而民不知其所由然。若然者，豈兄堯、舜之教民，溟涬然弟之哉？欲同乎德而心居矣。」《則陽》說：「是故丘山積卑而為高，江河合水而為大，大人合併而為公。是以自外入者，有主而不執；……萬物殊理，道不私，故無名。無名故無為，無為而無不為。」

　　道家特別是莊子的應世理念還有外圓內方、與世逶迤的內涵。它有多種用途：「為善無近名，為惡無近刑，緣督以為經」（《養生主》），是一種保身全生之道；「彼且為嬰兒，亦與之為嬰兒；彼且為無町畦，亦與之為無町畦；彼且為無崖，亦與之為無崖，達之入於無疵」（《人世間》），是一種誘導愚暴之方；「適來，夫子時也；適去，夫子順也」（《養生主》），是一種順應死生之策；「一以己為馬，一以己為牛」（《應帝王》）、「呼我為牛也而謂之牛，呼我為馬也而謂之馬」（《天道》），是一種混同毀譽之術；「周將處於材與不材之間」（《山木》），是一種權宜自處之謀；「彼來則我與之來，彼往則我與之往，彼強陽則我與之強陽。強陽者又何以有問乎」（《寓言》），是一種虛與委蛇之計……總而言之，人間多故，世事多變，要想在俗世生存，只有消除我執，放低身段，隨順物情，因應時世，方能以平和制躁動，以不變應萬變。它是原則性與靈活性的統一，是智慧與明達的表徵，切不可簡單地視之為滑頭主義、玩世不恭。

　　儘管莊子本人就是隱士，而隱士本身又有不同俗眾的一面，如《讓王》所載「有道者」子州支伯以不接受舜所讓天下而「異乎俗」。但有時莊子也並不對隱士的離世異俗予以肯定。《刻意》就認為離世異俗是山谷隱者之事，非聖人所為，如說：「刻意尚行，離世異俗，高論怨誹，為亢而已矣；此山谷之士，非世之人，枯槁赴淵者之所好也。」「就藪澤，處閒曠，釣魚閒處，無為而已矣；此江海之士，避世之人，閒暇者之所好也。」在莊子看來，這些離世異俗的「避世之人」跟「不刻意而高，無仁義而修，無功名而治，無江海而閒」的「聖人」比起來是有很大差距的。

二、莊子的反俗

　　所謂「反俗」，即與世俗相反或同世俗背向而行。莊子的反俗表現在思維取徑、生存取法、價值取則、文化取擇和審美取向等諸多方面。

　　道家與世俗的重要差別之一，是他們往往取一種逆向思維路徑。老子說：「天下皆知美之為美，斯惡已；皆知善之為善，斯不善已。」（《老子》第 2

章）這就是一種逆向思考。莊子比老子更加逆反，他反對慣性思維，敢於對定勢思維加以質疑、批判。《胠篋》曰：「故天下皆知求其所不知而莫知求其所已知者，皆知非其所不善而莫知非其所已善者，是以大亂。」這裡講的「天下」，是世俗的同義語，只是說這種世俗現象特別普遍而已。世俗慣於探討未知的領域，卻不知反思已知的東西；慣於批評大家早已認定的所謂不善，卻不知道反思那些久已被肯定的所謂善是否真善。比如智慧，老子說「智慧出，有大偽」已是一種反思，莊子則把這種反思推廣到更深的層面，他指出，人們普遍「好知」，認為可以依仗智慧探索未知，卻沒有意識到恰恰是智慧使自然蒙難，人類遭殃。「故上悖日月之明，下爍山川之精，中墮四時之施，惴耎之蟲，肖翹之物，莫不失其性。甚矣，夫好知之亂天下也！」（《胠篋》）「雲氣不待族而雨，草木不待黃而落，日月之光益以荒矣。」（《在宥》）善良人的智慧總是比不上那些心術不正的人，你有一套防盜的方法，他就有一套更高明的偷盜手段，直到利用智慧來竊國。所以，「世俗之所謂知者，有不為大盜積者乎？」

莊子否定了這種世俗的知，而主張真人之真知。所謂真知，就是知天之所為，知人之所為，「以其知之所知以養其知之所不知」，即明確自然與人的職分，採取不同的應對方式：天道自然無為，其變化之理、運行之秘非人之智力所能及，不必強求知之；人之智力有限，對無法知曉的窮達之事、死生之理不必費心勞神，把關注點集中到生命本身就夠了。把自己的智慧用於外因任自然、內放任心身，浩然達觀，使自己能「終其天年而不中道夭」（《大宗師》），就是最高的智慧。這種方法，也就是以不知為知，以無為為為，它是莊子用來應對智慧戕害人類自身的根本策略。

逆反思維也稱求異思維。莊子本人求異，思維與世俗反向而行，也希望全社會每個人都保持各自的獨異性，反對權勢者、壟斷者按照少數人的意志強行求同，把求異思維變成壟斷思維。《在宥》曰：「世俗之人，皆喜人之同乎己而惡人之異於己也。同於己而欲之，異於己而不欲者，以出乎眾為心也。夫以出乎眾為心者，曷常出乎眾哉！因眾以寧所聞，不如眾技眾矣。」就是批評世俗之人強求他人同己的做法。這種人以自我為中心，不喜歡他人與自己意見相左，而喜歡強迫他人附和自己，使自己凌駕於他人之上。其深層意識是以己為是而以人為非，是求異思維轉向壟斷思維的表現。有這種壟斷思維的人雖然能領袖群倫，卻容易導致專斷獨裁，反而得不到眾人的擁戴。只

有打破霸主心態，尊重眾人的獨異性，才能真正成為獨超群外的雄傑。壟斷思維容易導致文化專制，造成文化荒漠，蘇軾對此有非常深刻的認識。他批評王安石說：「王氏之文，未必不善也，而患在於好使人同己。自孔子不能使人同，顏淵之仁，子路之勇，不能以相移。而王氏欲以其學同天下！地之美者，同於生物，不同於所生。惟荒瘠斥鹵之地，彌望皆黃茅白葦，此則王氏之同也。」〔註3〕

從生存取法與價值取則的角度說，世俗皆以傳統的、外在的立德、立功、立名為價值標準，以富貴榮祿、高官顯爵、飛黃騰達為最佳生存效果。莊子則反俗而行，對這些身外的東西予以貶斥，而以生命、精神、自由等作為評價生存質量的準則。為此他常常以嘲諷的口氣談論、奚落世俗的種種生存狀態與人生追求，宣揚自己的生存理想和價值取向。例如，在《逍遙遊》中，他指斥那些知效一官、行比一鄉、德合一君、而（能）徵一國的俗人如學鳩、斥鴳之類，而以聖人無名、神人無功、至人無己為最高範式，以顛覆世俗的生存法則與價值標準。在《駢拇》中，他尖銳地指出，全社會的人都在不知不覺充當某種世俗價值標準的犧牲品：「小人則以身殉利，士則以身殉名，大夫則以身殉家，聖人則以身殉天下。故此數子者，事業不同，名聲異號，其於傷性以身為殉，一也。」「天下盡殉也，彼其所殉仁義也，則俗謂之君子；其所殉貨財也，則俗謂之小人。」在《秋水》中，他嘲笑相位有如腐鼠，面對楚使的重聘，明確告知自己情願「曳尾於塗中」。在《列禦寇》中，他譏諷使秦得車百乘的曹商為舐痔。這些都表現了他同世俗相反的生存取法與價值取則。

有時莊子還站在世俗的角度分析、說明為什麼不採納世俗之價值標準，如《天地》寫世俗祝堯壽、富、多男子，堯拒絕這種祝福，說：「多男子則多懼，富則多事，壽則多辱。是三者，非所以養德也，故辭。」

同世俗相比，莊子更多地看到了追名逐利潛在的風險與消極後果，不失時機地警告世俗為了生存可能會付出的慘重代價。《逍遙遊》警告惠施說：「子獨不見狸狌乎？卑身而伏，以候敖者；東西跳樑，不辟高下；中於機辟，死於罔罟。」《列禦寇》載：有人見宋王得車十乘說：「今宋國之深，非直九重之淵也；宋王之猛，非直驪龍也；子能得車者，必遭其睡也。使宋王而寤，子為虀粉夫！」又對前來聘請他的楚使說：「子見夫犧牛乎？衣以文繡，食以芻菽，

〔註3〕孔凡禮點校《蘇軾文集》，中華書局 1986 年版，第 1427 頁。

及其牽而入於大廟,雖欲為孤犢,其可得乎!」這種危機感或人生憂患意識,使莊子對生存的理解比世俗深刻,並由此引出了他與世俗不同的憂樂觀。《繕性》曰:「故不為軒冕肆志,不為窮約趨俗,其樂彼與此同,故無憂而已矣。今寄去則不樂,由是觀之,雖樂,未嘗不荒也。故曰,喪己於物,失性於俗者,謂之倒置之民。」《至樂》曰:「今俗之所為與其所樂,吾又未知樂之果樂邪,果不樂邪?吾觀夫俗之所樂,舉群趣者,誙誙然如將不得已,而皆曰樂者,吾未之樂也,亦未之不樂也。果有樂無有哉?吾以無為誠樂矣,又俗之所大苦也。故曰:至樂無樂,至譽無譽。」

莊子的諸多顛覆世俗生存方式、價值取則的言論與行跡,給後人以憤世嫉俗的鮮明印象。宋人陳藻稱「莊周,憤悱之雄也」,「看來莊子亦是憤世疾邪而後著此書」[註4]。清人胡文英說莊子「每多憤世嫉邪之談,又喜歡譏誚出名大戶」[註5]。王先謙《〈莊子集解〉序》說得更具體:「故以橛飾鞭筴為伯樂罪,而撽髑髏未嘗不用馬捶;其死棺槨天地,而以墨子薄葬為大觳……嫉時焉耳。是故君用天殺,輕用民死,刺暴主也;俗好道諛,嚴於親而尊於君,憤濁世也。」[註6]在思想史上,許多學術流派如儒家、墨家都有否定世俗的一面,但都沒有莊子這樣旗幟鮮明、痛快淋漓。故後世反俗之士,自然而然會取法莊子。

從文化取擇來看,莊子反對當時以儒、墨為代表的學術文化,而對堯舜之前的上古文化極力推崇。儒墨都標榜仁義,並以是否踐行仁義來區分人們是君子還是小人:「彼其所殉仁義也,則俗謂之君子;其所殉貨財也,則俗謂之小人。」(《駢拇》)莊子則對仁義的弊端批判不遺餘力:「自虞氏招仁義以撓天下也,天下莫不奔命於仁義,是非以仁義易其性與?」(《駢拇》)「彼竊鉤者誅,竊國者為諸侯,諸侯之門而仁義存焉。」(《盜跖》)「吾未知聖知之不為桁楊接槢也,仁義之不為桎梏鑿枘也,焉知曾、史之不為桀跖嚆矢也!」(《在宥》)「愛利出乎仁義,捐仁義者寡,利仁義者眾。夫仁義之行,唯且無誠,且假乎禽貪者器。」(《徐無鬼》)仁義講愛人,其本身可能難以說它不好,問題在於它流弊無窮。《天道》載孔老對話,孔子說:「中心物愷,兼愛無私,此仁義之情也。」老聃答:「夫兼愛,不亦迂乎!無私焉,乃私

〔註4〕林希逸撰、陳紅映校《南華真經口義》,雲南人民出版社 2002 年版,第 140 頁。
〔註5〕胡文英撰、李花蕾校《莊子獨見》,華東師範大學出版社 2011 年版,第 6 頁。
〔註6〕王先謙《莊子集解》,中華書局 1987 年版,第 1 頁。

也。」《徐無鬼》曰:「愛民,害民之始也;為義偃兵,造兵之本也。」綜觀莊子之意,仁義本身雖無問題,但他看到,在當時仁義已經被利用為某些人謀私的工具,用這種已經工具化的仁義來治理天下,只能導致天下虛偽叢生,紛亂日滋。

莊子還對世俗所普遍奉行的儒家倫理準則在實踐中存在雙重標準進行了分析,指出其內在的悖謬:「孝子不諛其親,忠臣不諂其君,臣子之盛也。親之所言而然,所行而善,則世俗謂之不肖子;君之所言而然,所行而善,則世俗謂之不肖臣。而未知此其必然邪?世俗之所謂然而然之,所謂善而善之,則不謂之道諛之人也。然則俗故嚴於親而尊於君邪?」諂諛是一種虛偽欺騙行為,故世俗之人都知道不諂諛君親的人是忠臣孝子,於是把對君親唯唯諾諾、言聽計從的人看成不肖臣、不肖子。然而,人們卻往往對君父之外的其他人唯唯諾諾、言聽計從,不認為這是諂諛,難道其他人比君父更可敬可尊嗎?這種人終身諂諛他人而不自知,可見他們是多麼迷惑、糊塗。

莊子要求超越儒墨為代表的世俗倫理道德體系,返璞歸真,建立一種更能體現人性、更具超越性的道德體系。「君子之交淡若水,小人之交甘若醴。君子淡以親,小人甘以絕。」(《山木》)「至仁無親。」(《天運》)「至禮有不人,至義不物,至知不謀,至仁無親,至信闢金。」(《庚桑楚》)之所以要在仁、義、禮、信等道德概念前加上一個「至」字,意思就是世俗的道德概念是功利化、工具化、低層次的,而莊子所提倡的同類道德卻是超功利的、符合人本性的、出自人真感情的、高級的道德理念。莊子又慨歎這樣的真道德在現實中難以找到,因而他不斷地鼓吹回到上古,認為那時民如野鹿,無識無知,提倡的道德自然就是真道德。

從審美取向的角度看,莊子反對世俗的虛偽矯情,而張揚以「真」為特質的審美追求。《漁父》曰:「真者,精誠之至也。不精不誠,不能動人。故強哭者雖悲不哀,強怒者雖嚴不威,強親者雖笑不和。真悲無聲而哀,真怒未發而威,真親未笑而和。真在內者,神動於外,是所以貴真也。……禮者,世俗之所為也;真者,所以受於天也,自然不可易也。故聖人法天貴真,不拘於俗。」就行為規範來說,世俗看重的是依禮而行,非禮不動。然而,禮作為規範所導致的虛偽矯情是不道德的。只有依真性真情真心而動,才真正符合人性,才能產生強大的感染力。老子曾說:「禮者,忠信之薄而亂之首也。」(《老子》第37章,《知北遊》作「禮者道之華而亂之首也」)莊子的求

真也從反對世俗的求禮入手，故盜跖訓斥大力倡導禮義的孔子說：「子之道，狂狂汲汲，詐巧虛偽事也，非可以全真也，奚足論哉！」（《盜跖》）孔子本人也感歎其弟子仲由（子路）過於拘禮，以致傷害自身：「甚矣由之難化也！湛於禮儀有間矣，而樸鄙之心至今未去。進，吾語汝！夫遇長不敬，失禮也；見賢不尊，不仁也。彼非至人，不能下人，下人不精，不得其真，故長傷身。」（《漁父》）

真還包括排除世俗的雜念而追求純樸，反對偽飾，如說：「純素之道，唯神是守；守而勿失，與神為一；一之精通，合於天倫。野語有之曰：『眾人重利，廉士重名，賢士尚志，聖人貴精。』故素也者，謂其無所與雜也；純也者，謂其不虧其神也。能體純素，謂之真人。」（《刻意》）藝術創作也是如此，不能被世俗的審美趣味所拘束，因為世俗的審美能力是有侷限性的，「瞽者無以與乎文章之觀，聾者無以與乎鍾鼓之聲」（《逍遙遊》），「大聲不入於裏耳；折楊皇荂，則嗑然而笑。是故高言不止於眾人之心；至言不出，俗言勝也」（《天地》）。要創作真正的藝術，就一定要擺脫世俗的審美趣味與私心雜念。宋元君之畫史解衣槃礡而裸，創作的才是真畫（《田子方》）。梓慶造鐻，要齋戒數番，從不懷慶賞爵祿、非譽巧拙，直到忘掉自己的四肢形體，然後入山林，見成鋸而後加手，以天合天，以疑鬼神（《達生》）。

三、入俗與反俗之關係及價值

莊子的入俗主要是一種應世方式，這是因為莊子雖是隱士，卻並不把離俗棄世、遠遁山林當做唯一的、理想的生存方式，而主張身在人間、心存超越。天下無道，人間多艱，福輕於羽，禍重於地，倘不能與世逶迤，一味反俗，必遭世俗戕害，故入俗也得有一套應對之方。給匠石送夢的櫟社樹說得透徹：「夫柤、梨、橘、柚、果、蓏之屬，實熟則剝，剝則辱；大枝折，小枝泄。此以其能苦其生者也，故不終其天年而中道夭，自掊擊於世俗者也。物莫不若是。」（《人間世》）這是說有才能者本來就容易招致世俗的忌妒、打擊，倘不入俗隨俗，所受傷害更甚。

問題在於，入俗是要講究分寸的。過分同世俗對立，會造成世俗對自己的掊擊，使自己不能終其天年而中道夭；過分與世俗同其波流，又會使自己變成俗人，沒有了獨立人格，那就是被世俗同化掉了。這個分寸，莊子借孔子之口說了出來：「古之人，外化而內不化；今之人，內化而外不化。與物化

者，一不化者也。安化安不化，安與之相靡，必與之莫多。」（《知北遊》）這種「外化而內不化」的方法與意義，《淮南子・人間訓》表述得很清楚：「得道之士，外化而內不化，外化，所以入人也；內不化，所以全其身也。故內有一定之操，而外能詘伸、贏縮、卷舒、與物推移，故萬舉而不陷。」《全唐文》卷 493 載權德輿《張隱居莊子指要序》解釋說：「內化者可以澤四海，外化者可以冥是非。欣然順物，內外偕化，得其環中，以應無窮。」這種入世方法，後世士人多有仿之者。「大隱隱於市朝，小隱隱於山林」，即是最明顯的入俗之論。《全隋文》卷 33 載釋彥琮《通極論》云：「原夫隱顯二途，不可定榮辱；真俗兩端，孰能判同異？所以大隱則朝市匪喧，高蹈則山林無悶。」這是說，只要能保持真性，即使身處朝市這樣喧囂的地方，也不會與之俱化。

反俗可以付諸行為，如莊子之拒絕楚相、譏諷惠施、嘲笑曹商、鼓盆而歌、臨終不葬等，都是一種反俗之舉。這種反俗的方式對後世有比較明顯的影響，如楊王孫之裸葬歸真、阮籍之違禮送嫂、嵇康之援琴赴喪、劉伶之荷鋤自埋、「八達」（畢卓、胡毋輔之、阮放、阮孚、謝鯤、羊曼、光逸、桓彝）之探頭狗洞等，都是極端的反俗之舉。行為上的反俗容易招致社會的非議，阮、嵇、劉輩為禮法之士所嫉，視之如仇，就是如此。儘管後世都把這些人的反俗歸因於莊子的影響，然而相比之下，莊子的反俗並沒有像他們那樣走極端，他還沒有發展到同世俗社會特別是權貴之類發生直接衝突的程度。

莊子的反俗更多地是一種思想、精神、態度、情感方面的與俗相反。他對世俗的已成之見加以反省，對人們的所作所為加以反思，對現有的文化體系、價值系統加以反觀，其思想之深刻、情感之激烈、措辭之犀利，振聾發聵，對後人很有啟發作用。王安石《莊周上》說莊子的反俗其實是為了矯正世俗之弊：「昔先王之澤，至莊子之時竭矣，譎詐大作，質樸並散，……莊子病之，思其說以矯天下之弊，而歸之於正也。」〔註7〕王先謙說，莊子對「藥世主淫侈，澹末俗利欲」，「庶有一二之助焉」〔註8〕。在反俗的同時，莊子也提出了自己的各種理想，其中求真的審美理念對後世影響深遠。但莊子對儒家道德禮義的批判對後世社會，尤其是魏晉時代，也有很大的衝擊作用，故王坦之借莊子之言批評莊子說：「然則天下之善人少，不善人多，莊子之利天下也少，害天下也多。故曰魯酒薄而邯鄲圍，莊生作而風俗穨。禮與浮雲俱

〔註7〕王安石《臨川先生文集》，臺北華正書局 1975 年版，第 724 頁。
〔註8〕王先謙《莊子集解》，中華書局 1987 年版，第 1 頁。

徵，偽與利蕩並肆，人以克己為恥，士以無措為通，時無履德之譽，俗有蹈義之愆。驟語賞罰不可以造次，屢稱無為不可與適變。雖可用於天下，不足以用天下人。」〔註9〕

原載《商丘師範學院學報》2014 年第 2 期

〔註9〕王坦之《廢莊論》，嚴可均《全上古三代秦漢三國六朝文》，中華書局 1958 年版，第 1624 頁。

簡論後世道家、道教對《莊子》倫理思想的揚棄與修正

　　《莊子》[註1]中包含著豐富的倫理思想，有些思想被後世道家、道教所繼承、發揚，也有一些思想被後世道家、道教所揚棄、修正。這裡主要就生態倫理和社會倫理思想作一點粗淺的探討，以就教於方家。

一

　　就人與自然關係說，《莊子》認為人是自然的一部分，是萬物之一。自然界猶如冶金爐，造化就像冶煉工，陰陽二氣就像爐中的炭，萬物就在陰陽二氣的燒煉過程中紛紛湧出。人作為萬物之一，是這巨大的冶金爐中偶然冒出的產品。造物者既創造產品，培育產品，同樣也破壞產品，毀滅產品，它「齏萬物而不為義，澤及萬世而為仁」，永遠在做著使神奇化為腐朽，腐朽復化為神奇的事情。人作為自然之一物，在無窮無盡的時空面前，既短暫又渺小；在遷流不居的變化中，既無常又可悲。於是他得出結論，「物不勝天」[註2]。也就是說，在偉大的自然面前，人是無能為力的，只能聽天由命。

　　《莊子》還看到了，人類為了滿足自身的需要，不斷地運用自身的智慧

〔註1〕《莊子》一書分內、外、雜三部分，三部分思想有同有異，文風也不一致。究竟哪些作品是莊周本人所作，歷來存在爭議。本人把《莊子》書中看成是同一學派著作的總匯，因其思想主要由老子發展而來，故姑稱之為「老莊學派」，以區別於「黃老學派」。具體意見詳拙著《道家及其對文學的影響》，嶽麓書社 1998 年出版。本文標以《莊子》而不徑指莊子，論述時也不拘泥於內、外、雜，只是取其同存其異而已，即是此意。

〔註2〕以上見《莊子》的《大宗師》、《秋水》、《知北遊》諸篇。

創造工具，又利用這些工具以改變萬物的物性和秩序為代價來向自然索取。這種索取的後果就是破壞物性，破壞自然秩序，以至於「上悖日月之明，下爍山川之精，中墮四時之施，惴耎之蟲，肖翹之物，莫不失其性」（《胠篋》），甚至「雲氣不待族而雨，草木不待黃而落，日月之光益以荒矣」（《在宥》）。人類的智慧帶給自身的不是幸福而是災難。因此必須棄絕智慧，停止這種改變物性、攪亂秩序的創造，回到無知無識的原初狀態，使人與自然和諧相處。其狀況是「山無蹊隧，澤無舟梁，萬物群生，連屬其鄉，禽獸成群，草木遂長。是故禽獸可係羈而遊，鳥鵲之巢可攀援而窺」（《馬蹄》）。這種狀況，也就是我們今天所說的原始狀況。

顯而易見，在論及人與自然關係的時候，《莊子》對人類智慧、人類活動持完全否定的態度。在《莊子》看來，人只能被動地順應自然，而不能主動地改造自然。在人類發展到高科技時代的今天，在人類第一線向自然索取的同時也於第二線受到自身行為後果懲罰的背景下，《莊子》生態倫理思想的意義便清晰地顯現了出來。我們不能不佩服他們對人類智慧、行為後果考察、研究的深入，也不能不佩服他們判斷、預見的深遠。

然而，《莊子》否定人為的侷限性也是很明顯的。這種侷限性就表現在他們完全否定了人力，否定了人類改造自然的必要性。例如主張制天命而用之的儒學大師荀子曾批評莊子「蔽於天而不知人」（《荀子・解蔽》）。

對《莊子》的侷限性，後來的道家、道教徒都做了修正，使之更富於辯證性和科學性。他們一方面繼承了莊子人與自然和諧的理論，另一方面也強調利用自然、改造自然的必要性，反對在自然面前被動無為。《文子・自然》〔註3〕對「無為」的解釋是：「所謂無為者，非謂其引之不來，推之不去，迫而不應，感而不動，堅滯而不流，捲握而不散，謂其私志不入公道，嗜欲不掛正術，循理而舉事，因資而立功，推自然之勢，曲故不得容。事成而身不伐，功立而名不有。若夫水用舟，沙用鳩，泥用輴，山用樏，夏瀆冬陂，因高為山，因下為池，非吾所謂為也。」《呂氏春秋・貴因》、《淮南子・惰務訓》也有大致類似的說法。《淮南子・要略》明確提出要「考驗乎老莊之術」，對老莊

〔註3〕《文子》一書，前人或懷疑其偽，1973 年河北定縣 40 號漢墓出土《文子》殘簡後，學者又對它的真實性有所肯定。但對它產生的時代仍有不同意見。我認為此書乃戰國後期之作，理由詳拙著《道家及其對文學的影響》188～189頁，此不贅述。

的「無為」進行反思，並在反思的基礎上對「無為」作出了新的闡釋：「所謂無為者，不先物為也；所謂無不為者，因物之所為也。所謂無治者，不易自然也；所謂無不治者，因物之相然也。」（《淮南子‧原道訓》）這是說，「無為」並不意味著人類在自然面前什麼都不能做，而是說要遵循客觀規律、順應物性、利用既有的條件去做，這樣才能取得好的效果，避免負面效應。這就既保留了老莊尊重客觀規律、反對人為地改變物性、改變自然秩序的合理意見，又修正了他們只強調自然而過分貶低人為的理論偏限。從生態倫理的角度說，《文子》、《呂氏春秋》、《淮南子》等都把自然與人為的關係看成一種動態的關係，並特別重視在動態中保持兩者的平衡，始終將人與自然的和諧作為人為的終極目標。《文子‧道原》說：「已雕已琢，還復於樸。無為為之而合乎生死，無為言之而通乎德，恬愉無矜而得乎和，有萬不同而便乎生。和陰陽，節四時，調五行，潤乎草木，浸乎金石，禽獸碩大，毫毛潤澤，鳥卵不敗，獸胎不殰。」《呂氏春秋》的十二紀更是對一年四季十二個月的人為作了具體的規定，如孟春是「天氣下降，地氣上騰，天地和同，草木繁動」的季節，國家應該「犧牲無用牝（雌性），禁止伐木，無覆巢，無殺孩蟲胎夭飛鳥，無麛無卵」。《淮南子》也有類似說法。這些都比《莊子》顯得更為辯證和科學，對我們今天的生態倫理學有借鑒價值。

道教徒在長期的煉丹和煉功實踐中，也對《莊子》的生態倫理思想有所揚棄和修正。道教徒始終把人與自然的諧調，並身體力行，把保護生態、培植良好的生態環境作為修道、積德的重要內容，就是對《莊子》思想的繼承和發揚。但他們卻認為物性是可以改變的，人類完全可以通過改變物性來為自己服務。《周易參同契》說：「巨勝尚延年，還丹可入口。金性不朽敗，故為萬物寶。術士服食之，壽命得長久。」他們還提出過「我命在我不在天」（《抱朴子‧內篇‧黃白》引《龜甲文》）的響亮口號，認為通過人為完全可以改變人類在自然規律面前的被動局面。道教徒還認為弄清了各類事物的性質，就可以炮製出原本沒有的新產品。如《抱朴子‧內篇‧黃白》說：「鉛性白也，而赤之以為丹；丹性赤也，而白之以為鉛。雲雨霜雪，皆天地之氣也，而以藥作之，與真無異也。至於飛走之屬，蠕動之類，稟形造化，既有定矣，及其倏忽而異舊體，改更而為異物者，千端萬品，不可勝論。」這種物性可以改變的思想對古代化學、冶金學、動物學、植物學、醫學等科學的發展有著極其重要的意義。這是對《莊子》物性不可改變理論的重大修正。後來內丹派煉功，

講煉精化氣，煉氣化神，煉神還虛，與老子的「道生一，一生二，二生三，三生萬物，萬物負陰而抱陽」的「順行法」相反，謂之「逆行法」，也是對把人為與自然規律統一起來的大膽嘗試，其目的仍然是通過人為修煉來調節自身平衡，實現自我精神、身體機能的和諧，形式上反自然而本質上不違背自然，深化了老莊的生態倫理思想。

當然，莊子的關於物性不可任意改變、自然秩序不可任意打破的思想仍然有它合理的、值得深思的一面，對我們今天的克隆技術、變性技術等所引起的生態倫理甚至社會倫理問題都有一定的警醒意義，不能完全加以否定。

二

《莊子》稟承老子「大道廢，有仁義。智慧出，有大偽。六親不和有孝慈，國家昏亂有忠臣」（《老子》18 章）的觀念，對當時影響很大的儒墨諸家（主要是儒家）的社會倫理道德體系進行過深入的反思，結論是：儒墨等提出的道德體系（主要是仁義禮樂）是一種不合理的倫理道德體系。其理由歸納起來有兩個方面：

第一，這些道德是違反人性的。它立足於治理人，也就是立足於改變人的天性。

第二，這些道德很容易被工具化，而且在歷史與現實中都已經被工具化了。

莊子批判否定當時的道德體系，並不是不要道德，或主張非道德主義。相反，莊子恰恰十分重視真正的道德。只是他心目中的道德不同於當時的道德而已。其內容主要有：

第一，道德應當出於人的本性。只有出於本性的道德才是真正好的道德。而人性的本質是質樸、真淳，無須偽飾，更不能矯情的。《莊子·漁父》用一個「真」字來概括。他說：「真者，精誠之至也。不精不誠，不足以動人。故強哭者雖悲不哀，強怒者雖嚴不威，強親者雖笑不和。真悲無聲而哀，真怒未發而威，真親未笑而和。真在內者，神動於外，是所以貴真也。其用於人理也，事親則慈孝，事君則忠貞，飲酒則歡樂，處喪則悲哀。忠貞以功為主，飲酒以樂為主，處喪以哀為主，事親以適為主。功成之美，無一其跡矣。事親以適，不論所以矣；事親以適，不選其具矣；處喪以哀，無問其禮矣。禮者，世俗之所為也；真者，所以受於天也，自然不可易也。故聖人法天貴真，不拘於俗。愚者反此，不能法天而恤於人，不知貴真，祿祿而受變於俗，故不足。」

這是說，真正的道德不是形式主義的，也不是由外來力量強制的，而是發自人內心的真感情。

由於《莊子》也強調仁義禮智等道德有其存在的價值，但又要與儒家的仁義禮智信這類道德概念有所區別，於是《莊子》就在這些道德概念前面加上一個「至」字。《庚桑楚》說：「蹍市人之足，則辭以放驁，兄則以嫗，大親則已矣。故曰：至禮不人，至義不物，至知不謀，至仁無親，至信闢金。」〔註4〕

第二，真道德的實現不僅需要彼此間的真誠相交，還需要好的交際和社會環境。

《大宗師》說：「魚相造乎水，人相造乎道。相造乎水者，穿池而養給；相造乎道者，無事而生定。故曰：魚相忘乎江湖，人相忘乎道術。」魚兒在泉水乾涸時相呴以濕，相濡以沫，可算是真心相愛，患難相扶，但這樣困窘的生存環境下的真道德也是可悲的，還不如在大江大湖中彼此忘記。因為在這樣的環境中，患難相扶失去了它的必要性，人們在和諧自由、無憂無慮的環境中根本就不需要一般的道德。所以道德層次的提高有賴於生存條件的改善。

這裡要指出的是，《莊子》雖然對儒家為代表的道德體系加以批判，但他們的道德觀念同儒家也有著千絲萬縷的聯繫。儒家講究仁義禮樂，也承認仁義禮樂應當符合人性，應當出自人的內心。孔子講「繪事後素」（《論語・八佾》）〔註5〕，孟子講人性本善，就是如此。「繪事後素」比喻禮義起於人的樸素感情，也就是說禮義出於人情〔註6〕。性善論強調人類先天就有道德因子，講道德是人天性的必然，而不是外在力量強加的結果。從要求道德符合人情、人性的角度來說，《莊子》跟儒家並沒有本質上的差異。那麼，兩者的差異在哪裏？差異在：儒家強調禮義必須有相應形式約束，而《莊子》認為形式上的約束不僅沒有必要，反而會導致虛偽矯情。

《莊子》之後漫長的封建社會，社會不僅沒有向「大同」或「至德之世」發展，反而隨著封建制度的強化而使各種社會關係變得越來越緊張。通過倡

〔註4〕關於「至禮不人」數語的解釋，郭象注：「不人者，視人若己，視人若己則不相辭謝，斯乃禮之至也。」「各得其宜，則物皆我也。」「謀而後知，非自然知」，「譬之五臟，未曾相親，而仁已至矣。」

〔註5〕這句話，歷來注家解釋不同。但均以素為質。所謂質，也就是人的基本品質。禮義被稱作「文」，「文」是添加在質上的東西。所以我認為這個「質」就是指人本有的情感、素質。

〔註6〕司馬遷在《史記・禮書》的序言中說：「余至大行禮官，觀三代損益，乃知緣人情而制禮，依人性而作儀，其所由來久矣。」

導、維繫禮義來爭取「小康」，幾乎成了全社會的共識。儒、道兩家在相同的歷史背景之下不約而同地達成了這方面的共識。《莊子》之後的道家乃至道教，一方面仍保留著歸樸反真、痛恨虛偽的傳統，另一方面也轉向肯定禮義的合理。略顯不同的只是道家反對禮儀過於煩瑣而已。《呂氏春秋》、《文子》、《淮南子》都以儒、道兼容的姿態出現，把仁義禮智納入到大道之內。黃老學者司馬談在《論六家之要旨》中這樣評論儒家：「夫儒者以六藝為法，六藝經傳以千萬數，累世不能通其學，當年不能究其禮。故曰博而寡要，勞而少功。若夫列君臣、父子之禮，序夫婦、長幼之別，百家弗能易也。」他心目中的道家則是「其為術也，因陰陽之大順，採儒墨之善，撮名法之要，與時遷移，應物變化」（《史記・太史公自序》）的包容諸子的思想體系。後世道家只有極少數人仍稟承莊子的「絕棄禮學」傳統〔註7〕，其餘基本上都是儒、道兼容。道教也大致如此。《太平經》已有明顯的儒、道兼容的傾向。《抱朴子・內篇・明本》重申了司馬談的意見，只是以道家為本、儒家為末而已：「道者儒之本也，儒者道之末也。先以為陰陽之術眾於忌諱，使人拘畏；儒者博而寡要，勞而少功；墨者儉而難遵，不可遍修；法者嚴而少恩，傷破仁義。唯道家之教，使人精神專一，動合無形，包儒墨之善，總名法之要，與時遷移，應物變化。」葛洪著《抱朴子》，以《內篇》屬道家，《外篇》屬儒家，即是本著這樣的出發點。其後陸修靜、寇謙之改造南北天師道，都是把儒家的倫理道德規範融進道教。茅山宗自陶弘景開始，也著手匯通儒、道，甚至主張三教並容。這一傳統，一直延續到唐末五代以後發展起來的內丹派。無論是南宗還是北宗，都是如此。

原載《上海道教》2005 年第 2 期

〔註7〕如「竹林七賢」。這些人當中向秀、王戎、山濤等明顯趨儒，嵇康、阮籍、劉伶等雖表面上反對禮學，骨子裏實際上擁護禮學，如阮籍就著有《禮論》。

道家在思想文化史上的地位和影響

　　道家在傳統文化史上的地位如何？這是一個很難三言兩語就講清楚的問題，學術界的意見也不很一致。我國的傳統文化，由儒、釋、道三大主幹組成，三大主幹都源遠流長，在歷史上產生了極為深廣的影響，這是學術界一般都認同的一個基本估價。至於這三者之間誰主誰次，誰高誰低，就見仁見智，莫衷一是了。大致是三種意見：一種是儒家為主，道家輔之；一種是儒道互補，平分秋色；一種是道先儒後，儒家受道家浸潤。至於佛教，論者似乎都把它置於儒、道之末而未讓它與儒、道爭衡了。

　　現在從事道家研究的人，都喜歡引用一個中國人和一個外國人的話作為對道家歷史地位的評判。這個中國人就是魯迅。魯迅在《致許壽裳》的信中說：「前曾言中國根柢全在道教，此說近頗廣行。以此讀史，有多種問題可以迎刃而解。」這個外國人就是李約瑟。他在《中國的科學與文明》中說：「中國如果沒有道家，就像大樹沒有根一樣。」這兩人的說法都驚人地一致，且極耐人尋味。他們不說道家是「主幹」，而說是「根」。「主幹」長在地面上，是顯性的；「根」是長在地下的，是隱性的。道家在歷史上雖曾有過作為「顯性」文化存在的時期，如漢唐之初，但更多時期，它都是作為「隱性」文化而存在。這一點，儒家頗不相同，儒家在歷史上有過作為「隱性」文化而存在的時期（如魏晉南北朝的某些階段），但它從先秦起，就被稱為「顯學」（《韓非子·顯學》），其後兩千年，絕大部分時間它都居於「顯學」的地位。如果要對儒道作一個定性評價的話，說儒家文化是傳統文化的「主幹」，我看是可以的；為了避免有兩個主幹，說道家是「根」，則也很恰當。「根」與「主幹」是同胞一體，很難說誰貴誰賤，誰主誰次。但主乾沒了「根」就

會枯死，這道理也很顯然。

道家在先秦至西漢就是一個重要的學術流派，它雖未號稱「顯學」，但實力足可以同儒家比肩。它在當時就對其他學術流派有深刻的影響，對後世影響也極為深遠。

一

從哲學角度說，道家對中國古代哲學影響極為深遠。

這種影響從先秦就已開始。先秦時代的儒家和法家，都受到過道家的影響。

我們先看看儒家。一些學者指出，孔子就曾受老子的影響。例如陳鼓應先生的《老學先於孔學——先秦學術發展順序倒置之檢討》〔註1〕一文指出的例子如：老子講「無為」，孔子也講「無為」；老子講「慈故能勇」，孔子則講「仁者必有勇」；老子講「為而不恃」、「功成不居」，孔子也讚美舜禹「有天下而不與」；老子講「良賈深藏若虛，君子盛德容貌若愚」，孔子也有「亡而為有，虛而為盈，約而為泰」的話，與老子一致。這些證據都是很確鑿的。

孔子以繼承傳統文化為己任，特別重視政治和倫理問題。他比較重經驗和功利，對一些形而上的問題諸如天道、人性、傳統文化的精神實質等較少論述。他的弟子子貢說：「夫子之文章可得而聞也，夫子之言性與天道，不可得而聞也。」（《論語・公冶長》）莊子也說：「六合之外，聖人（指孔子）存而不論；六合之內，聖人論而不議；《春秋》經世先王之志，聖人議而不辯。」（《莊子・齊物論》）都指出了他這一特點。老子與他不同，他不深論的問題，老子都加以深究。老子的哲學具有極強的思辯色彩。他的「道」，不僅能用來解釋宇宙的起源，而且還能用以解釋客觀世界何以存在、以何種方式存在，何以能生生不息等問題，具有鮮明的宇宙論和本體論性質。「道」還具有總規律、總原則的含義，它是陰陽對立統一的集中體現，因而又具有方法論的意義。更重要的是，它還是從自然和社會歷史當中提煉出來的理想的人文精神，是用以權衡傳統和現實文化的一把標尺。可以說，在孔老之間，孔子多注意現象，老子則更注重本質；孔子比較注意感性和經驗，老子則更注重超感性和經驗；孔子比較注重現實功利，老子則看重長遠的功利。孔子和老子，代表著春秋末年的兩種不同的文化價值取向。如果說孔子受老子的影響，這種影響也只在政治、人生等功利性較鮮明的範圍。總之，他們代表了兩種不同

〔註1〕《哲學研究》1988 年第 9 期。

的文化體系,各有不同的內在邏輯結構和發展思路。

孔子之後的儒家與孔子有很大的不同,他們除了繼承孔子的以政治、倫理為中心的基本框架外,都比較重視天道、人性、傳統和現實文化的內在精神的思考,力求使自己的理論具有某種哲學的深度,打上形而上的烙印。之所以如此,固有其時代歷史發展的原因,但道家的影響也是顯而易見的。

例如相傳為子思所作的《中庸》,就這樣論述其思想體系的核心「誠」:「唯天下至誠,為能盡其性;能盡其性,則能盡人之性;能盡人之性,則能盡物之性;能盡物之性,則可以贊天地之化育;可以贊天地之化育,則可以與天地參矣。」又說:「故至誠無息,不息則久,久則徵,徵則悠遠,悠遠則博厚,博厚則高明。……如此者,不見而章,不動而變,無為而成。」「誠」本是一個倫理範圍,作者卻把它放到人性、物性、天道的高度來加以論述,使之具有鮮明的本體論的性質,這一思路,顯然同不談「性與天道」的孔子不同,而與追求形而上的老子在思路上一致。「至誠無息」一段話,表述形式和用語都與老子相近或相同。

孟子跟《中庸》相類似,但他對道家的基本精神融匯得更加圓轉無礙。例如他解釋「天命」二字,說「莫之為而為者,天也;莫之致而至者,命也」(《孟子·萬章上》),「仁義禮智,非由外鑠我也,我固有之也」(《孟子·告子上》),「萬物皆備於我」(《孟子·盡心上》)等等,都深得道家「自然」之旨。

荀子受道家的影響更深。他也講「道」,《荀子·天論》說「萬物為道一偏」,《哀公》解釋「道」說「大道者,所以變化遂成萬物也」,見解都與道家並無二致。他的「天行有常」、「制天命而用之」的天道觀(《荀子·天論》),「人何以知道,曰:心。心何以知?曰:虛壹而靜。……虛壹而靜,謂之大清明」(《荀子·解蔽》)的認識論,莫不淵源於道家。關於荀子受道家影響的情況,先師宋祚胤先生論之甚詳,此不詳論。宋師的論述見《宋祚胤論集·論荀況的宇宙觀》〔註2〕。

儒家思想體系中塞入道家思想最多的是《易傳》。《易傳》中包含道家思想最多的又是《彖傳》和《繫辭》。

《易經》以八個基本卦重疊成六十四卦,其排列方式以乾、坤始,以既濟、未濟終,本來就具有深層次的哲學意義。其基本含義可能就是用來象徵天地萬物及其周流變化之理,包含著一種宇宙觀。但《易經》的卦爻辭文辭比較簡古,

---

〔註2〕羊春秋主編《宋祚胤論集》,嶽麓書社1995年版,第134～153頁。

有時一卦各爻之間可以看出相互間的聯繫（如乾、坤、大壯等），有時則很難理解。這富於象徵意義的卦象和古奧的卦爻辭給後世讀者全面、準確地瞭解它們的本義造成了困難，但也為後人闡釋、發揮留下了廣闊的餘地。

《易經》的卦象象徵體系與老子的宇宙論有非常一致之處，因此，一直有學者認為老子是受《易經》影響。《易經》的出現早於老子，說老子思想出自《易經》或者說受《易經》啟發是完全有可能的。因此《易傳》的作者們用老子思想來解《易》就是理所當然之事。不過，我認為，《易傳》的作者們所用的思想，主要是稷下黃老學者的思想。稷下黃老學者的思想是從老子而來，但他們對老子又有很大的發展。主要表現在：從宇宙論來說，他們更加看重客觀世界的物質性，其精氣說即是集中表現；從文化觀來說，他們更強調文化上的兼容，對儒、墨、名、法、陰陽的思想也採取兼收並蓄的態度，而不像老子那樣一味地批判和否定當時的各種文化體系。

《彖傳》的「大哉乾元，萬物資始，乃統天。雲行雨施，品物流行」（《乾卦》）云云，前人就認為「元」即是講的「氣」〔註3〕。《繫辭》的思想體系與黃老思想更為一致。主要表現在：

1. 自然觀。張岱年先生說：「《易傳》的本根論之基本觀念是太極與陰陽。」〔註4〕陳鼓應先生指出：「『太極』一詞最早見於《莊子·大宗師》。」「這裡（指《繫辭》的『易有太極』），『太極』是指宇宙本體，《莊子·天下》稱之為『太一』，也就是老子的『道』。」〔註5〕所說極為正確。《繫辭》正是繼承了老子的宇宙觀。其「易有太極，太極生兩儀，兩儀生四象」的基本思路正是從老子的「道生一，一生二，二生三，三生萬物」（42章）的宇宙演化模型發展而來。其行筮之法，「太衍之數五十（當脫「有五」二字），其用四十九，分而為二以象兩，掛一以象三」，這個「三」即老子「二生三」的「三」。《繫辭》的「陰陽」觀念，實也是從老子而來。老子說「萬物負陰而抱陽，沖氣以為和」，《繫辭》說「一陰一陽之謂道」，把道看作陰陽的統一體，比老子的表達要明晰一些。《繫辭》的「道」、「器」觀念，也來自老子。不過他把「道」和「器」分得更清楚了。《老子》只說「樸散則為器」（28章）。《繫辭》則表述為「形而

〔註3〕《九家易》：「『元』者，氣之始也。」
〔註4〕《中國哲學大綱》第三章《太極陰陽論》，《張岱年文集》（第二卷），清華大學出版社1990年版，第57頁。
〔註5〕《〈易傳·繫辭〉所受老子思想的影響——兼論〈易傳〉乃道家系統工作》，《哲學研究》1989年第1期。

上者謂之道，形而下者謂之器」，比老子更明白。更重要的是，它將「道」、「器」分開，就為在「形而下」方面大作文章開了方便之門。它的精氣說便是在「形而下」作文章的一例。「精」的概念出自老子，然老子的表述並不明晰。稷下黃老學者才將它發揮得淋漓盡致。《管子·內業》說：「凡物之精，此（指精氣）則為生。下生五穀，上為列星，流於天地之間謂之鬼神，藏於胸中謂之聖人。」《繫辭》說「精氣為物，遊魂為變」，顯然與《內業》一脈相承。

2. 認識論。老子的認識方法是「致虛極，守靜篤，萬物並作，吾以觀其復」（16章），黃老派發展為靜因之道。《繫辭》明確地指出觀察對哲理體悟的重要：「仰以觀於天文，俯以察於地理，是故知幽明之故。」「古者包犧氏之王天下也，仰則觀象於天，俯則觀法於地，觀鳥獸之文與地之宜，近取諸身，遠取諸物，於是始作八卦，以通神明之德，以類萬物之情。」而觀察事物、認識事物的心態，則歸於虛靜無為：「《易》，無思也，無為也，寂然不動，感而遂通天下之故。」只有這樣，才能探賾索隱，深入幾微：「夫《易》，聖人之所以極深而研幾也。唯深也，故能通天下之志；唯幾也，故能成天下之務；唯神也，故不疾而速，不行而至。」

3. 方法論。《繫辭》中對陰陽（「一陰一陽之謂道」）、剛柔（「剛柔相推，變在其中矣」）、動靜（「夫乾，其靜也專，其動也直」、「夫坤，其靜也翕，其動也闢」）等對立統一運動變化關係的論述，莫不受老子的影響。

除了上述三方面外，《繫辭》還特別注重對傳統文化內在精神的提煉和把握。它反覆地研尋古人作《易》的用意。指出：「聖人立象以盡意，設卦以盡情偽，繫辭焉以盡其言，變而通之以盡利，鼓之舞之以盡神。」聖人為了做到「盡意」，採取各種不同表達方式和手段，這是《易》既有卦象，又有卦爻辭的原因。這種從言意關係中探求古人文化內在精神的思想出自老、莊。老子對孔子說：「子所言者，其人與骨皆已朽矣，獨其言在耳。」（《史記·老子韓非列傳》）即暗示孔子不要執著於古人之言，而要把握古人的思想精神實質。莊子借輪扁之口說齊桓公說「君之所讀者，聖人之糟粕已夫」（《莊子·天道》）！也是此意。莊子並由此提出「得意忘言」的讀書方法。《繫辭》的作者深受此影響。「得意忘言」，從文化闡釋學的角度說，它正為借對古人之「意」的闡釋來建立新的文化體系打開了缺口，這是幾千年來學者們積極注《易》的奧秘所在。

《易傳》的基本思想體系還是儒家體系，這從其中反覆徵引孔子（也許

是假託孔子）之言可知。它借說《易》大量地輸入道家思想，不僅為儒家理論進一步哲理化邁出了重大的一步，也為道家思想深入儒家的理論心腹打開了缺口。《周易》作為群經之首，是儒士們必習的經典，而習《易》必以十翼為入門階梯，因而後世即使儒士們因維護儒業的純潔而不願「攻乎異端」，排佛排老，仍不妨通過修習《周易》來吸取道家。因為這是他們自己的經典，可以大張旗鼓、名正言順地修習，沒有「攻乎異端」之嫌。

後世之兼習《周易》與道家典籍的代不乏人。如漢代之嚴君平就是兼修《易》、《老》、《莊》的著名哲學家。他會通《易》、《莊》而作《老子指歸》，促進了《周易》與《老》、《莊》的進一步融合。以儒者身份活躍在當時的哲學論壇的揚雄，年輕時曾就學於君平，深受影響，揚雄著《太玄》是模仿《周易》，而其說解則模仿十翼（他有《測》、《太玄文》、《太玄摛》等）。其「太玄」的「玄」卻是從《老子》第一章而來。《太玄》中從宇宙論到人生論都融匯了老子的精神。從融貫《易》、《老》（也有部分莊子思想）來說，揚雄比其師君平又推進了一步。

正始以後，《易》、《老》、《莊》的融和而產生了一代新的學術思想——玄學。王弼的《周易注》融貫《老》、《莊》，把《老》、《莊》（主要是《老子》思想）具體滲透到對《易經》的卦象、卦爻辭的說解中去，比十翼又深入了一大步。王弼又有《老子注》，對老子思想有許多發揮和改造。王弼的《周易注》在南朝時尚與鄭玄注並行，至唐代孔穎達為之「正義」，地位逐漸超過鄭注，終於取鄭注而代之，成為影響最廣泛、持久、深遠的《周易》注本。道家思想的深入儒家內部，王注實是一條最重要的途徑。

宋代以後，理學興起，至元代成為官方哲學，歷明、清兩代。周、程、張、朱等理學大師，無不說《易》、注《易》，又通過道教的途徑為儒學輸血（當然還有佛學），使儒學又以新的姿態出現在哲學史、文化史上。道家雖未能名正言順地被官方加以推崇，然而它卻是理學的重要「根柢」之一，其實際地位並未衰減。

道家思想在哲學史上的影響，還表現在許多哲學範疇的廣泛使用上。如「道」、「器」、「氣」、「理」、「自然」、「天理」、「一」、「玄」、「無為」等等。

先秦時法家中的很多人都曾受道家影響，像慎到、申不害、韓非等早年都曾學黃老，法家本是一個現實功利性很強的學術流派，他們的哲學基礎，可以說全靠道家提供。

二

　　從政治角度說，道家對中國古代政治的影響也極為深遠而複雜。

　　道家對政治的影響是雙重的。一方面，它被統治者視為必不可缺的「帝王南面之術」，努力修習；另一方面它又被統治者視為異端，加以歧視。這是因為道家本身就有兩大趨向迥異的流派的緣故。其黃老派，在肯定封建集權制度的前提下強調清靜無為，強調君主作適度的清虛自守、卑弱自持，強調兼收儒、墨、名、法，對封建集權制度的鞏固和發展有百益而無一害。所以《漢書・藝文志》說它「合於堯之克讓，《易》之謙謙，一謙而四益」。也就是說道家的帝王南面之術與《尚書・堯典》所推崇的謙讓及《周易・謙卦》所推崇的謙退在精神上有一致之處。明太祖朱元璋稱「其老子之道，密三皇五帝之仁，法天正己，動以時而舉合宜，又非升霞禪定之機，實與仲尼之志齊」〔註6〕；稱讚《道德經》「乃萬物之至根，王者之上師，臣民之極寶」〔註7〕；並主張將老子從「太上老君」的神仙地位上下來，以赤松子代之，以便還老子大聖人之真面目。推崇老子的帝王代代有之，朱元璋是比較有代表性的一位。道家在歷史上不僅在漢唐盛世的形成中起了重要作用，就是在一般王朝政治中，它也起過不可低估的作用。

　　道家的老莊派卻有「欲絕去禮學，兼棄仁義，曰：『獨任清虛，可以為治。』」（《漢書・藝文志》）的一面。莊子繼承了老子「絕聖棄知」的思想並發展到否定專制制度，主張「無君」的程度，成為後世的封建專制制度下潛在的離心力量。後繼者有魏末的阮籍，西晉初的鮑敬言，東晉末的陶淵明，唐末的無能子及南宋末的鄧牧、康與之等。他們的思想都富於樸素的民主色彩。其叛逆精神滋育著一代又一代封建叛逆者的成長。但他們又具有濃厚的無政府主義色彩，有強烈的保守性和復古性，因而不可能登上政治舞臺。

　　從道德角度說，道家追求倫理道德的內在精神，對後世的倫理思想史有非常深刻的影響。老子：「六親不和有孝慈，國家昏亂有忠臣。」（18章）指出人為地提倡某種道德實際乃是這種道德已經淪喪的表現。要調整道德，調整人與人之間的倫理關係，關鍵不在於形式上怎麼提倡，而是要從人的心靈

〔註6〕朱元璋撰、胡士萼校《明太祖集》卷十《三教論》，黃山書社1991年版，第214～215頁。

〔註7〕朱元璋撰、胡士萼校《明太祖集》卷十五《道德經序》，黃山書社1991年版，第297頁。

深處、感情深處解決問題。這一點，倒與儒家創始人孔子有某種相似之處。孔子講孝，認為並不是僅能供養父母。如僅僅能供養父母，那跟犬馬這些牲畜就沒有什麼區別。孝的精神就在於能從心裏「敬」父母。孝要與敬聯繫，才有意義（《論語·為政》）。禮樂也是如此，「人而不仁，如禮何？人而不仁，如樂何」（《論語·八佾》）？「禮云禮云，玉帛云乎哉？樂云樂云，鍾鼓云乎哉」（《論語·陽貨》）？儒家與道家的不同在於道家比儒家的追求更高一個層次。他們總是追求一種極致的倫理境界，如「至親」、「至禮」、「至信」之類。儒家則並不反對倫理形式的存在。孔子仍極講究進退揖讓儀度，強調禮制對人的制約。他的後繼者如荀子等都在這方面大作文章，要求人們嚴守禮則，人人都當君子、聖人，做到「端而言，蝡而動，一可以為法則」（《荀子·勸學》）。

道家的倫理觀在歷史上所起的作用是時時喚起人們對倫理的內在精神的思考。魏晉玄學的一個很重要的內容，就是對漢儒以來越來越複雜煩瑣的禮制進行反思，而以反樸還淳為其終極目標。王弼說：「不能無為，而貴博施；不能博施，而貴正直；不能正直，而貴飾敬。所謂失德而後仁，失仁而後義，失義而後禮也。夫禮也，所始首於忠信不篤，通簡不陽，責備於表，機微爭制。夫仁義發於內，為之猶偽，況務外飾而可久乎！故夫禮者，忠信之薄而亂之首也。」〔註8〕王弼的意見代表了他那個時代的基本傾向。王弼之後的竹林名士，兩晉名士，多是順著這一趨向演進，其內在精神是追求倫理的精神實質，而終於導致了儒家倫理的全面遭受衝擊，同時也削弱社會道德的制約力量。用范甯的話說，「遂令仁義幽淪，儒雅蒙塵，禮樂崩壞，中原傾覆」（《晉書·范甯傳》）。可見道家的倫理理想對以儒家為代表的封建倫理體系有巨大的衝擊作用。

與周、程、張、朱一派理學不同的陸王心學雖然也以儒家自命，骨子裏卻頗受道家的影響。朱熹說陸氏之學「只是禪，初間猶自以吾儒之說蓋覆，如今一向說得熾，不復遮護了。渠自說有見於理，到得做處，一向任私意做去。……後生才登其門，便學得不遜無禮，出來極可畏」（《朱子諸子語類》卷三十二《陸氏》）。而所謂「禪學」，在朱熹看來，慧遠，支道林的「義學」，實「只是盜襲莊子之說」，「及達麼（摩）入來，又翻出許多窠臼，說出禪來，又高妙於義學」（《朱子諸子語類》卷三十四《釋氏》），實則云禪承襲莊子之說。

〔註8〕《老子道德經注》38 章注，樓宇烈《王弼集校釋》，中華書局 1980 年版，第94 頁。

所以他指斥陸氏之說，老根子仍在道家。王陽明的心學承陸氏而來，認為「聖
人之道，吾性自足，不假外求」（《明儒學案·姚江學案》）；「知是心之本體，
心自然會知。見父自然知孝，見兄自然知弟，見孺子入井自然知惻隱，此便
是良知，不假外求」（《傳習錄》）。其哲學基礎即是從道家發展而來。陽明不
僅不否認釋老之道（他說的釋實指禪），反而據釋、老之說批評當代儒者：「道
一而已。仁者見之謂之仁，知者見之謂之知。釋氏之所以為釋，老氏之所以
為老，百姓日用而不知，皆是道也，寧有二乎？……世之儒者，各就其一偏
之見，而又飾之以比擬仿像之功，文之以章句假借之訓，其為習熟既足以自
信，而條目又足以自安，此其所以誑己誑人，終身沒溺而不悟焉耳。」（《寄鄒
謙之四》）他又認為儒者和釋老的差別只不過一個堅持倫理綱常，一個希圖出
世、逃避人倫的制約罷了。

　　陽明心學的實質就是要從心源上解決人們對倫理的信仰。所以他主張倫
理要順從人情，要達到「純乎理而無人偽之雜」（《語錄》）的善境。他用《莊
子》「織而衣，耕而食，是謂同德」（《莊子·馬蹄》），「同乎無知，其德不離；
同乎無欲，是謂素樸」（《莊子·馬蹄》）的觀點來區別「同德」與「異端」，稱
「與愚夫愚婦同的是謂同德，與愚夫愚婦異的是謂異端」，因而「滿街都是聖
人」（《傳習錄》）。他的後繼者泰州、龍溪諸派沿著他這思路發展，對程朱理
學的衝擊越來越大。至顏山農、何心隱一派，「遂復非名教所能羈絡矣」（《明
儒學案·泰州學案》）。名教本身就是違背人的真心真性，追求真心真性的結
果，就必然導致與名教牴牾，這是很合乎邏輯的。

三

　　道家的人生觀對後世影響極為廣泛。歷史上那些志趣高遠，淡薄名利，
胸襟開闊，性情豁達，對生活持樂觀態度，在坎坷挫折面前談笑風生的人，
大多是受道家影響較深的人；那些外似愚拙，內藏機智，寬容大度，能藏垢
納污，不患得患失，不寵辱若驚，能剛能柔，能進能退，辦事穩重沉著，富於
彈性的人，也多是受道家影響較深的人；那些偃蹇反俗，不肯向權貴摧眉折
腰，對現實事事看不慣，又不肯同當權者攜手共進，只站在一旁冷眼觀看，
發表些充滿憤世嫉俗的高論，做出些違背常情異事的人，也往往是受道家影
響較深的人；那些與世逶迤，和光同塵，形如槁木，心似死灰，或遁跡山林，
情願薄食菲衣，與鳥獸同群的人，也可能是受道家影響較深的人。

　　道家對中國傳統的美學、文學藝術影響至巨。學道家的不一定都是美學家、藝術家、文學家，但受了道家思想滋潤的美學家、藝術家、文學家卻多半能成就大功。其中奧妙甚多，因另有專門論述，此不贅。

　　道家對宗教的影響也極為深刻。這裡略說說對佛教的影響。許多學者都已指出，佛教傳入之初，人們都把它看成與黃老是同一物事。漢末楚王劉英，信的是佛教，在宮中拜佛被稱為「黃老浮屠之祠」(《後漢書‧劉英傳》)，可見一斑。因為佛教作為外來宗教，不易被人理解，佛教學者向人們傳播佛教教義，也往往借助道家的思想，所以早期佛教徒中學《老》、《莊》的人特別多。有些佛教徒還在老莊之學的基礎上匯合佛理立宗開派。佛教的發展的歷程就是越來越中國化的歷程，最後終於形成了所謂中國化的佛教。佛教的中國化有很多方面的內涵，對中國傳統固有文化的認同、吸收和融合是其主要內涵。而傳統文化中最容易與佛教溝通的是道家文化。道家的世界觀、人生觀甚至養生論都與佛教息息相通。關於道家與佛教的關係，學術界有很多論述，這裡就不詳說了。

　　　　　　原載《湖南師範大學社會科學學報》1998 年第 2 期

論道家的「天人一體」觀

一

　　「天人一體」的觀念最早始於道家。這種提法的根據來自《莊子·齊物論》:「天地與我並生,而萬物與我為一。」〔註1〕它的內涵是:「天」即大自然,是一種客觀的存在。相對於認識主體而言,客觀存在的大自然是一種「外在之天」,它具有必然性和不可戰勝性。但作為認識主體的人,本身也是大自然的產物,是大自然的一個組成部分,與大自然具有相同的物質基礎,因而與大自然具有同構性和同一性。這種同構性和同一性,也就是人的「天性」。這種「天性」就是人的「內在之天」。面對「外在之天」的無窮、無限與變化不居,人生是如此渺小、短暫與無常,天人之間存在的矛盾是如此深刻而難以調和,人只能順從「天」而不能違逆它,人生充滿了悲劇意蘊。道家提出的解決這一悲劇衝突的方法,就是要人們充分認識到自我的「內在之天」與「外在之天」具有同一性,兩者不僅不互相背離,反而可以達到高度的和諧一致。人們完全可以從精神上向自然回歸,與「天」為一,寄寓自身的社會、文化、政治、道德、人生、審美理想,體驗自身的自由、絕對與永恆,化解現實社會、人生的種種矛盾和痛苦。

　　「天人一體」是「天人合一」的一種,像「天人感應」、「天人合德」一樣,它也承認人與自然具有同一性、同構性,但它與「天人感應」、「天人合

〔註1〕郭象《莊子注·齊物論》:「自己而然,則謂之天然。天然耳,非為也,故以天言之。〔以天言之〕所以明其自然也,豈蒼蒼之謂哉……故天者,萬物之總名也,莫適為天,誰主役物乎?故物各自生而無所出焉,此天道也。」

德」又有很大不同,主要表現在:

──「天人感應」的「天」雖然也具有自然性,但這種自然性完全被擬人化了,「天」變成了具有人格或神格的存在;「天人合德」的「天」也具有自然性,但它以道德為「天」的本質屬性,具有某種合目的性,仍未能擺脫神學的影響;「天人一體」的「天」雖然也具有某種合目的性,但它更強調「天」作為客觀規律的必然性和不可抗拒性,更突出「天」的自然屬性。

──「天人感應」強調人與天的交感關係,它要麼強調「天」的神聖,要求人服從「天」;要麼誇大人的精神意志,認為「天」也會屈從人;「天人合德」認為人與「天」在道德上具有同一性,實際上是強調了人而取消了「天」。它誇大道德的力量和價值,是一種道德意志論,其實質是將群體意識昇華為哲學本體〔註2〕。「天人一體」則更多地肯定「自然」的價值,強調人的「自然」屬性,並要求個體生命從精神上向自然回歸,以情感的認同來解決理性的困惑,以藝術的美境來取代現實的困境。

二

「天人一體」的思想在《老子》中就已經有所體現,《老子》第25章:「王法地,地法天,天法道,道法自然。」這個「自然」,是自己而然,非由外力之意;這個「道」,是天地人三者精神的提升,又是統攝天地人三者的管鑰。它高居於天地人三者之上,卻並不代表天地人任何一方,因而它的特點是「虛」、「無」。顯然,「道」裏面包含著「天人一體」的思想。

老子已注意到天與人之間存在著矛盾,並主張通過因循天道的方式來解決這種矛盾。例如《老子》77章說:「天之道,其猶張弓歟?高者抑之,下者舉之,有餘者損之,不足者補之。天之道損有餘而補不足,人之道則不然,損不足以奉有餘。」由於老子特別推崇天道,因而有把「天」人文化、理想化的傾向。例如他稱讚:「天之道,不爭而善勝,不言而善應,不召而自來,天網恢恢,疏而不失。」(73章)老子的想法,就是要按照天道原則來解決人道的弊病。所以他的「道」包含著一整套社會、文化、政治、經濟、道德、審美理想,這種理想是對世俗背離「天道」的社會、文化、政治、經濟、道德、審美體系的否定。老子的最高理想是希望人類向自己的孩提時代,也即混沌初開

〔註2〕關於「天人感應」的問題,筆者曾撰的《「天人感應」與古代文學》一文,刊
　　　　於《湖南師範大學學報》2000年第4期,可以參看。

的「自然」狀態回歸。向「自然」狀態的回歸過程也就是由天人對立轉向「天人一體」的過程。

老子還看到了，人作為自然的一個組成部分，不僅要受自然規律的制約，而且本身也包含著「天」的屬性，這種屬性也就是人的自然性，或稱之為「天性」。《老子》第59章說：「治人事天，莫若嗇。夫唯嗇，是以早服。早服是謂重積德。重積德，則無不克；無不克，則莫知其極；莫知其極，可以有國。有國之母，可以長久。深其根，固其柢，長生久視之道也。」什麼叫「治人事天」？《韓非子‧解老》解釋說：「書之所謂『治人』者，適動靜之節，省思慮之費也。所謂『事天』者，不極聰明之力，不盡知識之任。苟極盡則費神多，費神多則盲聾悖狂之禍至，是以嗇之。嗇之者，愛其精神，嗇其智識也。故曰：『治人事天，莫如嗇。』」根據這個解釋，「治人事天」的「天」不是指客觀的自然之「天」，而是指人本身固有的屬性，也即天性。按照自然規律，一切事物都有一個逐漸走向老化、走向死亡的過程，所謂「物壯則老」（55章）、「生之徒十有三，死之徒十有三……動皆之死地，亦十有三」（50章）者即是。老子的「治人事天」，正是通過「愛其精神，嗇其智識」來保存人的天性，「深其根，固其柢」以延緩衰老，實現「長生久視」。「治人事天」的方法是企圖從養生學的角度來解決天人矛盾，實現人道與天道的統一，使個體生命在「道」的觀照下逃脫必然性而達到永恆和絕對。

修道是老子用以解決天人矛盾的根本方法。通過修道，人就可以「同於道」〔註3〕，即與「道」合一，從而達到「天人一體」的境界。

三

莊子〔註4〕繼承了老子的「天人一體」觀念而又有所發展。像老子對「天」的理解一樣，莊子的「天」也有兩重含義。一是外在之「天」，即客觀自存的宇宙。一是內在之天，即人的自然屬性，或稱「天性」。這兩重含義，莊子都比老子闡釋得明白透徹一些。

就「外在之天」而言，天人之間的更多的是矛盾對立。宇宙在空間上無

〔註3〕《老子》第23章：「故從事於道者，同於道。德者，同於德。」

〔註4〕本文所說的莊子，就是《莊子》一書而言。《莊子》一書，存在著內、外、雜三部分思想不完全一致的情況，但基本精神是一致的。本文把《莊子》一書看成莊子學派的著作，忽略其差異，而取其一致。為論述方便起見，徑稱為莊子。

窮無盡，在時間上無始無終〔註5〕，充滿於宇宙之間的是「氣」〔註6〕。「氣」是形成萬物的物質基礎，它聚則為生，散則為死，變化無定，「臭腐復化為神奇，神奇復化為臭腐」（《莊子·知北遊》）。人就是陰陽二氣在相互作用、不斷變化中偶然產生的〔註7〕。因而在莊子看來，宇宙無窮，人生渺小〔註8〕；宇宙無限，人生短暫；宇宙變化無定，既創造人，也毀滅人，因而人生無常。由此他得出了一個極悲觀的結論：「夫物不勝天久矣！」（《莊子·大宗師》）「物不勝天」的「物」，也包括人在內。

莊子屢屢言及「內在之天」。《秋水》說：「天在內，人在外，德在乎天。知天人之行，本乎天，位乎得，蹢躅而屈伸，反要而語極。」「何謂天？何謂人？北海若曰：『牛馬四足，是謂天；落馬首，穿牛鼻，是謂人。故曰：無以人滅天，無以故滅命。』」所謂「天在內」就是指萬物（如牛、馬之類）本身所具有的天性，人作為萬物之一，當然也有自己的天性。這種天性，是人受命成形時就具有的、非人為的東西；所謂「無以人滅天，無以故滅命」，就是不要讓人為的東西喪失自身的天性，不讓人情事故來毀損人的天理。正是因為人具有「內在之天」，才能與「外在之天」相互溝通。《天地》具體地說明了這種溝通的根據：

> 泰初有無，無有無名。一之所起，有一而未形。物得以生謂之德。未形者有分，且然無間謂之命。留動而生物，物成生理謂之形。形體保神，各有儀則謂之性。性修反德，德至同於初。同乃虛，虛乃大。合喙鳴，喙鳴合。與天地為合，其合緡緡，若愚若昏，同乎大順。

這是說，人之成其為人，有一個由無而有的過程。在這個過程中，人逐漸獲得了德、命、形、神、性等屬性，具有了人之成其為人的各種要素。人的修養，就是從最後形成的「性」修起，由性到神，由神到形，由形到命，由命

〔註5〕《莊子·庚桑楚》說：「有實而無乎處者，宇也；有長而無本剽者，宙也。」《莊子集釋》引《經典釋文》云：「宇雖有實，而無定處可求也」，「宙雖有增長，亦不知其始末所至者也。」

〔註6〕《莊子·知北遊》：「通天下一氣也。」

〔註7〕《莊子·大宗師》：「夫大冶鑄金，金踊躍曰：『我且為鏌邪。』大冶必以為不祥之金。今一犯人之形，而曰『人耳人耳』，大冶必以為不祥之人。今一以天地為大爐，以造化為大冶，惡乎往而不可哉？」

〔註8〕《莊子·秋水》：「吾在天地之間，猶小石小木之在大山也。方存乎見少，又奚以自多？」

到德，由德返於虛無。進入了虛無，也就與外在的天地合而為一了。

區分了「外在之天」與「內在之天」，莊子就為自己找到了建構「天人一體」理論的基石：人同外在之天的對比，是渺小與偉大、短暫與永恆、有限與無限的對比，這種對比使人陷入了一種不可消解的矛盾，或者說陷入了一場悲劇：「人生天地之間，如白駒之過隙，忽然而已。注然勃然，莫不出焉；油然漻然，莫不入焉。已化為生，又化為死。生物哀之，人類悲之。」（《莊子·知北遊》）要化解這種人生有限的悲劇，唯一的辦法就是正確地看待天人關係。為此，莊子教人們這樣來認識天人問題：

> 知天之所為，知人之所為者，至矣。知天之所為者，天而生也；知人之所為者，以其知之所知養其知之所不知，終其天年而不中道夭者，是知之盛也。雖然，有患。夫知有所待而後當，其所待者，特未定也。庸詎知吾所謂天之非人乎？所謂人之非天乎？且有真人而後有真知。（《莊子·大宗師》）

莊子的意思是：「天」（外在之天，也即自然之天）能使未生之物產生，使已生之物消亡，這是不可知的。既然「天」之事不可知，人就不應該強求知此。但有一點人是可以知道的，那就是人本身就是自然的一部分，人死後仍然還是自然的一部分，人死後仍然還是自然的一部分，並未脫離自然這一母體，「內在之天」與「外在之天」完全是一致的，並無間隔。進一步說，天即是人，人即是天，天人一體，本無分別。懂得了這個道理，人就應該因任自然，不要好生惡死，自傷內心之平和。而且，能夠合生死、一天人，才可以使自己充分享受自然所賦予的有限生命，「終其天年而不中道夭」。

懂得「天人一體」的人，也就是「知大一」（《莊子·徐無鬼》）的人。能「知大一」，就有了絕對的自由。王夫之闡釋這層意思說：

> 知天者，知其大而已矣……盡天下之變，莫非天也。循其莫非天者，則順逆賢否，得喪生死，皆即物審物，而照之以其量，不可知者默以信之，而天下不出吾環中。源在我也，繁然有彼，皆受於天也……以是揚推大道，而與天合一矣。（《莊子解·徐無鬼》）

莊子提到的「真人」就是能夠做到「天人一體」的人：「不以心捐道，不以人助天，是之謂真人」；「故好之也一，其弗好之也一，其一也一，其不一也一，其一與天為徒，其不一與人為徒，天與人不相勝也，是之謂真人」（《莊子·大宗師》）；「古之真人，以天待之，不以人入天」（《莊子·徐無鬼》）。所

謂「不以心捐道，不以人助天」，就是要人們始終別忘記「道」這個東西，不要人為地改變自己的天性（內在之天）；所謂「與天為徒」，就是要認識到天人本無間隔（「天人一體」），不去搞唯意志論的「人勝天」，但也不迷信於神學式的「天勝人」。所謂「以天待之，不以人入天」就是以自然的態度對待一切，而不用人為的東西去擾亂天然。這樣，人對自然（天）就會產生一種親切感，不感覺到對立而只感覺到融洽。達到了這種境界，就是得「道」。

「道」就是平衡、調和天人關係的最高境界。它是永恆的、自由的、絕對的存在，人得了「道」，也就會體會到自身的永恆、自由和絕對，也就變成了「真人」或「至人」、「神人」、「聖人」（《莊子・逍遙遊》）。

莊子認為要達到真人境界並不容易，其間要通過「修道」。《大宗師》的卜梁倚向女偊學道，經歷了「外天下」、「外物」、「外生」三個階段，才一朝徹悟（朝徹），進入到「見獨」（即看到「道」的存在）、「無古今」（超越了時間侷限）、「不死不生」（實現永恆）的境界，從根本上消解了人生的悲劇困擾，實現了「得道」。「得道」的人，面對死亡不會逃避，更不會哭泣，因為逃避死亡，實際上是「遁天之刑」，而哭泣則是「遁天倍情」（《莊子・養生主》）。

莊子不僅用「天人一體」的觀念來解決人的死亡這一終極困惑，而且還用這個來解決整個人類所面臨的困惑或困境。

莊子看到了人為使「外在之天」遭到破壞、引起自然失序的嚴重後果：「上悖日月之明，下爍山川之精，中墮四時之施，惴耎之蟲，肖翹之物，莫不失其性」（《莊子・胠篋》），「雲氣不待族而雨，草木不待黃而落，日月之光益以荒矣」，「亂天之經，逆物之情，玄天弗成；解獸之群，而鳥皆夜鳴，災及草木，禍及昆蟲」，從而提出要「官陰陽以遂群生」、「合六氣之精以育群生」（《莊子・在宥》），要求用「天人一體」的觀念來對待自然環境，消除人為，因任自然，以恢復萬物的本性，使「外在之天」與「內在之天」協調發展，萬物都能在良好的生存環境中滋育、繁衍。

莊子認為當時以儒、墨、名、法那一套來治天下，只能導致人心競於紛爭，「天下脊脊大亂」（《莊子・在宥》），甚至兒童早熟早夭：「民孕婦十月生子，子生五月而能言，不至乎孩而始誰，則人始有夭矣。」（《莊子・天運》）用仁義法術來治天下，只能使人心越來越亂，按這種趨勢發展下去，「千世之後，其必有人與人相食者也」（《莊子・庚桑楚》）。為此，他嚮往「外在之天」與「內在之天」高度和諧的原始時代，主張要使全社會的人都「反其性情而

復其初」（《莊子・繕性》）。他認為在鴻蒙初開的時代，人類的天性未受破壞，人與自然關係親密，全社會人人平等，沒有君子小人之分，是真正的「天人一體」：「彼民有常性，織而衣，耕而食，是謂同德；一而不黨，名曰天放」，「故至德之世，其行填填，其視顛顛。當時是也，山無蹊隧，澤無舟梁，萬物群生，連屬其鄉，禽獸成群，草木遂長。是故禽獸可係羈而遊，鳥鵲之巢可攀援而窺。夫至德之世，同與禽獸居，族與萬物並，惡知乎君子小人哉！」（《莊子・馬蹄》）

莊子認為人與人的關係只有從「內在之天」（天性）的角度結成一體才會始終患難與共，世俗的以利害關係為紐帶聯結起來的關係是不牢固的：「夫以利合者，迫窮禍患害相棄也；以天合者，迫窮禍患害相收也。」（《莊子・山木》）君主治理天下，也只有以「天地之德」來對待群生，才會出現眾生歡悅的政治局面：「天地雖大，其化均也；萬物雖多，其治一也。人卒雖眾，其主君也。君原於德，而成於天，故曰玄。古之君天下，無為也，天德而已矣。」（《莊子・天地》）「夫明白於天地之德者，此之謂大本大宗，與天和者也；所以均調天下，與人和者也。與人和者謂之人樂，與天和者謂之天樂。」（《莊子・天道》）所謂「天樂」，《天運》解釋說：「天機不張而五官皆備，此之謂天樂，無言而心說。」這就是說，真正的「無為而治」就是順應人的天性，而不是靠機詐智謀。

莊子認為一個人要想獲得自由，就必須保全自己的天性。違背天性的人，也就必然會失去自由：「澤雉十步一啄，百步一飲，不蘄畜乎樊中。」（《莊子・養生主》），說的就是這個意思。

莊子還把「天人一體」作為最高的審美境界，《齊物論》所謂「天籟」，就是這樣的境界。追求「天籟」境界的人，是不會以世俗的毀譽為評價標準的。《達生》中「梓慶削木為鐻」的寓言說的就是這個道理。梓慶為了造好一個鐘鐻，先齋三日，使自己「不敢懷慶賞爵祿」，再齋五日，忘掉「非譽巧拙」；再齋七日，「忘吾有四肢形體」，然後才入山，伐木為鐻，趁著自己已進入「以天合天」的境界，創作出「疑神」之器。所謂「以天合天」，就是要使「內在之天」（天性）與「外在之天」（自然）密合無間，這樣才能創造出既自然逼真又能體現個性的作品。《庚桑楚》有「羿工於中微，而拙乎使人無己譽。聖人工乎天而拙乎人。夫工乎天而俍乎人者，唯全人能之。唯蟲能蟲，唯蟲能天。全人惡天？惡人之天？而況吾天乎人乎」之語，也是說的「妙契自然，功侔

造化」（成玄英疏）的道理。藝術創造就是既要能再現對象，又要展示創造者的個性。從創作主體角度說，它要求真實無偽，容不得絲毫世俗功利間插其中：「真者，精誠之至也。不精不誠，不足以動人。故強哭者雖悲不哀，強怒者雖嚴不威，強親者雖笑不和。真悲無聲而哀，真怒未發而威，真親未笑而和。真在內者，神動於外……真者，所以受於天也，自然不可易也。故聖人法天貴真，不拘於俗。愚者反此，不能法天而恤於人，不知貴真，祿祿而受變於俗，故不足。」（《莊子·漁父》）

<h2 style="text-align:center">四</h2>

道家「天人一體」的思想對後世的影響是多方面的，這裡略舉數端加以說明。

（一）道家的「天人一體」思想對後世士大夫的人生觀乃至性格都有非常深刻的影響。歷史上許多士大夫在遇到無法解脫的人生問題的時候，特別是面對最難釋懷的生死問題的時候，往往從莊子的「天人一體」那裡尋找良方。例如，漢初賈誼，因受在朝公卿排擠貶至長沙，很是失意，又認為長沙地勢卑濕，恐怕壽不得長，因作《鵩鳥賦》以自我寬解，賦中所闡發的就是這種「天人一體」思想：「大人不曲兮，意變齊同；愚士繫俗兮，窘若囚拘；至人遺物兮，獨與道俱；眾人惑惑兮，好惡積億；真人恬漠兮，獨與道息……」曹魏時司馬氏專權，名士多難自全，阮籍也深懷優生懼禍之思，故作《大人先生傳》：「夫大人者，乃與造物同體，天地並生。逍遙浮世，與道俱成。變化散聚，不常其形。天地制域於內，而浮明開達於外，天地之永固，非世俗之所用也。」與阮籍同時的劉伶，則「常乘鹿車，攜一壺酒，使人荷鍤而隨之，曰：『死便埋我。』」他之所以如此達觀的根據，見於他所作《酒德頌》：「有大有先生者，以天地為一朝，萬期為須臾，日月為扃牖，八荒為庭衢。行無轍跡，居無室廬，幕天席地，縱意所如……靜聽不聞雷霆之聲，熟視不睹泰山之形。不覺寒暑之切肌，利慾之感情。俯觀萬物，擾擾焉若江海之載浮萍。」（《晉書·劉伶傳》）阮籍、劉伶式的達觀滋育了一代玄言詩人，劉勰說：「自中朝貴玄，江左稱盛，因談餘氣，流成文體。是以世極迍邅，而辭意夷泰。詩必柱下之旨歸，賦乃漆園之義疏。」（《文心雕龍·時序》）所謂「世極迍邅，而辭意夷泰」，也就是面對生死無常的現實，而表現出一種「天人一體」的通達情懷。玄言詩今存不多，孫放的詩可見一斑：「鉅細同一馬，物化無常歸。修鯤解長

鱗，鵬起片雲飛。撫翼搏積風，仰凌垂天翬。」〔註9〕一般人都據劉勰所論指
責玄言詩人為老、莊作注疏，殊不知，這正是他們根據自身的遭際對老、莊
的活學活用。陶淵明隱居多年，嘗盡了人生苦難，卻異常平和，特別是面對
生死問題的時候，表現出一種常人難有的超脫。他的名作《形影神·釋神》：
「大鈞無私力，萬理自森著。人為三才中，豈不以我故？與君雖異物，生而
相依附。結託既喜同，安得不相語！三皇大聖人，今復在何處？彭祖愛永年，
欲留不得住。老少同一死，賢愚無複數。日醉或能忘，將非促齡具！立善常
所欣，誰當為汝譽？甚念傷吾身，正宜委運去。縱浪大化中，不喜亦不懼。應
盡便須盡，無復獨多慮。」初唐四傑之一的盧照鄰，四十來歲時得了風疾，形
象大壞，極其傷感，作了《五悲文》、《釋疾文》、《病梨樹賦》等許多文章來自
我寬解，闡發「天人一體」的觀點來自我寬解。《病梨樹賦》中說：「生非我
生，物謂之生；死非我死，谷神不死。混彭（祖）殤（子）於一觀，庶筌蹄於
茲理。」宋代文豪蘇東坡「烏臺詩案」後貶至黃州，作《赤壁賦》，賦中稱「蓋
將自其變者而觀之，則天地曾不能以一瞬；自其不變者而觀之，則物與我皆
無盡也」，也是要求自己從「不變」的角度考察人生，使自己感到人生的永恆。
這眾多的例子都說明同一事實：「天人一體」觀確實能使作家們在面臨人生困
境時產生一種「超我」意識，並將這種意識轉化為藝術感悟，變人生悲劇為
人生審美。

（二）老、莊的「天人一體」在倫理、政治上追求「天放」，希望實現「小
國寡民」式的「天人一體」政治格局，這對後世也有很大影響。西晉時鮑敬
言、東晉時陶淵明、唐末無能子、宋末元初的鄧牧，都曾熱情地憧憬這一理
想，創造過類似於老、莊的理想圖景。

（三）「天人一體」觀對文學創作的影響也極為深刻。以文學風格而論，
有兩種風格受「天人一體」觀的影響較深。一種是豪放，一種是恬淡平和。豪
放者常將自我融匯在無限時空之中，使自我與天地萬物渾然一體；恬淡平和
者常從人與自然的關係中尋找親切感，將自我與一草一木一溝一壑融成一體。
前者著眼於大，故多想出天外，以氣勢、魄力取勝；後者著眼於小，故多出精
入微，以清新、幽深見長。李白、蘇軾、張孝祥、張元幹、辛棄疾的詩詞等多
屬前者，陶淵明、王維、孟浩然、儲光羲、韋應物、柳宗元等的詩作多屬後

〔註9〕逯欽立《先秦漢魏晉南北朝詩·晉詩卷十三》，中華書局 1983 年版，第 903
頁。

者。以作品為例，前者如張孝祥的《念奴嬌‧過洞庭》上片：「玉鑒瓊田三萬頃，著我扁舟一葉。素月分輝，明河共影，表裏俱澄澈。悠然心會，妙處難與君說。」下片：「盡挹西江，細斟北斗，萬象為賓客。」寫出了一種「天人一體」的境界。後者如陶淵明《飲酒詩》其五「採菊東籬下，悠然見南山。山氣日夕佳，飛鳥相與還。此中有真意，欲辯已忘言」，就寫出了自然與「我」渾然一體的親切感。對於這一點，王國維說得極為深刻：「『採菊東籬下，悠然見南山』、『寒波淡淡起，白鳥悠悠下』，無我之境也。……無我之境，不知何者為我，何者為物。」〔註10〕王國維又認為：「無我之境，人唯於靜中得之。有我之境，於由動之靜時得之。故一優美，一宏壯也。」〔註11〕這裡道出了宏壯與優美的分域。以道家的「天人一體」觀之，「無我之境於靜中得之」，也就是進入了「物我一體」的境界；因為只有我與物泯合無朕，才能見出優美。「有我」之境「由動之靜時得之」，也就是「我」與「大化」（變化著的宇宙）混然一體的境界；因為只有「我」與「大化」混然一體，才能成為「大我」（前人常以「大人」稱之），「大我」就宏壯了。

（四）「天人一體」觀對後世的文論也有影響。例如《西京雜記》載司馬相如論賦，有「賦家之心，苞括宇宙」之說，陸機《文賦》強調作家創作之前應「收視反聽，耽思傍訊，精騖八極，心遊萬仞」，都與「天人一體」觀有一定聯繫。清人朱庭珍論山水詩的創作時說：

> 夫文貴有內心，詩家亦然，而於山水尤要。蓋有內心，則不惟寫山水之形勝，並傳山水之性情，兼得山水之精神，探天根而入月窟，冥契真詮，立躋聖域矣。夫山容水色，丘壑林泉，天下山水同有之景也。琳宮梵宇，月榭風亭，人工點綴，以助名勝，亦天下山水同有之景也。而或雄奇，或深險，或高厚，或平遠，或濃秀，或澹雅，氣象各殊，得失不一，則同之中又有異焉。況山者天地之筋骨，水者天地之血脈，而結構山水，則天地之靈心秀氣，造物之智慧神巧也。山水秉五行之精，合兩儀之撰以成形。其山情水意，天所以結構之理，與山水所得於天，以獨成其奇勝者，則絕無相同重複之處。歷一山水，見一山水之妙，知陰晴朝暮，春秋寒暑，變態百出。遊者領悟當前，會心不遠，或心曠神怡而志為之超，或心靜

〔註10〕滕咸惠《人間詞話新注》，齊魯書社 1981 年版，第 36 頁。
〔註11〕滕咸惠《人間詞話新注》，齊魯書社 1981 年版，第 39 頁。

神肅而氣為之斂，或探奇選勝而神契物外，或目擊道存而心與天遊。是遊山水之情，與心所得於山水者，又各不同矣。作山水詩者，以人所心得，與山水所得於天者互證，而潛會默悟，凝神於無朕之宇，研慮於非想之天，以心體天地之心，以變窮造化之變。揚其異而表其奇，略其同而取其獨，造其奧以泄其秘，披其根以證其理，深入顯出以盡其神，肖陰像陽以全其天。必使山情水性，因繪聲繪色而曲得其真；務期天巧地靈，借人工人籟而畢傳其妙，則以人之性情通山水之性情，以人之精神合山水之精神，並與天地性情、精神相通而合矣。以其靈思，結為純意，撰為名理，發為精詞，自然異香繽紛，奇彩光豔，雖寫景而情生於文，理溢成趣也。使讀者以吾詩而如接山水之精神，恍得山水之性情，不惟勝畫真形之圖，直可移情臥遊，若目睹焉。造詣至此，是謂人與天合，技也進於道矣。此之謂詩有內心也。（《筱園詩話》）

這段議論，可以說已將道家的「天人一體」藝術觀發揮得淋漓盡致。

原載《湛江師範學院學報》2003 年第 2 期

魏晉南北朝文學與道教

　　道教確立於東漢末（以五斗米道與太平道為標誌），自東漢末至六朝，是道教由興起到初步發展的重要階段。這一時期幾個大的道派先後形成，其中天師道、神仙丹鼎道、上清茅山宗等道派均與文學有較大關係。限於篇幅，本文不擬對道教本身加以詳論，僅略就其中與文學關係密切者言之，涉及到遊仙詩、山水文學與志怪小說三個方面，藉此就教於方家。

一、道教信仰與遊仙詩

　　如果對魏晉六朝的遊仙詩作一番考察，可以發現所謂遊仙詩實有三種類型。第一種類型是純粹屬宗教性質的遊仙之作，如上清派人物楊羲、許穆、許翽等人的作品，其中充滿著對仙真、神靈的祈求、膜拜，也包含著相當多的宗教暗示與隱語。一些文人所作的《步虛詞》實際上也屬於這種性質，如庾信就有《道士步虛詞》十首。這類作品的可取之處就在於它們所具有的豐富的想像力，故而是詩歌創作可資借鑒的資料之一。第二種類型也帶有一定的宗教信仰性質，但重點在借遊仙之樂表達一種頤養心身、綿延壽考的養生理想。如魏之三曹、梁之君臣的遊仙詩。第三種兼有第二種的部分內容，但重點在表達一種全生葆真、高蹈遺世的思想感情。如正始嵇康、阮籍與西晉末郭璞的遊仙之作。這三種類型按其性質分：第一種類型屬宗教詩；第二種屬哲理詩；第三種屬抒情詩。下面主要談談二、三兩種類型。

　　從現存資料看，最早寫哲理性遊仙詩的是三曹。曹魏統治區方士活動特別頻繁，著名的方士有王真、封君達、甘始、魯女生、華佗、東郭延年、郗儉、左慈等十六人（詳張華《博物志》）。三曹本來都是理性色彩很濃的人，他

們蓄養方士有一個明顯目的，那就是曹植《辨道論》所說的：「誠恐斯人之徒，挾奸宄以欺眾，行妖隱以惑民，故聚而禁之也。」他們是從政治上以養為管，收養方士的目的是為了控制方士。曹操有詩云：「痛哉世人，見欺神仙！」(《善哉行》)曹丕稱好仙道乃是「古今愚謬」！(《典論》)曹植詩云：「虛無求列仙，松子久吾欺！」(《贈白馬王彪》)從這些話看，他們簡直與方士誓不兩立。但是，他們都是很矛盾的，而且神仙方術也並不是那麼毫無吸引力。在神仙方術之中，養生術對現實人生具有實用價值，即使是神仙，也沉澱著人類企圖超越必然王國進入自由王國的意識。人類的生命意識、生存意識促使人們很容易接受它的誘惑。所以三曹一邊批判神仙，一邊也仍然尋究養生之道，也寫遊仙詩。《博物志》說：「(太祖)又好養性法，亦解方藥。招引術士，……又習啖野葛至一尺，亦得少多飲鳩酒。」(《三國志·魏書·武帝紀》引)他在詩中說：「盈縮之期，不但在天；養怡之福，可得永年。」(《步出夏門行》)這真可謂得養生之至理。據《抱朴子·論仙》說，曹丕、曹植二人年輕時都不信仙道，但到了晚年，就「皆窮理盡性，其歎息如此」。三曹當中，曹丕的遊仙之作較少，曹操與曹植的較多。曹操有《氣出倡》、《精列》、《陌上桑》、《秋胡行》(兩篇)等；曹植有《飛龍篇》、《升天行》、《五遊詠》、《遠遊篇》、《仙人篇》、《驅車篇》、《平陵東行》等。這些詩的主旨都表達了一種養生延年的理想。如曹操的《陌上桑》：

> 駕虹蜺，乘赤雲，登彼九疑歷玉門。濟天漢，至崑崙，見西王母謁東君。交赤松，及羨門，受要秘道愛精神。食芝英，飲醴泉，柱杖桂枝佩秋蘭。絕人事，遊渾元，若疾風遊飆飄翻。景未移，行數千，壽如南山不忘愆。

曹植《飛龍篇》云：

> 晨遊泰山，雲霧窈窕。忽逢二童，顏色鮮好。乘彼白鹿，手翳芝草。我知真人，長跪問道。西登玉臺，金樓複道。授我仙藥，神皇所造。教我服食，還精補腦。壽同金石，永世難老。

後來寫這種遊仙詩的極多。晉之傅玄(有《雲中白子高行》)、張華(有《遊仙詩》四首)、鄒湛(有遊仙詩殘句)、何劭(有《遊仙詩》)、陸機(有《前緩歌行》)、張協(有《遊仙詩》一首)、庾闡(有《遊仙詩》十首)等都寫這類作品，可見當時此種詩風之盛。其後南朝各朝都有作者，而尤以梁為盛。梁武帝本人以崇信佛、道著稱，他本人即作有《遊仙詩》。梁代君臣如蕭綱(有《升

仙篇》、《仙客詩》等)、沈約(有《和竟陵王遊仙詩》)、劉緩(有《遊仙詩》)、劉孝勝(有《升天行》)、戴暠(有《神仙篇》)、王褒(有《輕舉篇》)、庾信(有《奉和趙王遊仙詩》、《仙山詩》等)等都寫,甚至互相唱和,可見當時風氣之一斑。總的說來,這類遊仙詩主要以闡發養生之理,追求延年益壽為主,對於我們認識魏晉南北朝文人的心理、心態有一定意義;從藝術角度說,它們是屬於浪漫主義的,對文學史上浪漫主義的形成和發展有過積極影響。但它們畢竟是一種哲理詩,初讀少讀亦覺可喜,多讀久讀則覺枯燥寡味,經不起咀嚼、尋味。

第三種類型的遊仙詩也有必要從曹植講起。曹植有一首《遊仙詩》說:「人生不滿百,戚戚少歡娛。意欲奮六翮,排霧凌紫虛。蟬蛻同松喬,翻跡登鼎湖。翱翔九天上,攬轡遠行遊。東觀扶桑曜,西臨弱水流。北極登玄渚,南翔陟丹丘。」這顯然是因為人生無出路而遊仙,它可能是曹植後來受壓抑後創作的作品。這是一首抒情之作,與他其他的遊仙之作性質迥異。從抒情文學的發展說,它是上承《楚辭‧遠遊》,下對正始文人及西晉郭璞都有影響。

由於三曹皆重養生術,所以曹魏時士大夫服食養生之風很盛。正始時,何晏服五食散很有名,「竹林七賢」中王戎也服散。阮籍在蘇門山遇見過真人,嵇康同道士孫登、王烈打過交道,曾當面看到王烈吃石髓。他還親自採藥,並寫有《養生論》,同向秀互相辯難,他是相信神仙可以自然致得的人。一直到被拘禁,面臨死地,作《幽憤詩》,他都還不忘「采薇山阿,散髮巖岫,永嘯長吟,頤性養壽」。這時的詩風,劉勰概括說:「正始明道,詩雜仙心。」(《文心雕龍‧明詩》)大概遊仙詩是很盛行的。劉勰提到何晏之徒,批評他們「率多浮淺」,但何晏等人的詩今存極少,遊仙之作已不得見,推想起來,他們寫的大概都是第二種類型的遊仙詩,只是寫得比三曹浮淺罷了。

阮籍、嵇康都有遊仙之作。阮籍的《詠懷詩》八十二首中很多都是遊仙詩。如其十八、二十一、二十二、二十三、二十八、三十二、三十五、四十四、五十八、八十一等。嵇康的《代秋胡行》、《贈秀才入軍》等都有遊仙內容。他還有一首專題作《遊仙詩》。如阮籍《詠懷詩》之五十八:

　　危冠切浮雲,長劍出天外。細故何足慮,高度跨一世。非子為我御,逍遙遊荒裔。顧謝西王母,吾將從此逝。豈與蓬戶士,彈琴誦言誓。

嵇康《遊仙詩》云:

> 遙望山上松，隆谷鬱青蔥。自遇一何高，獨立迴無雙。願想遊
> 其下，蹊路絕不通。王喬棄我去，乘雲駕六龍。飄颻戲玄圃，黃老
> 路相逢。授我自然道，曠若發童蒙。採藥鍾山隅，服食改姿容。蟬
> 蛻棄穢累，結友家板桐。臨觴奏九韶，雅歌何邕邕。長與俗人別，
> 誰能睹其蹤。

仔細品味起來，這些遊仙詩所包含的思想感情是極端複雜的。它們既包含著個人的強烈的生命意識和生存意識，更包含著對現實生存環境的強烈不滿，對人間假醜惡的極端憎惡。遊仙，在這些詩裏，與其說是一種超脫手段，還不如說是對生命悲劇意識的發洩和對理想人生乃至理想社會的追求。貫穿在遊仙中的完全是一種詩人的激情，而不是一種對虛幻境界的盲目虔誠。它們鮮明的抒情性質，幾乎使後世評論家忘記了它們本來也是一種遊仙詩。

把握了這種抒情性遊仙詩的性質，對於郭璞的遊仙詩就好理解了。郭璞，喜好陰陽曆算、五行卜筮之術，本身兼有方士與文人雙重身份。他寫遊仙詩乃是分內之事。不過，郭璞畢竟不是山林之士，他就生活在世俗中間，而且總是積極地干預社會生活，想投身上層搞政治活動。像很多士大夫一樣，他也遭受了蹭蹬不遇的痛苦，於是轉而不平。發而為文，作《客傲》；發而為詩，即《遊仙》。郭璞《遊仙詩》的抒情性絕不遜於阮籍、嵇康。如其五：

> 逸翮思拂霄，迅足羨遠遊。清源無增瀾，安得運吞舟。珪璋雖
> 特達，明月難闇投。潛穎怨清陽，陵苕哀素秋。悲來惻丹心，零淚
> 緣纓流。

開頭兩句寫超越人間去遊仙，也就是去尋找神仙自由境界。三四五六句寫這樣做的原因實在是因為人間太黑暗，容不下自己，自己也不願與之同流合污，明珠暗投。最後寫「怨」、「哀」、「悲」、「零淚」，感情變化極富層次，揭示了內心的痛苦歷程。他的這些詩，後來鍾嶸《詩品》作了這樣的評論：「詞多慷慨，乖遠玄宗。」「乃是坎壈詠懷，非列仙之趣也。」前面把它們與平典似道德論的玄言詩區別開來，後面把它與一般《遊仙詩》區別開來，這個判斷是正確的。後來何焯、姚範均認為鍾嶸是譏諷郭璞缺少列仙之趣，實是誤解了鍾嶸的意思（《義門讀書記》及《昭昧詹言》引姚範語）。所謂「列仙之趣」的「趣」，即是指趣之趣，乃是說郭璞作遊仙詩是為了坎壈詠懷，並不是為了去求仙。後世評論郭璞的很多，都從詠懷詩的角度來評論，方向都是對頭的。詩的本質是抒情，如果其中確有感情在燃燒，無論哪種形式材料都會發光，遊

仙詩即是一例。

郭璞的《遊仙詩》之所以在遊仙詩中受到後人特別的注意，還在於他更善於運用神仙境界的奇景來幫助抒情。例如第三首：「翡翠戲蘭苕，容色更相鮮，綠蘿結高林，蒙籠蓋一山。中看冥寂士，靜嘯撫清絃。放情凌霄外，嚼蕊挹飛泉。赤松臨上游，駕鴻乘紫煙。左挹浮丘袖，右拍洪崖肩……」這些描寫，形象極生動鮮明，且寫出了一種令人神往的境界，一種超邁豪放的精神氣質。這個水平，是曹植和正始文人的抒情性遊仙詩所沒有達到的。郭璞以後，南朝除了個別作家個別作品（如鮑照有《代升天行》）略可相繼外，其餘均不可比。但到了唐代李白、李賀等人手裏，這種遊仙詩的深遠影響就昭然可睹了。

二、道教信仰與山水文學

六朝山水文學的興起與玄學、佛教、道教的發展都有一定的關係，但山水文學與道教的關係似乎更密切一些。因為：道教的神仙境界往往就在大海名山（如蓬萊、方丈、瀛洲之類），他們的道館多建在名山，煉丹修行也在山中。一般道士都兼有隱士身份，所以被稱為「山林之士」。一些不出家的道教信徒，似乎也特別地對山林有著深情厚意，認為那裡才是頤養性情、安息身心的棲憩之所。道教的基本典籍就包括《老》、《莊》，因而玄學家所講的玄理對他們來說實無隔閡，而且老、莊的人生觀更是他們必要的精神支柱。玄學家可以以山水為「象」聯繫「言」、「意」，他們也可以更出色地論證這一命題。

六朝山水文學作家有道教信仰的很多。首先是王氏家族。王氏家族信仰的是五斗米道（天師道）。王羲之本人「雅好服食養性」，而且與上清派人物許邁共修服食，採藥不遠千里。他的第二子王凝之因篤信過頭，後來被孫恩所殺（《晉書·王羲之傳》）。王氏家族成員信道的程度可能各有不同。王羲之本人大約只相信方術可以延年，並不相信人可以不死。《蘭亭集序》云：「況修短隨化，終期於盡。」即表明了他的理性態度。他養性的方法是「暫得於己，快然自足」，因而要「遊目騁懷，足以極視聽之娛」，採取的是順生主義原則。他認為寄情山水是調養志趣、頤養天年的最好方法。《蘭亭詩》云：「雖無絲與竹，玄泉有清聲；雖無嘯與歌，詠言有餘馨。取樂在一朝，寄之齊千齡。」他不僅追求從山水中獲取樂趣，而且認為把它寫下來加以吟詠也是一種快樂，這樣從客觀上就導致了山水文學的興起。

　　謝靈運是寫山水詩的大家。謝家與五斗米道也有聯繫。《詩品上》云:「初,錢塘杜明師(子恭)夜夢東南有人來入其館,是夕,即靈運生於會稽,旬日而謝玄亡。其家以子孫難得,送靈運於杜治養之。十五方還都,故名客兒。」這件事,《異苑》卷七也有記載。謝靈運可能也是服過藥的。《遊南亭》詩云:「藥餌情所止,衰疾忽在斯。」《石室山》詩中他說自己「總笄羨升喬」,可知他很早即羨慕升仙之道。他的大部分山水詩都能看出道教的影響。主要表現在兩個方面:(一)常於山水遊樂之後表達一種攝生的見解,以顯示放情山水也是一種養生之道。如《石壁精舍還湖中作》:「昏旦變氣候,山水含清暉。清暉能娛人,遊子憺忘歸。……披拂趨南徑,愉悅偃東扉。慮澹物自輕,意愜理無違。寄言攝生客,試用此道推。」《登江中孤嶼》末尾云:「想像崑山姿,緬邈區中緣。始信安期術,得盡養生年。」(二)詩末常表現一種對山林隱逸、神仙飄舉生活的嚮往。如《登石門最高頂詩》後半云:「沈冥豈別理,守道自不攜。心契九秋幹,目玩三春荑。居常以待終,處順故安排。惜無同懷客,共登青雲梯。」《登臨海嶠與從弟惠連》四章:「攢念攻別心,旦發清溪陰。瞑投剡中宿,明登天姥岑。高高入雲霓,還期那可尋。倘遇浮丘公,長絕子徽音。」

　　有一種很普遍的說法,說謝靈運的詩結尾總好談玄,但很少人追究他究竟談的是哪種玄理。其實,除了他個別詩表現一點佛理外(如《登石室飯僧詩》),主要就是表現上述兩種道教之理。謝靈運入宋以後,受到的待遇每況愈下,內心充滿著仕與隱的矛盾。《登池上樓》中說的「進德智所拙,退耕力不勝」,正是這種矛盾心理的真實寫照。他的隱退之路也是充滿矛盾的,因為他決不會拿下士大夫架子去親自參加勞動,也不可能像揚雄那樣去埋頭著述,鑽研太玄。這一點他講得很清楚:「既笑沮溺苦,又哂子雲閣。執戟亦以疲,耕稼豈雲樂。萬事難並歡,達生幸可託。」(《齋中讀書詩》)道教的養生之理與韜隱升舉正好投合他的心意。不過,他也時常覺出前途的黯淡:「靈物吝珍怪,異人秘精魂。金膏滅明光,水碧綴流溫。」(《入彭蠡湖口》)靈物吝惜它們的珍怪而不出示,異人秘藏其精魄而難以見到,黃金之膏(仙藥)、水碧(玉)之流也各滅其光明,失其溫潤,養生或升舉也是飄渺難求的啊!

　　謝靈運後寫山水詩文的作家如顏延之、謝朓、江淹、沈約、劉峻、吳均等都與道教信仰有或多或少的關係。顏延之《應詔觀北湖田收詩》稱「蓄軫豈明懋,善遊皆聖仙」,看來他是把現實中的山水遊樂看成遊仙的。謝朓《和蕭中庶直石頭詩》云「方追隱淪訣,偶解金丹要」,看來他是懂一點金丹要旨

的，其《和紀參軍服散得益詩》表明他可能曾服散。江淹有《贈煉丹法和殷長史詩》、《訪道經》，其《渡西塞望江上諸山》云：「結友愛遠嶽，採藥好長生。當畏佳人晚，秋蘭傷紫莖。海外果可學，歲暮讀仙經。」看來他與道教的關係比顏延之、謝朓密切。沈約的高祖沈警曾經師事五斗米師杜子恭及其弟子、再傳弟子孫泰、孫恩，他本人又曾師事上清茅山宗道教大師陶弘景，寫過《酬華陽陶先生詩》、《還園宅酬華陽先生詩》、《華陽先生登樓不復下贈呈詩》等。道教對他的影響一直到臨終。晚年他因夢見齊和帝以劍斷其喉，叫道士奏赤章於天以辯明禪代之事不由己出，得罪了梁高祖蕭衍，受到責備，恐懼而死。劉峻與孔稚圭曾與陶弘景結方外之好。吳均有《採藥大布山詩》。陶弘景這個道教徒的詩文中也頗有優美的寫景之作。

　　道教思想在上述山水作家中的表現大體如謝靈運，主要體現在以山水為養生與隱逸的寄託點方面。值得注意的還有兩點：一是隨著道教想像力的逐漸豐富，一些山水詩中的浪漫色彩有所增加。沈約的《酬華陽陶先生詩》說：「三清未可睹，一氣且空存。」三清，指三清境，其《桐柏山金庭館碑》：「夫三清者，若夫上元奧遠，言象斯絕，金簡玉字之書，元霜降雪之寶，俗士所不能窺。」這是最早關於「三清」的記載。大概此時道教徒正在構思三清聖境的藍圖。陶弘景居於句容之句曲山（即茅山），常稱「此山下是第八洞宮，名『金陵華陽之天』。」可能他正在考慮把山水勝景納入到道教的想像境界之中。這種想像力在他的山水文學中有所表現。他的《答謝中書書》即稱所描繪之景「實是欲界之仙都」。其影響所及，就使山水詩與仙境靠得攏了些。江淹《遊黃蘗山詩》描繪黃蘗山之景象說：「金峰各虧日，銅石共臨天。陽岫照鸞採，陰溪噴龍泉。殘杌千代木，廧崒萬古煙。禽鳴丹壁上，猿嘯青崖間。」就把山中寫得宛如仙界。沈約的《遊金華山詩》、《遊鍾山詩應西陽王教》、《早發定山詩》、《赤松澗詩》，吳均的《採藥大布山詩》，劉峻的《登鬱州山望海詩》、《始居山營室詩》等等，都寫得帶有一點仙風道氣，與謝靈運的山水詩有所不同。另一點值得注意的是隨著道館的增多，山水文學中寫游道館的也多起來。沈約有《遊沈道士館詩》、庾肩吾有《道館詩》（周弘正有和作）、蕭繹有《和鮑常侍龍川館詩》、蕭捴有《和梁武陵王遙望道館詩》、王褒有《過矜藏道館詩》、庾信有《入道士館詩》、陰鏗有《遊始興道館詩》、張正見有《遊匡山簡寂館詩》等等，這類詩往往於山水之中寫一點建築，對豐富山水畫面有好處。但六朝寫游道館者遠不如寫遊佛寺者多。

六朝道教對山水文學的影響大致就是如上這些。其關鍵點就在於道教的養生思想促進了文人去追求藝術的、審美的人生生活，並由此推動他們想像力的提高。如果說道教對山水文學的興盛有什麼根本性的作用的話，其作用也許就體現在這裡。

三、道教與六朝志怪小說

志怪小說的產生是有它廣泛的民族心理基礎的。它產生的基本土壤是先秦就已廣為存在的多神崇拜和泛神論思想。先秦諸子中，墨家講明鬼與天志，道家有泛神論思想。儒家孔子不語怪力亂神，但重視對祖先和神靈的祭祀。《易傳》中講「知幽明之故」，「知死生之說」，「知鬼神之情狀」，漢儒講天人感應，讖緯之學隨之而起。這些都對鬼神怪異的崇拜心理起了推波助瀾的作用。佛教的傳入，其死生輪迴之說加深了人們對因果報應的信奉。道教在上述心理氛圍中逐漸形成和發展，並反過來促進了這種心理的強固與深化。從先秦到六朝，史官一般都是比較尚實的，但他們也對種種怪異現象持存信態度，把它們鄭重其事地寫進正史，志怪小說也被列入雜史，當作正史的補遺。

六朝寫志怪小說的大致有兩類人。一類是道士，一類是有志怪興趣的一般文人。前人對道士一般採取輕視的態度，近世的論者對道士創作的文學作品都比較重視，但對道士們的文學成就卻肯定太少。其實有些道士是很有文才、創作水平也相當高的。從六朝志怪小說的創作來說，首先提到的應是葛洪。葛洪是六朝道教神仙丹鼎學的集大成者，對文學也頗有貢獻。他的文學著作除《神仙傳》、《漢武帝內傳》、《西京雜記》外，還有《隱逸傳》（不存）和碑頌詩賦百卷（不存）。僅就所存三種小說而言，《神仙傳》、《漢武帝內傳》以志怪的形式寫人，兼有志怪與志人雙重性質，《西京雜記》以記軼事為主而雜以志怪。可見他對六朝志怪與軼事兩類小說的發展都是有貢獻的。其次是王嘉，他的《拾遺記》就很引人矚目，講志怪小說的人不能不講到他。有志怪興趣的文人也有些可能是有宗教信仰的。如張華，據其本傳，幾近於方士，他的《博物志》就記載很多與神仙方術有關的內容。又如干寶，《晉書‧郭璞傳》記載他曾勸誡郭璞不要嗜酒好色，說：「此非適性之道也。」可見他比郭璞更懂道教的養生原理。他作《搜神記》來「發明神道之不誣」，當是很自然的事情。曹丕（有《列異傳》）、劉義慶（有《幽明錄》）、祖臺之（有《志怪》）、荀氏（有《靈鬼志》）、戴祚（有《甄異傳》）、祖沖之（有《述異記》）等，可

能都是一般對志怪感興趣的人，或多少有一點宗教信仰的人。還有一位陶淵明，《隋書·經籍志》把《搜神後記》歸到他的名下，後人多不相信。其實也大不必多怪。陶淵明時常讀《山海經》，這部書本來就具有志怪的性質，前代為它作注的郭璞至少是半個道士，而後世它就被道教徒收入了《道藏》。

總的說來，六朝志怪小說所志之怪大致與三種信仰有關，一是與自先秦以來廣泛存在的鬼神崇拜與泛神信仰有關；一是與道教信仰有關；一是與佛教信仰有關。其中前兩者所佔比重最大，佛教次之，而且在志怪小說中，佛教徒往往也被方士化了。當然，這三種信仰也是有聯繫的，有時也很難嚴格加以區分。這裡著重談一談道教在志怪小說中的反映。

第一是道教所憧憬的神仙境界。在六朝志怪小說中，這是描寫得很多的一大內容。《神異經》、《十洲記》（這兩部書《隋書·經籍志》、《新唐書·藝文志》均記為東方朔作，不可信，蓋是六朝作品）及王嘉《拾遺記》之卷十《諸名山》可謂專記此種境界的作品，其他如《博物志》、《搜神記》、《搜神後記》等都時有描寫。雖然這些境界本身是虛幻不真、荒誕不經的，但是，它們當中所蘊含的豐富的想像力、闊大的心胸和眼界又是值得肯定和稱道的。《十洲記》所記之祖洲、瀛洲、玄洲、炎洲、長洲、元洲、流洲、生洲、鳳麟洲、聚窟洲，都是仙官真人活動的地方，可能是道士們在《山海經》及戰國陰陽家的基礎上想像出來的。《記》文開頭所敘「（東方朔）曾隨師主履行，比至朱陵、扶桑、蜃海、冥夜之丘、純陽之陵，始青之下，月宮之間，內遊七丘，中旋十洲，踐赤縣而遨五嶽，行陂澤而息名山。臣自少及今，周流六天，廣陟天光，極於是矣。未若凌虛之子，飛真之官，上下九天，洞視百方，北極勾陳而並華蓋，南翔太丹而樓大夏，東至通陽之霞，西薄寒穴之野，日月所不逮，星漢所不與，其上復無物，其下無復底」，這種遨遊宇宙，揮斥八極的想像，顯然表現了一種極開闊的空間視野。仙境中所具有的各種名物，如金芝玉草、風生獸、續弦膠、驚精香之類，都是世間罕有之物，沒有非凡的想像力是編造不出來的。

道教的神仙境界具有與世俗社會對立的性質，它更多地反映著人們企圖擺脫黑暗現實，超越種種侷限性的美好願望。神仙世界雖然也有仙官，但相對地說要自由平等得多，因為那裡有仙芝瑤草、醴泉石髓作為人們取之不盡的食物源泉；有瓊樓玉宇、金堂華蓋作為人們無比安逸的棲身之所；那裡的奇珍異獸、草木蟲魚都與人們和諧相處；人們無災無害，不爭不奪，延年益

壽，永享太平。這種境界，顯然是理想主義的，同時也是人們不滿現狀情緒的曲折反映。

第二是道教所宣揚的神仙。六朝時期的神仙是比較複雜的。《抱朴子‧論仙》裏引《仙經》說有天仙、地仙、尸解仙之分：「上士舉形升虛，謂之天仙；中士遊於名山，謂之地仙；下士先死後蛻，謂之尸解仙。」《神仙傳》所錄即有 84 位仙人。後來陶弘景作《真靈位業圖》，所列神仙有近 700 名，實際上還不能包括當時人們傳說的各種神仙。神與仙，混言之沒有區別，析言之是有區別的：神大抵是有封號的，屬於道教神系的統治階層；仙則多係自家得道而成，在神系中，有些人有地位，有些人則名不入譜牒，屬於超越了人間侷限的自由民。嚴格地說，志怪小說中所寫的神仙多是仙而較少神。因為仙更多地保留著人間的氣息，與凡人比較接近，談起來也更親切有人情味一些。有兩類仙人是最受人們歡迎，被人們津津樂道的。一類是煉丹成功，能飛昇變化，預知吉凶，除妖拿怪，無所不為的仙人，這類仙人之所以能動人，大多因為他們的瀟灑飄逸，神奇莫測，能激發人們的超越感和好奇心。《神仙傳》中所記神仙，多屬此類。陶弘景十歲時讀《神仙傳》，便有養生之志，對人說：「仰青雲，睹白日，不覺為遠矣。」（《南史‧陶弘景傳》）可見它對小孩都是有吸引力的。另一類是容貌美麗，心地善良，雍容灑脫，俠義鍾情的女仙。這類仙人最富於人情，因而影響也最久遠。《博物志》和《漢武帝內傳》都有關於西王母的描寫。這位在《山海經》中還是半虎半人的怪物，在六朝志怪小說中已變得只有三十來歲，成了容貌絕世的與人為善的女子。《搜神記》中有同情貧苦農民，屈尊下嫁董永的織女，《搜神後記》中也有與織女相類的白水素女，化作田螺投身窮人謝端家中為妻。此書中還有剡縣民袁相、根碩入赤城山遇仙女成親，二人臨歸時仙女們還送一隻小青鳥以表達情愫。同樣，《幽明錄》中劉晨、阮肇入天台山也有豔遇，女仙們是那樣的婉媚而多情。這些都是百代之下猶膾炙人口的女仙故事，它們或被後人演為戲曲，或被當作典故進入詩文，影響遍及民間。在門第觀念、禮教觀念普遍流行的時代，只有女仙們最以愛情為重，正義為先，這恐怕是神仙們之所以深得人心的重要原因之一。

第三是道教隊伍的著名道士。道士中有些人是加入了神仙行列的，如陰長生、王烈、孫登、左慈、劉根、甘始等人，但有些人並沒有被劃進去。志怪小說中道士是談論得很多的一項內容。道士令人們感興趣，主要是因為他們

懷有神秘莫測的方技。例如杜子恭，《搜神後記》說：「有秘術，嘗就人借瓜刀，其主求之，子恭曰：『即當相還耳。』既而刀主行至嘉興，有魚躍入船中。破魚腹，得瓜刀。」杜子恭簡直有孫悟空那種本事。道士的方術，多半找不到科學根據，有些可能屬於幻術，有些可能屬於人們的道聽途說，由傳說者添枝加葉而造成，也有些可能是道士們自神其術，胡編亂造的。但那些故事聽起來卻總是很迷人，原因就在於道士們所做的，是一般人都想做而事實上做不到的事，它們能把人引入謎一般的境界之中。值得注意的是，有些道士是頗懂一些自然知識，特別是醫學的知識。《搜神記》中兩次記載華佗的事蹟，敘及他高超的醫術，就是一個例子。《三國志》、《後漢書》都有《方技志》，記載了一批方士的事蹟，史官們並非不知記載方士的所作所為有些近於志怪，但他們又認為其中的確有「不可誣者」，不可全視為虛誕不經。六朝時，道教符籙派最為盛行，故志怪中記道士以符籙方術捉妖劾鬼者往往有之。《列異傳》、《搜神記》記有壽光侯的故事。《列異傳》稱他：「劾百鬼眾魅，有婦人為魅所病，侯劾得大蛇。又有大樹，人止之者死，雞過亦死。侯劾，樹夏枯，有蛇長七八丈，懸而死。」這類故事，自然信它不得，但它的確又包含著一種為民除害的性質。在天災人禍流行，人們無能為力的時候，道士的這種不能兌現的故事，也頗能給人以希望與安慰。

原載《中國文學研究》1991 年第 3 期

道家思想與漢代文學

　　道家思想從戰國中期以來有兩大主要流派。一是黃老派，一是老莊派。這兩派既有聯繫又有區別：聯繫在於它們都是從老子之學發展出來的，因而其哲學、政治、人生、美學等方面的思想有許多共同之處。區別在於，黃老派推崇和假託黃帝，以老子之學為核心思想又兼取陰陽、儒、墨、名、法諸家，因而構成一個既不離於老又不同於老，既有取於儒、墨、名、法、陰陽又不同於儒、墨、名、法、陰陽的具有綜合諸家之長的新學派。它研究的核心，除了天道、人生等問題外，重點放在治國平天下的方術上，所以它能步入政壇一試身手。自漢初曹參用蓋公至武帝初，曹參、竇太后、漢文帝等人都屬於這一派。那時黃老思想成了治國的主要指導思想。老莊派是老子之學與莊子之學的結合。其特點是比較注意宇宙與人生關係問題的思考，念念不忘生命的價值，不忘個性與自我，對外來的約束、禁錮有一種天生的逆反心理，強烈的厭惡感，違拗感。因而他們要散道德，剽剝儒墨名法。這派人自然不願意也進不了廟堂，或進了廟堂也屬於受排擠的對象。但他們又總喜歡與廟堂人物作對，站在一旁冷嘲熱諷，指天畫地。由於他們總是屬於失意者的陣營，而歷史上的失意者又特別多，因而他們雖然不曾約縱連橫卻總是不乏同盟者。老、莊思想在漢初賈誼身上就有所體現，後來《淮南子》又將它與黃老思想結合起來。漢武帝罷黜百家獨尊儒術以後，黃老失勢，被排到了第二位（按《漢書・藝文志》的排法），黃老思想便發生分離：一方面，它同儒家合流，繼續在政治生活中發揮作用；另一方面，它又與屬於失意陣營的老、莊思想合流，作為儒學的異端而存在，時時與儒學在政治生活中一決高低。當社會處於衰亂的時候，它也同老莊派一樣，非常地憤世嫉俗，抨擊社會弊端不遺

餘力，而且特別地尖酸，辛辣，入木三分。這種黃老與老、莊的合流，正構成了道家的特殊風格。這種道家風格在漢末的社會批判思潮中表現得最為鮮明。以上是漢代道家思想發展之大勢。

由於道家的流派與發展有一定的複雜性，因而它對文學的影響也是很複雜的。從文體的角度來考察，黃老思想多半體現在政論、哲理、史傳及部分大賦之中，而老、莊思想則多半體現在一些抒情言志之作當中（當然，一些哲理文如《淮南子》、《太玄經》當中也有老、莊思想）。就審美而言，又有以大為美，以恣肆奇譎為美，以質樸為美多端。下面試分而論之。

一

政論或哲理如陸賈的《新語》、賈誼的《新書》，劉安主編的《淮南子》，王充的《論衡》，王符的《潛夫論》，荀悅的《申鑒》等書當中都有黃老思想。其具體內容，已屬思想史論析範圍，這裡不詳論，只指出其取向：《新語》、《新書》、《淮南子》等書中言黃老，批判的對象是秦王朝的暴政，而以民寧清一為其核心理想。那時漢王朝正處於蒸蒸日上階段，他們對無為而治充滿期待感，也看到了它的可行性，故對現實政治頗多建設性意見。至王充的時代，輝煌的文景之治已成歷史，而漢王朝又江河日下，所以他們就只能把黃老的清靜無為當作一個美妙的夢幻來加以回味，而主要的精力則投入對現實形形色色的弊端的抨擊。上述所有的政論或哲理文還有一個共同的特點：其黃老思想都是與儒家思想的發展也有同步的地方：儒家倡導德政，與黃老的民寧清一在大方向上一致，故漢初政論多兩者兼而取之。黃老本身就有「採儒、墨之善」的一面，儒家也並不否認黃老作為帝王南面之術的作用。儒家也有重實踐理性，嫉惡虛妄和酷政的一面，與黃老的理性精神和批判精神也有一致之處，故東漢中葉以後的社會批判思潮，兩家也可以結合起來，構成同盟軍。以上是政論、哲理文黃老思想表現之大要。

史傳文主要是司馬遷的《史記》中有黃老思想。班固批判司馬遷「論大道則先黃老而後六經」（《漢書‧司馬遷》），當主要針對他的《史記》而言。對於班固的批評，後世有一些爭論。有些學者看到司馬遷在《史記》中把孔子列入世家，把老子列入列傳，又多引用儒家經典語，就以為他是尊儒而非尊道（朱熹、王鳴盛均有此說，詳《朱文公集‧雜學辨》、《十七史商榷》）。其實這個問題並不複雜，司馬遷早年曾受學於孔安國、董仲舒，本來就精通儒術。

對孔子在世衰俗亂之時「悼禮廢樂崩，追修經術，以達王道，匡亂世反之於正，見其文辭，為天下制儀法，垂六藝之統紀於後世」（《太史公自序》）的偉大功績他也是很崇敬的。崇敬孔子這一點，就是作為黃老學者的司馬遷的父親司馬談，也是一致的。司馬遷說：「先人有言：自周公卒五百歲而有孔子，孔子卒後至今五百歲，有能紹明世，正《易傳》，繼《春秋》，本《詩》、《書》、《禮》、《樂》之際？」（同上）可見他也把繼承孔子的事業當作一種責任。黃老的基本特點之一，就在於它也「採儒、墨之善」，不僅不一概排斥儒學，相反地對其善者要大加繼承和發揚光大。孔子死後即受到祭祀，劉邦經過魯地，還曾祠以太牢之禮，視孔子位同王侯。老子雖在文景時受推崇，但並未享受到此種殊榮，且司馬遷作《史記》已在黃老被黜退之後，故列孔子入世家而老子入列傳並不足怪（道家主張「無名」，司馬遷為老子作傳，已夠榮耀他了）。司馬遷的特點是從原則問題上「先黃老而後六經」，即是以黃老思想為首，以儒家思想居次，班固的表達正與司馬談關於黃老特徵的表達相符。

那麼司馬遷的黃老思想主要表現在哪些方面呢？我認為《漢書‧藝文志》關於道家的表述值得注意：「道家者流，蓋出於史官。歷記成敗存亡禍福古今之道，然後知秉要執本，清虛以自守，卑弱以自持，此君人南面之術也。」《漢書‧藝文志》本於劉向父子之論，他們認為道家與史官有關係，此話值得深思。歷史上作史的並不一定是道家人物，像孔子、班固等人就屬於儒家，何以獨獨說道家與史官相關？我的理解是：史官的基本精神就是不虛美、不隱惡，客觀公正，以便從中總結出成敗存亡禍福的規律。儒家作史，側重於用維護王權的眼光看待歷史，包含的主觀褒貶色彩較重，目的是要使「亂臣賊子懼」。黃老派史官記載歷史不能說沒有絲毫主觀成見，但相對來說要客觀一點。他們的側重點在於總結歷史教訓，並從哲學的高度把握歷史。司馬遷把「究天人之際，通古今之變，成一家之言」作為寫《史記》的追求目標，從精神上就使人感到他的確不同於儒家而更近於道家。儘管《史記‧太史公自序》中司馬遷一再表明自己作《史記》是繼承孔子作《春秋》的傳統，也懷著針砭亂臣賊子，歌頌昌明時代的目的，但在實際寫作中，他歌頌劉邦也並不遺漏他的狡詐、殘忍和無賴的一面，而對陳涉、項羽以及俠士刺客之流也加以謳歌。黃老派主張君主應當清虛自守，卑弱自持，反對他們獨斷獨明，又主張對人民採取休息無為的政策。司馬遷在《呂太后本紀》之末讚語說：「孝惠皇帝、高后之時，黎民得離戰國之苦，君臣俱欲休息乎無為，故惠帝垂拱，

高后女主稱制，政不出房戶，天下晏然。刑罰罕用，罪人是希，民務稼穡，衣食滋殖。」集中表現了他推重黃老的政治思想。

以上說明，司馬遷雖然也推重儒學，但在總的指導思想方面，在對具體的歷史人物和事件的評價方面，他與儒家又是很不相同的。他是站在道家兼容、公正的立場上，以宏觀、開放的眼光俯視歷史，同比較恪守正統的儒家相比較，自然有齟齬難合之處，因而班固說他「是非頗謬於聖人」。本文開頭即說過，黃老派的特點是既不同於老又不離於老，既有取於儒、墨、名、法、陰陽又不同於儒、墨、名、法、陰陽的具有綜合性質的學派，只有從這個意義上理解司馬遷的「先黃老而後六經」，才能把握《史記》的主導思想。

漢大賦當中有些作品也有黃老思想，例如枚乘《七發》和司馬相如的《子虛》、《上林》。《七發》說：「縱耳目之慾，恣支體之安者，傷血脈之和。且夫出輿入輦，命曰蹶痿之機；洞房清宮，命曰寒熱之媒；皓齒娥眉，命曰伐性之斧；甘脆肥膿，命曰腐腸之藥。」這裡所表現的養生觀來自《呂氏春秋》之《本性》、《重己》諸篇，而《呂氏春秋》就是一部以黃老思想為指導的著作。《七發》中「觀濤」一節，主張以大自然的景觀來陶冶洗汰心性，表現的也是道家適性自然的觀念。篇末所言「要言妙道」指的是莊周、魏牟、楊朱（均係道家），墨翟（墨家），便娟（一說即環淵，為道家黃老派人物）、詹何、老子（道家），孔子、孟子（儒家），顯然是以道家為主，兼取儒、墨，體現了漢初黃老思想的特點。司馬相如的《子虛》、《上林》雖係誇耀天子苑囿遊獵之盛，但歸本於節儉，臨末「天子芒然而思，似若有亡，曰：『嗟乎，此大奢侈！朕以覽聽餘閒，無事棄日，順天道以殺伐，時休息於此。』」數語，顯然與漢初黃老清靜無為的指導的思想一致。

二

抒情言志之作多表現為老、莊思想。這裡所講的抒情言志之作，包括賦、詩，也包括部分書信體文。我要提到的作品有：賈誼《弔屈原賦》、《鵩鳥賦》，司馬遷《悲士不遇賦》、《報任安書》，東方朔《答客難》，董仲舒《士不遇賦》，楊惲《報孫會宗書》，揚雄《解嘲》、《解難》、《反離騷》、《太玄賦》，馮衍《顯志賦》，張衡《應間》、《髑髏賦》、《歸田賦》，趙壹《刺世疾邪賦》，無名氏《古詩十九首》等等。為了論述的方便，我把這些作品所表現的老、莊思想分為如下五個方面，以見老、莊思想對文學影響之大體情形。需要說明的是，這

種分類不是絕對的，同一作家，受老、莊思想的影響可能是多方面的，其效果也可能各有不同。

（一）**憂生懼禍**。老子曾說：「禍兮福所倚，福兮禍所伏。」「正復為奇，善復為妖。」（《老子》58章）在禍福倚伏之理的闡述中，正透露出了一種禍福無常、憂生懼禍的觀念。《莊子》中這種心理表現得更為突出。《人間世》所載接輿歌謂「福輕於羽，莫之知載；禍重於地，莫之知避」，即是典型的例子。大凡人生在世，生老病死，加上人為的災害，總難免有禍福無常之感。賈誼《鵩鳥賦》是賈誼貶到長沙，怕長沙地勢卑濕，自己壽不得長，所以有「憂喜聚門，吉凶同域」之慨。揚雄處於劉漢與新莽政權交替之際，欲潛心於《太玄》以避世變，為人所嘲，故答以「炎炎者滅，隆隆者絕」，「高明之家，鬼瞰其室」（《解嘲》）。《太玄賦》也說：「觀大易之損益兮，覽老氏之倚伏。省憂喜之共門兮，察吉凶之同域。」與賈誼所遇之時事不同而心態完全相同。張衡處於宦官掌權之時，內心也充滿了憂生懼禍之感，故《思玄賦》序云：「衡常思圖身之事，以為吉凶倚伏，幽微難明，乃作《思玄賦》，以宣寄情志。」大凡受老、莊思想影響較深的人，對人生的危機敏感度都較高；對人生的危機敏感度越高，則人生的憂患意識也就越強。在漢代的抒情言志之作當中，這種憂生懼禍的心理比比皆是，例子不勝枚舉。

（二）**與世逶迤**。《莊子·人間世》謂「彼且為嬰兒，亦與之為嬰兒；彼且為無町畦，亦與之為無町畦；彼且為無涯，亦與之為無涯」，是與世逶迤的生動寫照。人到了與世逶迤的一步，大抵是出於無可奈何。司馬遷因李陵事受宮刑後，宣稱自己要「從俗浮沉，與時俯仰」（《報任安書》)，即是如此。馮衍起初投靠更始帝，後轉而投靠劉秀，劉秀對他有所猜忌，後又藉故把他貶歸故里。他在《顯志賦》中說：「馮子以為大人之德，不碌碌如玉，落落如石，風興雲蒸，一龍一蛇，與道翱翔，與時變化，夫豈守一節哉！」所謂「豈守一節」，也是隨時俯仰之意。說這種話的人看起來有點滑稽玩世，實際上內心是極悲涼的。司馬遷《悲士不遇賦》說：「好生惡死，才之鄙也；好貴夷賤，哲之亂也」，竟說起齊死生、等榮辱的話來，實在令人心酸。

（三）**隱居避世**。老子以自隱無名為務，不求聞達，以愚拙自處。莊子辭卿相之位而寧願曳尾於塗中，王公大人不能器之，這些都成了後世許多人師法的樣範。隨著時代的變化，隱的方式也繁多起來。漢人如董仲舒《士不遇賦》稱「反身素業（著書）」、「將遠遊而終古」即是眾多隱法之一種。但最

具創造性的隱法是「朝隱」。朝隱是指身在魏闕之下，而神遊江海之上，把做官看作一種寄託，而精神卻飄然世外，鴻飛冥冥。「朝隱」的產生，多半是因為賢良而沉屈下僚，長期不得升遷，仕途無望所致。典型的如東方朔。他「悉心盡忠以事聖帝，曠日持久積數十年，官不過侍郎，位不過執戟」，於是據地而歌曰：「陸沉於俗，避世金馬門。宮殿中可以避世全身，何必深山之中，蒿廬之下。」(《史記‧滑稽列傳》) 後來張衡也學此法。他學東方朔《答客難》作《應間》，以解多年任太史令不得升遷之沉鬱。篇末云：「聊朝隱於柱史，且韞櫝以待價。」他比起東方朔來，多了一層心理。即「朝隱」的目的，還有待時而動，待價而沽的一端。這是對現實還抱著某些幻想所致。若一旦希望落空，朝隱不成，那就只能飛鴻在野，真的變成山林或田園之士了。張衡有一篇《歸田賦》。賦中說：「徒臨川以羨魚，俟河清乎未期。」「河清未期」即是看不到希望，前景無望的意思。封建時代是一個崇尚官本位的時代，文人讀了書，都想到官場上一顯身手，以實現宏偉理想。一旦沉屈，便會消沉起來，但仍不會也不忍離開官場，一直到看穿看透之時，他們才會下決心與之決絕。很多人都走過由士子到官場，由官場轉而朝隱或吏隱，又由朝隱吏隱轉而退避山林田園的路子。張衡只是其中一個而已 (事實上，他作賦後第二年改任河間相，並未真正歸隱。說明只要有些微退路，文人就不會輕易退入山林田園)。

(四) **憤世嫉俗**。老、莊都有憤世嫉俗的一面。老子稱「知我者希，則我貴矣」(《老子》70章)，莊子則抨擊世俗，不遺餘力。道家雖然主張清靜恬淡，胸中卻懷著濟世利物的主見，因而自命甚高，而他們又不願與世同其波流，因而欲進取而無門徑，多被拒之於廟堂之外，或進了廟堂也被擠在一邊，不能發揮才智。這時他們的逆反心理便被激發起來，變而成為當權者的對立面。由於他們洞悉世情，深知各種流弊之所由產生，因而揭露世態，鞭撻時弊往往能一針見血，入木三分。賈誼懷才不遇，其《弔屈原賦》用《莊子‧庚桑楚》的典故憤憤地說：「橫江湖之鱣鯨兮，固將制於螻蟻！」東方朔揭露自己不得升遷的原因是：「綏之則安，動之則苦；尊之則為將，卑之則為虜；抗之則在青雲之上，抑之則在深淵之下；用之則為虎，不用則為鼠。」(《答客難》) 指出統治者用人完全沒有標準，高下在心。漢代抨擊世風最力的是趙壹的《刺世疾邪賦》。賦稱：「德政不能救世溷亂，賞罰豈足懲時清濁！」對儒家的德政、法家的賞罰均表示否定。他嚮往的是「無為而治」的堯舜時代 (《論語‧

衛靈公》：「無為而治者，其舜也與！」），接近於道家的政治理想。而篇中揭露世態，全取法於《莊子》。「所好則鑽皮出其毛羽，所惡則洗垢求其瘢痕」，針砭統治者用人的隨心所欲，與東方朔所揭露的完全一致。

（五）及時行樂。道家既講清心寡慾，又有要求順人情慾望的一面。無論講清心寡欲還是順從慾望，都是因為慾望得不到實現，才激發出這麼兩種極端。《莊子‧盜跖》說：「人上壽百歲，中壽八十，下壽六十，除病瘦死喪憂患，其中開口而笑者，一月之中不過四五日而已矣。天與地無窮，人死者有時。操有時之具而託於無窮之間，忽然無異騏驥之過隙也。不能說其志意，養其壽命者，皆非通道者也。」這把順慾的理由講得很充分。這種順慾的主張進一步引申，即是及時行樂。後世主張及時行樂的也大有人在，但各有各的理由和目的。楊惲《報孫會宗書》說：「夫人情所不能止者，聖人弗禁。」又說：「人生行樂耳，須富貴何時！」楊氏本顯宦，楊惲因與太僕戴長樂互相攻訐受貶，於是打著及時行樂的旗號不肯與執政者合作。《古詩十九首》：「人生忽如寄，壽無金石固……不如飲美酒，被服紈與素。」「生年不滿百，常懷千歲憂。晝短苦夜長，何不秉燭遊？為樂當及時，何能待來茲？」這是失職的貧士在政治失意、經濟困窘時說出來的反話。窮困和憂患往往激發出人們強烈的求生意識，而客觀條件對生命和個性的扼殺又進一步激發出強烈的反叛情緒，於是變而類似於縱慾浪情，實則從中透出的是徹骨的悲涼，一種莫能名狀的人生悲劇感。

三

道家的審美趣向也有多端，其表現在漢代文學中的約有如下幾個方面：

（一）以大為美。道家以「道」為宇宙之本根，「道」本無名，老子「強為之名曰大」（《老子》25章），又稱「道」為「大象」（41章）。莊子也稱「天地有大美」，要求聖人「原天地之美而達萬物之理」（《莊子‧知北遊》）。《莊子‧大宗師》如此描寫「道」之大：「在太極之先而不為高，在六極之下而不為深，先天地生而不為久，長於上古而不為老。」指出它的「大」主要表現在無限的時空深度和廣度。這種「大」影響到藝術領域，首先就表現為視野和心胸的開闊，思維的富於深度與廣度。漢人受此影響較深的是大賦作家。司馬相如論賦說：「賦家之心，苞括宇宙，總覽人物，斯乃得之於內，不可得而傳。」（《西京雜記》卷二）這典型地表現了道家「道」的思維影響。漢賦從結

構、規模、體物、精神氣質等無不表現為一種崇尚「大」的趣向，這種趣向除了與大漢帝國的宏偉氣象相應外，當也與道家審美觀的普遍深入人心有關。

（二）以恣肆奇譎為美。恣肆奇譎的審美趣向主要受《莊子》的影響。這種審美趣向，在武帝之前表現較為突出。武帝之後雖時時間有，但文風已漸歸於質樸（原因詳後）。表現為恣肆奇譎之美的作品，哲理文如《淮南子》。劉熙載《藝概·文概》說它「連類喻義，本諸《易》與《莊子》，而奇偉宏富，又能自用其才」，正指出了它受《莊子》文風影響的特點。漢賦中這種恣肆奇譎的審美趣向尤為突出。漢賦的敘事框架多為虛構，類似《莊子》的寓言，描繪事物又多極盡鋪排誇飾，雄博浩渺，敷演無方，除了受楚辭影響外，得力於《莊子》者也不少。前人稱司馬相如之賦尤多「虛辭濫說」，而未能指出這也與道家審美觀的影響有關，是一大怪事。大概因為未能找到大賦作家讀《莊子》的材料有關。其實《莊子》在當時是流播很普遍的書。《淮南子》、《史記》、《法言》等書中關於《莊子》思想的吸收或評論即是明證。

漢武帝以後，揚雄的賦猶有尚奇的特色。像桓譚《仙賦》、班彪《覽海賦》，張衡《髑髏賦》、《思玄賦》等都有奇譎的特點，但顯然除大賦以外，其他作品恣肆的特點已不很鮮明。此以後的文學多歸於質樸，是其變化。

（三）以質樸為美。從理論上說，道家是崇尚質樸的。上文提到道家有恣肆奇譎的一面，是從他們的實際創作效果來說的。劉勰說：「老子疾偽，故稱『美言不信』；而五千精妙，則非棄美矣。」（《文心雕龍·情采》）也是從《老子》創作的實際效果來立論的。莊子雖然為文汪洋恣肆，儀態萬方，但從理論上他也是主張質樸的。因為大道本身是樸實無華的，美妙的言辭只能使大道隱於榮華而不彰，故莊子又有得意忘言之論。不管怎樣，後人學《老》、《莊》之文可以歸於恣肆奇譎，而持老、莊之論者也可以歸於質樸自然，這就是事物的複雜性、矛盾性之所在。漢人受道家尚質樸理論較深的是揚雄、王充、王符等人。揚雄曾批判司馬相如「合綦組以成文」的觀念，認為「組麗」是「女工之蠹」（《法言·吾子》）。這種批判所持的理論依據，有一部分來自儒家的功利主義（如批評相如「文麗用寡」），也有部分來自道家的自然無為思想。《太玄·瑩》說：「質幹在乎自然，華藻在乎人事。」所謂「質幹」，指人或物的自然本性，它是天然的，不假外力而成的。與「華藻」相對，它屬於內容方面的東西。而「華藻」則是人為的，屬於形式方面的東西。《莊子·田子方》：「夫水之於汋也，無為而才自然矣。至人之於德也，不修而物不能

離焉。若天之自高，地之自厚，日月之自明，夫何修焉？」至人一切均循其天性，並不加以人為的修養，故能保持其自然之性。揚雄的理論蓋本於此。他要求作者「貴有循而體自然」，即循其本性，而不作外加的文飾。從這種理論出發，必然是重本色而輕華采。儘管揚雄本人從理論到實踐都沒有完全否定文學作品的形式之美（他看到了辭賦有「麗」的特點，其作品也有「奇」、「麗」的傾向），但這種主張對他以前的文學創作不能不說有一定的否定傾向，而對他以後的文學創作也必然造成深刻的影響。從他以後，司馬相如、枚乘等作家的那種宏博恣肆、虛辭濫說作風逐漸遭到抑制，辭賦轉向樸實，哲理、理論文則轉向平實，沒有漢初那種恣肆捭闔的氣調了。從理論上，王充進一步反對增飾和虛誇，王符則認為「好語虛無之事，爭者著雕麗之文」，有「傷道德之實」。批評當時的文學風氣：「今賦頌之徒，苟為饒辯屈蹇之辭，競陳誣罔無然之事，以索見怪於世，愚夫戀士從而奇之，此悖孩童之思，而長不誠之言者也。」（《潛夫論‧務本》）其理論的立足點是老子的「美言不信」，故認為崇尚雕麗、虛構會導致社會不誠實風氣的滋長，喪失人們孩童般的天真。這種理論，固然有重內容的合理的因素，但它否定了文學的重要要素，即審美功能，對文學的發展是不利的。

原載《中國文學研究》1993 年第 4 期

道家思想與建安、魏末文學

一

　　黃老思想從先秦發軔，至西漢初已完全定型，其特點就是司馬談《論六家之要指》所說的以道家為首，兼採陰陽、儒、墨、名、法諸家之善，以與時遷移，應物變化，立俗施事，無所不宜（詳《史記‧太史公自序》）。漢武帝之後，百家遍遭冷落而儒術獨尊，黃老思想也曾一度埋聲息跡，至東漢中後期因政綱大壞，儒家的獨尊地位動搖，才又重放異彩。然當時上有外戚、宦官專權，下有豪強兼併，人心離散，百姓塗炭，所以黃老思想的靈魂——無為清靜只成空想，而有識之士獨對其中包含的刑名法術之學加以引申發揮，以為矯世之方。如王符之《潛夫論》、崔寔之《政論》、荀悅之《申鑒》、仲長統之《昌言》等，都有這種傾向。曹操便是承東漢末年黃老之餘緒從思想和實踐兩方面繼承發展黃老之學的人物。此從其詩文略舉數端加以說明。

　　（一）對黃老人道主義和民本思想的繼承和實踐。老子主張以慈救世，孔子主張以仁濟物，黃老兼而有之。曹操對這些思想的繼承主要表現在對亂離狀態下人民命運的深切同情和關切，並採取了一些措施來解決現實問題。其《軍譙令》說：「吾起義兵，為天下除暴亂。舊土人民，死喪略盡，國中終日行，不見所識。使吾悽愴傷懷。其舉義兵已來將士絕無後者，求其親戚以後之。授土田，官給耕牛，置學師以教之。為存者立廟，使祀其先人。魂而有靈，吾百年之後何恨哉！」其樂府《蒿里行》「鎧甲生蟣虱，萬姓以死亡。白骨露於野，千里無雞鳴。生民百遺一，念之斷人腸」之句，確實發自肺腑，出於至情。

－143－

（二）對黃老舉賢授能思想的繼承和發展。老子強調對人要寬容，「善者吾善之，不善者吾亦善之」，「信者吾信之，不信者吾亦信之」（《老子》49章），就是最大的寬容。唯寬容才能得眾，唯得眾方能成就大業。這個道理，黃老學者講得很多，並發展成一種兼收並蓄的人才觀。《慎子‧民雜》：「大君者，太上也，兼畜下者也，下之所以能不同，而皆上之用也。是以大君能因民之能為資，盡包而畜之，無能去取焉。」這裡有一個對人才的個人品德如何看待的問題，儒、墨都主張人才應品德高尚，執政後能為人表率。黃老派認為人才品德高尚固然很好，但「人情莫不有所短」，求全責備，必然得不到人才。因而選擇人才，應「計其大功，總其略行」，而「無間其小節」、「無疵其小故」（《文子‧上義》）。曹操根據亂世人多無行的特點發展了這種觀點。「今天下得無有被褐懷玉而釣於渭濱者乎？又得無有盜嫂受金而未遇知音者乎？二三子其佐我明揚仄陋，唯才是舉，吾得而用之。」（《求賢令》）「今天下得無有至德之人，放在民間，及果勇不顧，臨敵力戰，若文俗之吏，高才異質，或堪為將守，負汙辱之名，見笑之行，或不仁不孝，而有治國用兵之術，其各舉所知，勿有所遺。」（《舉賢勿拘品行令》）都表現的是這種兼收並蓄的人才觀。他特意點出「盜嫂受金」、「負汙辱之名，見笑之行」、「不仁不孝」，把人才的缺點具體化，以確立明確的標準，比黃老學者「無間其小節」、「無疵其小故」等抽象說法更便於操作。在當時人看來，「盜嫂受金」、「不仁不孝」實不是「小節」、「小故」，但曹操也不以為嫌，可見他在人才問題上思想的解放和肚量的寬弘。其《步出夏門行》云：「日月之行，若出其中；星漢燦爛，若出其裏。」《短歌行》云：「山不厭高，水不厭深，周公吐哺，天下歸心。」正是這種海負地涵的度量的形象寫照。

（三）對刑名法術思想的繼承和踐履。刑名法術本是黃老思想的一個重要內容，這是對法家思想加以吸收的結果。一些學黃老的學者如慎到、申不害、韓非都接近或本身就是法家。漢初蕭何制律，使之成為清靜無為的制度上的保證。故前人多將黃老與刑名法術混為一談。曹操的重視刑名法術，學術界已成定論。他的散文中體現這種思想的作品很多，如《敗軍令》、《論吏士行能論》、《收田租令》、《封功臣令》、《復肉刑論》、《選軍中典獄令》。其打擊豪強、論功行賞、實行屯田等措施都是為了落實這種思想。在實際政治、軍事生活中，曹操尚權謀譎詐，吸收了兵家思想，發展了老子「以奇用兵」的一路，跟漢初蕭何、陳平等黃老學者相類似。

（四）繼承黃老派清靜無為的理想。在現實中，由於戰亂頻仍，大局未定，曹操不可能實行清靜無為。但他對清靜無為的政治局面是心嚮往之的。他的《對酒》寫的就是這一內容：

> 對酒歌，太平時。吏不呼門，王者賢且明，宰相股肱皆忠良。咸禮讓。民無所爭訟，三年耕有九年儲。倉穀滿盈，斑白不負戴，雨澤如此，百穀用成，卻走馬以糞其土田，爵公侯伯子男。咸愛其民，以黜陟幽明。子養有若父與兄。犯禮法，輕重隨其刑。路無拾遺之私，囹圄空虛。冬節不斷人，耄耋皆得以壽終，恩澤廣及草木昆蟲。

曹操的這個思想，不僅他自己未能實現，他的兒孫們也未能實現。不僅他的兒孫們未能實現，就是整個魏晉南北朝上下四百年，也都沒有實現。一直到唐代貞觀、開元之治，尚差可近之。因此，他的這首《對酒》太平歌，既是魏晉南北朝黃老無為而治理想的先聲，也是它的尾聲。

使道家思想發生形態變化的一個重要原因是道教的發展。曹操與道教的關係極為密切，早年他曾參與鎮壓張角領導的太平道起義，晚年，他收降了漢中張魯領導的五斗米道。曹操的身邊道士極多，如王真、封君達、甘始、魯女生、華佗、郄儉、左慈等。關於曹操與道教的關係，正如時下各種道教史所考證和指出的，是既防範又相信。我這裡要強調的是，道家和道教在全性葆真、貴生重死方面是完全一致的。由貴生重死而想到長生不死，這是一個很自然的邏輯遞進過程。在《莊子》中就已有「我修身千二百歲矣，吾形未嘗衰」（《在宥》）的奇談，道教徒稱「我命在我不在天，還丹成金億萬年」（《抱朴子‧內篇‧黃白》引《龜甲文》），就只是變本加厲而已。《莊子》也有「千歲厭世，去而上仙，乘彼白雲，至於帝鄉」（《天地》）的奇想，道教徒對神仙世界的構建只是一個順乎邏輯的推演。所以自漢以來，道家人物往往也信方術。曹操的思想本身就屬黃老思想，相信道教的養生術乃至神仙境界就毫不矛盾，他對道教徒的防範，只是出於政治上的考慮而已。

張華《博物志》說他「好養性法，亦解方藥」，「又習啖野葛至一尺，亦得少多飲鴆酒」，當屬可信。表現在文學創作方面，是他寫了一些遊仙詩和闡發養生觀點的詩。遊仙詩如《氣出倡》、《精列》、《陌上桑》、《秋胡行》（兩首）等。其遊仙的動機，以《精列》表達得最為清晰：「厥初生，造化之陶物，莫不有終期。莫不有終期，聖賢不能免。何為懷此憂，願螭龍之駕，思想崑崙

居。……年之暮，奈何時過時來微！」這是說人到了暮年，一想到萬物皆有始有終，聖賢也難免一死，便不免憂從中來，想到仙境去當那長生不死的仙人了。其闡發養生觀點的詩，最精彩的是《步出夏門行》（神龜雖壽）一首。這首詩也歎惋萬物皆不免一死，然人到暮年，應老當益壯，而養生之道也不可不知。「盈縮之期，不但在天；養怡之福，可得永年」，這是對養生效用的最富理性的概括。把積極進取的人生態度與養生結合起來，這可以說是曹操對養生論的一大貢獻，至今對人尚有啟迪作用。

道家強調為人要真率、誠實，反對矯揉造作；為政則要務清簡、切要，反對浮華繁瑣。這兩點反映到文學上，就是要有真情實感，文風要樸實簡明。曹操的詩文都有這個特點。他的詩，前代有人批評他「行不顧言」（《四溟詩話》卷一），是說他平生行事頗有殘忍殺伐之舉，而詩中卻說什麼「毫釐皆得以壽終，恩澤廣及草木昆蟲」（見前引《對酒》）。其實，只要不抱偏見，仔細體味曹操的詩，是確有一段至情、真情在其中流動的。敖陶孫評為「如幽燕老將，氣韻沉雄」（《詩評》），確是的評。他的散文，魯迅評為「通脫」，說他做文章沒有顧忌，「想寫的便寫出來」（《魏晉風度及文章與藥及酒之關係》），也極為中肯。其詩文又都有古直、樸實的特點，一如黃老派的為政風格。

曹丕和曹植對道教的方術多不深信，曹丕《典論》對方術有所批評。他所接受的是儒學。但他論文時卻發展了道家「氣」的觀點。「氣」的觀念起源很早，西周末伯陽父論地震，即運用了陰陽二氣交通的原理（《國語·周語上》），其後老子、孔子都有關於「氣」的論述，而以老子「萬物負陰而抱陽，沖氣以為和」（《老子》42 章）最富於哲學意義。其后稷下黃老學派和莊子學派都大講其「氣」，而稷下黃老學派對「氣」的分類趨於細密，奠定了漢人的「氣化」宇宙論。《淮南子》對「氣」的陰陽輕重清濁的分類具有深遠影響，它為由用「氣」來解釋自然現象進而解釋人文現象提供了思路。東漢用「氣」來解釋社會人文現象已較普遍。王充的「稟氣」說為解釋人的聖凡提供了思路。曹丕的「文氣」說是對王充「稟氣」說的發揮。他稱：「文以氣為主，氣之清濁有體，不可力強而致。譬諸音樂，曲度雖均，節奏同檢，至於引氣不齊，巧拙有素，雖在父兄，不能以移子弟。」（《典論·論文》）《莊子·天道》有「輪扁斲輪」的故事，輪扁稱「斲輪：徐則甘而不固，疾則苦而不入，不徐不疾，得之手而應之於心，口不能言，有數存焉其間，臣不能以喻臣之子，臣之子亦不能受之於臣，是以行年七十而老斲輪」，當是曹丕「巧拙有素，雖在父兄，

不能以移子弟」數語的出處。曹丕是把王充的「稟氣」說與莊子的「道」可意會而不可言傳結合起來,從而形成了自己獨具特色的「文氣」說,從文藝理論方面發展了道家思想。

曹丕有《折楊柳行》(一作《遊仙詩》)前述遊仙訪道,後卻歸入對神仙的否定:「彭祖稱七百,悠悠安可原?……王喬假虛辭,赤松垂空言。……百家多迂怪,聖道我所觀。」他對道家「戒盈」的思想獨有心會。詩《丹霞蔽日行》、《煌煌京洛行》、《善哉行》等都透露出這一思想。

曹植早期曾作《辨道論》,對道教的方術將信將疑,說父親之所以蓄養方士,乃是為了「聚而禁之」,可見他也並不全信。《抱朴子・內篇・論仙》說他晚而信道,乃作《釋疑論》。今檢《釋疑論》文字多與《辨道論》同,可能是葛洪為了宣傳道教的可信,刪去了《辨道論》中否定道教的詞句而只留下肯定道教方術的部分,換上一個題目而成。道教徒為了自神其說,常常「纂改」歷史,只要翻翻《神仙傳》、《仙鑒》之類的書就足可明白這一點。《贈白馬王彪》作於黃初四年(一說五年),屬其後期,詩末說「虛無求列仙,松子久吾欺」,明確表示不信神仙。《愁思賦》末兩句說「松喬難慕兮誰能仙,長短命也兮獨何怨」,此賦詞甚哀苦,作於後期無疑。

但曹植確實作過不少遊仙詩,如《飛龍篇》、《升天行》、《五遊詠》、《遠遊篇》、《仙人篇》、《桂之樹行》、《遊仙詩》等,大多表現對美好仙境的憧憬嚮往,其中有些則是因為後期政治上受壓抑,由鬱鬱不得志而作出世之想。如《遊仙詩》云「人生不滿百,戚戚少歡娛。意欲奮六翮,排霧凌紫虛」,可能就屬於後者。其賦、文中頗有一些道家味較濃的作品,如《玄暢賦》、《潛志賦》、《神龜賦》、《蟬賦》、《骷髏說》、《釋愁文》等。這些賦多數作於後期,意思也多從《莊子》中來,是他前途無望、殷憂難解的產物。

二

道家發展到曹魏正始時期,與現實政治發生複雜關係,一變而成為所謂「玄學」。

曹丕為太子時即「常嘉漢文帝之為君」(《三國志・魏志・文帝紀》注引《魏書》),「受禪」之後,實際一依秦漢舊制而只略作改動,思想上主要推崇儒學,政治上則強化了九品中正制度,為培養特權階層施肥墊土。然他猶「慕通遠」(《晉書・傅玄傳》),即比較通達,不拘繁文瑣節,故雖無法達到漢文帝

那種大治局面，境內尚還安定。明帝曹叡則尊儒貴學，又自恃智力超群，事無大小均欲親躬，每事好斷，「憂勞萬機，或親燈火」，全然不懂得君道無為而臣道有為的道理，結果「庶事不康，刑禁日弛」（《魏志·杜恕傳》），朝政有崩頹之勢。於是有點道家頭腦的人物夏侯玄、鄧颺、何晏等均被以「浮華」棄之不用或不予重用，甚至加以禁錮。明帝一死，齊王曹芳年幼，託孤於曹爽、司馬懿。曹爽以宗室之重，實主政事，這些人又紛紛抬頭，要求「改制」，實則用道家思想為已經僵化的政局輸血，而曹爽予以支持。何晏當上了吏部尚書，按照「任官得其人，故無為而治」（《論語集注·衛靈公》）的思路，採用「虛而不治」（《魏志·王凌傳》注引《晉漢春秋》）的方法，成績「粲然」（《晉書·傅玄傳》附《傅咸傳》）。於是在以曹爽為庇護傘下聚集了丁謐、畢軌、李勝（按：此人係五斗米道天師張魯手下的司馬李休之子）、鄧颺、何晏、夏侯玄等一大批名士，實行改制活動。後因曹爽與司馬懿之間的矛盾激化，正始十年正月，司馬懿發動政變，大肆殺戮曹氏黨羽，導致「名士減半」而結束。司馬氏也是重儒學的，因此，這場「改制」，從學術角度說，是儒學對道家的「勝利」。關於正始改制的情況，王葆玄先生的《正始玄學》（齊魯書社1987年出版）一書稽考甚詳，可以參看。

這場改制中有學術威望的主要是何晏、夏侯玄，都是年輕人，到死時才四十多歲（據王葆玄《正始玄學》考定，何晏享年43歲，夏侯玄45歲）。何晏又發現了一個王弼，引為同調（不過在改制中未能任以要職，故未起什麼作用），王弼更為年輕，死時才24歲。這些人都是早熟的哲學家。他們所從事的學術，後人稱為「玄學」。玄學的性質今人研究很多，說法不一。我認為何晏、夏侯玄等都是以老子調和儒術，而王弼則想以老子統領儒術。從《列子·仲尼篇》張湛注引何晏《無名論》和夏侯玄《本玄論》看，兩人都將孔子的稱讚堯「巍巍乎其有成功也，蕩蕩乎民無能名焉」同老子的「道」聯繫起來，來論證「無」、「無名」、「無譽」的重要，其目的還是論證君道無為，即君主內心虛無，不執著自我，成就大功，而不邀名譽。何晏的重要著作是《論語集注》（他只是作者之一），據說他曾注《老子》，後因見王弼注，乃神伏曰：「若斯人可與論天人之際矣！」（《世說新語》卷二《文學篇》）於是以所注為《道》、《德》二論。夏侯玄的《肉刑論》持論，也是用孔子思想來反對肉刑。王弼則不同，他在形式上採用張冠李戴、偷樑換柱的方法，說孔子本來體「無」，因「無」無法訓釋，所以只說「有」；而老子本來肯定「有」，為了彌補他所欠

缺的「無」，所以總是說「無」（《魏志‧鍾會傳》注引何劭《王弼傳》）。這種張冠李戴、偷樑換柱是用心良苦的。世人因孔子說「有」才尊他為「聖人」，老子因說「無」才僅被稱為「賢者」，現在經他這麼一置換，孔、老的地位也就實際上被顛倒了過來（雖然表面上他仍說「老不及孔」），為大講老子開了方便之門。他的《老子指略》大講「崇本以息末，守母以存子」。什麼是「本」、「母」？顯然是老子之「道」。什麼是「末」、「子」？自然是法、名、儒、墨、雜。「存子」，是以道統諸子；「息末」，是說「道」行則諸子滅。所以「存子」是權宜之計，「息末」才是終極目標。怎麼才能「息末」？王弼講得很概括：「故不攻其為也，使其無心於為也；不害其欲也，使其無心於欲也。」頗類於後世王陽明的「破心中賊」。如果說王弼的「守母存子」有向黃老復歸的傾向的話，其「崇本息末」就歸於莊子的「復其初」（《莊子‧繕性》）了。

何、王等的「玄學」因司馬懿的政變而中斷，因而其政治效果如何，除了何晏任吏部尚書時的政績可以略知其於時有益外，其餘不可得而論。好在這些人不只是講政治，而且也講哲學，講治學方法，還有「體大思精」的一面，所以他們雖中道夭殂，治學的思路卻開了一代風氣。

何、王的「玄學」與文學的關係是非常複雜的，今人的研究成果很多。我認為比較重要的還是王弼治《周易》的方法。其《周易略例‧明象》所說的「夫象者，出意者也；言者，明象者也」一段話，把《莊子》的「得意忘言」和《周易》的「聖人立象以盡意，設卦以盡情偽」（《繫辭上》）結合起來，為《周易》研究進一步擺脫繁瑣經學方法，使《周易》進一步哲學化作出了貢獻。就文學說，言、象、意三者的關係非常類似於文學作品的語言、形象、思想三者。他對怎樣對待言、象、意三者的關係也說得非常辯證，為後世文學評論家所重視。這是道家思想同《周易》結合以後產生的又一項新成果（道家同《周易》結合始於《易傳》，其後嚴君平、揚雄都走這一路數，促進了道家與《易學》的結合，深化了道家的宇宙論、本體論和人生論）。

何、王的論說文，被劉勰稱為「師心獨見，鋒穎精密，蓋人倫之英」（《文心雕龍‧論說》），評價甚高。而對他們的詩評為「率多浮淺」（《明詩》），今無傳者。何晏有《景福殿賦》，為寫宮室的大賦。賦末稱「想周公之昔戒，慕咎繇之典謨，除無用之官，省生事之故，絕流循之繁禮，反民情於太素……方四三皇而六五帝，曾何周夏之足言」，反映了何晏的一貫主張。

司馬氏掌權之後，對名士採取高壓政策，大肆殺戮，導致名士減半，使

政治一下子變得十分可憎可怖，而名士的逆反心理變得十分高漲，他們紛紛隱居起來，對道家的探討也由官方的、公開的方式轉入了民間的、私下的方式。歷史似乎又倒回了莊子那個「殊死者相枕，桁楊者相推，刑戮者相望」（《莊子‧在宥》）的時代，使莊子的思想大大地有了滋生、曼衍的機遇，嘉平元年前那個逐漸取孔子而代之的老子現在也位居莊子之下，變成莊、老的排序方式了。

以嵇康、阮籍為代表的「竹林七賢」成了這時的學術帶頭人，領導著這個時代的「新潮流」，他們對莊、老的發展，主要表現為理論和實踐兩個層次。

（一）理論方面。他們都標舉起莊子的「自然」人性論的旗幟，用以同司馬氏所推行的「禮法」相對抗。嵇康公然提出「越名教而任自然」（《釋私論》），認為「六經以抑引為主，人性以從欲為歡，抑引則違其願，從欲則得自然」（《難張遼叔自然好學論》）。又公然表白自己是「薄周孔而非湯武」（《與山巨源絕交書》）的。正始十年前，阮籍曾作《通易論》、《通老論》，以現實政治的需要來發掘《周易》、《老子》的基本精神，與何晏、王弼相表裏。司馬氏翦除曹氏前一年，他又作《達莊論》（此文開頭云「單閼之辰，執徐之歲，萬物權輿之時，季秋遙夜之月」，當為正始八年秋〔單閼，丁卯〕至九年春〔執徐，戊辰〕），轉向了莊子。文中說：「天地生於自然，萬物生於天地。自然者無外，故天地名焉；天地者有內，故萬物生焉。」認為「彼六經之言，分處之教也；莊周之雲，致意之辭也」。明顯有以莊子籠罩六經之意。司馬氏執政後，他也激烈反對禮法之士，譏笑禮法之士為虱處褌中（《大人先生傳》），說他們「外厲貞素談，戶內滅芬芳」（《詠懷詩》其六十七），與嵇康完全一致。

由於對現實不滿，他們都以上古的無為而治作為理想追求。嚮往上古，否定夏商周三代，在正始時期已然。但那時名士們只是打著復古的旗號「改制」，並無否定現實政治的意思。阮籍、嵇康則在上古的無為而治的幌子下宣揚無君論。阮籍說得很明白，上古之世，「無君而庶物定，無臣而萬事理」，後來「君立而虐興，臣設而賊生。坐制禮法，束縛下民，欺愚誑拙，藏智自神」（《大人先生傳》）。嵇康雖未否定上古有君，但認為那時「宗長歸仁」、「君道自然」，而後世的君主卻「宰割天下，以奉其私」（《太師箴》）。他們對現實的批判，比莊子的廣泛地批判人為更有針對性，但他們的理想也同莊子一樣，比較迂遠空闊。傳說阮籍曾遊蘇門山，同一隱者談論太古無為之道，五帝三王之義，蘇門先生連聽都不聽，阮籍下山後，他長嘯一聲，「若鸞鳳之音焉」

（《魏志·阮籍傳》注引《魏氏春秋》）。可知這太古無為之道，也只能在長嘯聲中意會罷了。

養生論是老、莊的一個重要內容。老、莊都把養生看成是自我完善、保持獨立人格的一種生活方式。嵇、阮都繼承了這一傳統，但二人旨趣不盡相同。阮籍強調精神人格的培養，對莊子的齊物論比較感興趣，動輒以「至人」、「大人」、「真人」自許（詳其《達莊論》、《大人先生傳》、《答伏義書》）。嵇康則受道教方術的影響，雖也講「養神」之道，肯定精神寬裕、神志完具的重要意義，但更重視神仙之術，認為只要「導養得理，以盡性命」，就可以「上獲千餘歲，下可數百年」（《養生論》）。他的論養生的文章較多，如《養生論》、《答向子期難養生論》、《難張遼叔宅無吉凶攝生論》、《答張遼叔釋難宅無吉凶攝生論》等。

（二）實踐方面。兩人性格不同，嵇康自謂「剛腸嫉惡，輕肆直言，遇事便發」而「阮嗣宗口不論人過」、「至性過人，與物無傷」（《與山巨源絕交書》）。從繼承傳統來說，兩人都繼承了道家憤世嫉俗傳統，在日常生活中都做出許多放浪不羈的、被人稱之為「任誕」的事情，以示不守禮法。但嵇康由憤世嫉俗發展到直接同司馬氏對抗（其《與山巨源絕交書》稱出仕為「手薦鸞刀，漫之膻腥」，又同司馬氏集團的要人鍾會發生直接衝突），終於被殺。而阮籍卻諳熟莊子的與世透迤之法，始終同司馬氏保持一種若即若離的關係，把莊子的「為善無近名，為惡無近刑，緣督以為經」（《養生主》）的處世方法運用得「出神入化」，所以終於能「保身」、「全生」、「盡年」。嵇康以鯁直死，固是悲劇；而阮籍以與世透迤盡年，不免為後人所譏（郎廷槐《師友詩傳錄》：「阮（籍）、陶（潛）二公在典午皆高流。然嗣宗能辭婚司馬氏，而不能不為公卿作勸進表，其品出淵明下矣。」），其實也是悲劇。

兩人的文學創作都很有成就。就其受道家的影響說，都受過莊子嘻笑怒罵皆成文章的影響，如嵇康之《難張遼叔自然好學論》、《與山巨源絕交書》等，阮籍的《獼猴賦》、《大人先生傳》等。但嵇康之文，多似《莊子》之外、雜篇，以質直平實為特色；阮籍之文，多似《莊子》之內篇，以紆徐恣肆為特色。莊子之外，嵇康之文受名、法諸家影響較深，以峻切綿密與其質直平實相互為用；阮籍之文受楚辭、漢賦影響較深，以弘博、雅麗與其紆徐恣肆相得益彰。就詩而論，嵇康時得自然之趣，如《贈秀才入軍》之十四，「目送歸鴻，手揮五弦」，然總體上受雅、頌、箴、銘一類的文體影響較深，顯得比較

「高古」，劉勰評為「清峻」，鍾嶸謂為「峻切」，似都從其人品論詩。阮籍對莊子的「得意忘言」有較深的認識，其《清思賦》云：「余以為形之可見，非色之美；音之可聞，非聲之善。……是以微妙無形，寂寞無聽，然後乃可以睹窈窕而淑清。」他的代表作《詠懷詩》八十二首有多種風格，但其主導風格是含蓄深遠，幽晦曲折。他有憤慨，有焦燥，有苦悶，有沉痛，有高舉之志，有出世之想，有所謂百憂攻心，萬念俱灰，但都借助於風、騷、十九首以來的比興傳統以出之，從而形成了一種「言在耳目之內，情寄八荒之表」、「厥旨淵放、歸趣難求」(《詩品》)、「百代之下，難以情測」(《文選》李善注) 的特殊風貌。

原載《中國文學研究》1998 年第 1 期

道家思想與兩晉文學

一

　　隨著司馬氏政權的鞏固，名士集團也逐漸瓦解。王戎、山濤等人都進入了司馬氏統治集團。晉武帝繼承的是父祖師法三代、推崇禮法的傳統，對上古無為之化和名士風度不感興趣。以縱酒聞名又曾作《酒德頌》的竹林名士劉伶泰始初曾參加對策，盛言無為之化，被以「無用」罷黜；山濤曾推薦阮咸，也被認為「耽酒虛浮」，不予起用。但武帝雖不用「名士」，卻也不像父祖輩那樣打擊殺戮名士，所以「玄學」照樣可以發展，而且有愈演愈烈之勢。能談三玄的，就是名士，而名士們又多有一官半職。名士們忙於談三玄，自然沒心思考慮職事，於是尸位素餐之輩比比皆是。裴頠《崇有論》說，當時「立言籍其虛無，謂之玄妙；處官不親所同，謂之雅遠；奉身散其廉操，謂之曠達」。即切中其弊。晉武帝死後，惠帝無能，賈南風專權，八王之亂繼踵，天下復歸於脊脊擾擾，而名士談玄之風卻更趨熾熱。在高位的如王戎之從弟王衍，官至尚書令，每天手捉玉柄麈尾，義理有所不安，隨即改更，世號「口中雌黃」。朝野莫不景慕仿傚，選舉登朝，皆以為稱首，矜高浮誕，遂成風俗（《晉書・王戎傳》附《王衍傳》）。

　　在這種老、莊之學大普及的時代氛圍中，有兩種傾向頗值得注意。一種傾向是企圖調和老、莊之學同名教之間的關係，使老、莊之學成為於當世有用，為當權者所重視的學問。這種傾向的代表人物是郭象。其《莊子・逍遙遊》注云：「若謂拱默乎山林之中而後得稱無為者，此莊老之所以見棄於當塗；當塗者自必於有為之域而不反者，斯之由也。」另一種傾向則是以莊子的自

然人性論來否定現存既有的一切政治文化制度，鼓吹「無君論」，回到老、莊都曾心嚮往之的上古文明時代。這種傾向的代表人物是鮑敬言。其「無君論」的觀點，見於《抱朴子·外篇·詰鮑篇》。

與老、莊之學普盛的同時，道教和佛教也在發展。道教的養生論和神仙憧憬與老、莊之學有了進一步的融匯，佛教的般若學則儘量利用老、莊之學來與當時的玄風相協調，使老、莊之學的「無」和佛學「空」有更好的溝通，更容易為名士們所接受。至懷帝永嘉時，老、莊之學、道教、佛教彙集成更為有氣勢的時代思潮。其氣勢一直到劉裕代晉才告一段落。

道家思想對這一時期的作家、文學創作的影響是多方面的。主要有如下兩個大的方面：

（一）由於社會中存在著許多不公平的現象，作家的社會責任感和自我價值觀被反激出來，而這方面老、莊之學為他們提供了現成的武器，他們就利用這一現成武器進行社會批判，張揚自我價值。這一時期的優秀的批判現實之作如仲長敖的《覈性賦》借荀卿與弟子論人性惡指出當時的社會「少堯多桀」，「周孔徒勞，名教虛設」，與嵇康的「非湯武而薄周孔」一脈相承。王沈的《釋時論》揭露門閥制度下的種種醜惡虛偽現象，指出當時「公門有公，卿門有卿」，「多士豐於貴族，爵命不出閨庭」的不合理，文末稱「聃、周」為「道師」，表明自己「懷真抱素，志凌雲霄」的態度，表示決不同門閥制度妥協。左思的《詠史詩》對門閥制度的憎恨、對自我價值的張揚更是人所共知。他面對等級森嚴的門閥制度，宣告「貴者雖自貴，視之若埃塵；賤者雖自賤，重之若千鈞」（其六），表示情願「巢林棲一枝」也不願去充當「籠中鳥」（其八）。魯褒的《錢神論》更為後世廣為傳誦。這些富於批判精神的作品，賦則嘻笑怒罵，揶揄嘲諷，縱橫恣肆，酣暢淋漓，比趙壹、嵇康、阮籍等人之作更為犀利、直捷；詩則高視遠步，睥睨今古，激昂慷慨，豪氣凌雲。

（二）由於社會的動盪不定，「滄海橫流，處處不安」（《晉書·王尼傳》），整個社會彌漫著一種濃厚的隱逸風氣，「竹林七賢」時代，隱逸只是一部分名士的心態，此時則上上下下，從上層貴族到普通士庶，都有這麼一種心態，從而形成了一種根深蒂固的社會意識。隱逸心態的本質是尋求自我保護。在這方面，老、莊之學、道教、佛教都有現成的理論和實踐可供人們選擇。從理論上說，最高的隱逸是精神遠離動亂艱危的現實，在內心深處為自己開闢一塊安身立命的領地，建立起靈魂的避難所，這樣就不管現實如何烏天黑地，

腥風血雨，也不管肉身處於何時何地，精神卻如同莊子所說的「大澤焚而不能熱，河漢冱而不能寒，疾雷破山風振海而不能驚」，成為「至人」（《莊子・齊物論》）了。從實踐方面說，則有更多的生活方式可供選擇。有物質條件的，飲酒遊樂是一種最好的方式。這裡面又有豐儉之分。豐的可以如石崇、王羲之等在金谷園、蘭亭那種風景秀麗的地方宴客娛賓。條件稍差的，那就只能個人享受：「得酒滿數百斛船，四時甘味置兩頭，右手持酒杯，左手持蟹螯，拍浮酒船中，便足了一生矣。」（《晉書・畢卓傳》）再等而下之的只能享受鱸魚蓴羹（《晉書・張翰傳》），再等而下之的就只能不厭糟糠、直至餓死了，如王尼父子，就餓死在流亡途中（《晉書・王尼傳》）。

清談是最高雅、最富情趣而又最使人陶醉的生活方式。這是東漢末年士大夫們開創，何晏、王弼他們大力推動的一項活動。然而那時的所謂「清」還有清正之意，談也是面對現實而談。現在的清談家「清」則是清閒無事（實是有事不管）的「清」，「談」則是海闊天空、漫無邊際的「談」。談的內容，當然還是名理、體用、自然、言意、人物品次高下等等，但談者既沒了何晏、王弼等要求「改制」的用心，卻又平添了阮籍、嵇康、劉伶等人的放浪任誕，例如《晉書・光逸傳》的「八達」即是典型。

山林是現實的避難之所。道教和佛教都認為山林比較適合修養心性，故把庵觀寺院修在山裏。因而宗教與山林扯到了一起。隱士們逃難，也逃到山林，在裏面優游歲月，靜以待時，一邊飲酒彈琴，一邊陶醉於一丘一壑。

道教的神仙此時又有了特殊的意義。由於現實的黑暗，人生格局變得極其狹小，人格品性變得極其卑瑣，壽命變得極其短促無常，神仙境界的瑰麗、闊大、自由、永恆相形之下就變得特別富於魅力。它雖然不像山林池沼那樣看得見摸得著，但卻更能激發人的想像力，給人一種更遼闊、深遠而又充滿浪漫情調的精神馳騁空間。

在這種隱逸風氣浸潤下的文學，也變得極富隱逸氣來。大致有四種類別。

一般的抒情言志之作。許多抒情言志之作都流露出世道衰變、人生無常、年命不永的傷感，追求精神寄託、全身遠害的意向。如張華的《鷦鷯賦》、潘岳的《秋興賦》、石崇的《思歸引》、傅咸的《儀鳳賦》、孫承的《嘉遁賦》等，這類作品中以陸機的最為引人注目，如《懷土》、《遂志》、《思歸》、《歎逝》、《大暮》、《應嘉》、《感秋》諸賦都反覆引說上述主題。

寫景記遊之作。此類作品也往往流露出感慨人事而歸結於怡情適志的思想

傾向。文如石崇的《金谷詩序》、王羲之的《蘭亭集序》；賦如張華的《歸田賦》，孫楚的《登樓賦》，孫綽的《遂初賦》、《遊天台山賦》等；詩如左思《招隱詩》，王羲之《蘭亭詩》，庾闡的《三月三日臨曲水詩》、《三月三日詩》、《衡山詩》等。

遊仙之作。賦有陸機的《列仙賦》、《陵霄賦》（均不全），陸雲有《登遐頌》。賦中有遊仙內容的，如木華《海賦》、孫綽的《遊天台山賦》。遊仙詩則極多，傅玄、張華、陸機、張協、庾闡、郭璞諸人都有遊仙詩。其中以郭璞的《遊仙詩》數量為多，藝術性較高。一般的遊仙詩沒能寫出之所以要高蹈遺世、昇遐飛天的理由，郭璞則反覆地在詩中申述這一點，如「進則保龍見，退為觸藩羝」（其一），寫在人間活著的艱難；「悲來惻丹心，零淚緣纓流」（其五），寫內心的極度傷感。這樣詩中就有了現實性和情感性。由一般地描繪神仙境界而成了借遊仙以抒情了。

談玄之作。按照劉勰《文心雕龍·時序》的說法，當時受玄風影響，「世極迍邅，而辭意夷泰，詩必柱下之旨歸，賦乃漆園之義疏」。鍾嶸《詩品序》說孫綽、許詢為當時的代表作家，是當時的文壇宗主，他們之後的作者都學他們，一直到東晉末。今檢孫綽、許詢的作品，孫綽有《遊天台山賦》、《望海賦》（殘）、《遂初賦》等，其中雖有老、莊思想乃至佛理，但仍有一定的思想感情，也有一定的文采，算不上真正意義上的玄言賦。可稱為玄言詩的倒有。許今存詩三首，孫存十三首，與他們同時的王胡之存詩十六，都超有詩六首，張翼有詩七首，孫放有詩一首，支道林有詩近二十首，其中確有不少專談老、莊內容的，但也有寫景的作品中夾帶「玄理」的。鍾嶸認為玄言詩的特點是「理過其辭」、「皆平典似道德論」、「淡乎寡味」（《詩品序》），用這個標準來衡量，今存的真正意義的玄言詩已不是太多。

玄言詩的理過其辭可能受何晏的「聖人無喜怒哀樂」說的影響較大（詳《魏志·鍾會傳》注引何劭《王弼傳》），故有意在作品中作達觀狀。其實詭譎多變的生活不可能使任何人「忘情」。《晉書·王衍傳》記王衍喪幼子，山簡弔之，見王衍悲不自勝，說：「孩抱中物，何至於此！」王衍說：「聖人忘情，最下不及於情。然則情之所鍾，正在我輩！」可見玄言詩人語不及情，只是掩飾真情的一種假象。

二

陶淵明可說是正始以來「玄」風薰育出來的重要詩人。如果我們仔細尋

繹，就會發現，正始以來許多玄學家所主張或實踐的東西，在他身上都可以找到。他以自己獨特的理論擇取方式和生活實踐、創作實踐，形成了自己獨特的文學風貌，成了那個時代第一流的大作家。

首先從理論擇取來看，陶淵明明顯地接受了老、莊的自然人性論。他稱自己「質性自然，非矯厲所得」（《歸去來兮辭》），稱他那個時代為「真風告逝，大偽斯興」（《感士不遇賦》），又稱當時的官場為「樊籠」，把擺脫了官場稱為「復得返自然」（《歸園田居》其一），即是顯例。正始以來人們所普遍探討的形神、言意等問題，乃至治學方法，他都有所涉及。在形神問題上，他所持的是莊子的「物化」觀念（《莊子·齊物論》），認為不以死生為念方是養神之道：「縱浪大化中，不喜亦不懼。應盡便須盡，無復獨多慮。」（《形神影》）在言意問題上，他強調對「真意」的體悟，而不去作名辯的條分縷析：「此中有真意，欲辯已忘言。」（《飲酒》其五）對治學，他的方法是「好讀書，不求甚解」（《五柳先生傳》）。楊慎《丹鉛雜錄》說：「自兩漢來，訓詁甚行，說五字之文，至於二三萬言，陶心知厭之，故超然真見，獨契古初，而晚廢訓詁。」可知淵明繼承的是王弼治易「得意在忘象，得象在忘言」（《周易略例·明象》）的方法，反對漢儒的繁瑣經學。

陶淵明對儒家也有所取。「少年罕人事，遊好在六經」（《飲酒》其十六）、「先師有遺訓，憂道不憂貧」（《癸卯歲始春懷古田舍》）之類的話在詩文中時時出現。他這樣闡釋儒家同道家的關係：「羲農去我久，舉世少復真。汲汲魯中叟，彌縫使其淳。」（《飲灑》其二十）羲、農即道家所向往的伏羲、神農時代，也是正始以來玄學家們所推崇的無為而治時代。陶淵明認為孔子的所作所為也是為了彌縫已有罅漏的世風，使之能返樸還淳。經他這樣一說，儒家和道家在總目標上就統一了起來。這同阮籍、嵇康因憤世轉而菲薄儒術是很不一樣的。在儒道關係問題上，陶淵明的傾向接近於何晏、郭象。

陶淵明的桃花源社會理想是對老、莊歸樸返真社會理想的繼承，也是對阮籍、鮑敬言「無君」社會理想的繼承。但是這一理想同老、莊、阮、鮑都有一個很大的不同：即他們都企圖把這種「無君」的社會普泛化，企圖使整個社會文化全面「復其初」，即回到原始時代。這種全面倒退是不可能為「現代」文明時代的一般人所接受的。鮑敬言的「無君論」就曾遭到同樣也信奉道家學說的葛洪的批判和抨擊。陶淵明則把這種社會縮小到一個極狹小的區域，使之成為與世俗社會同時並存的所謂「世外桃源」。這樣他就避免了鮑敬言所

遭到的麻煩，可以為世人所容忍。而且，正因為他把這種社會安排到世外，才反而使它增添了理想之光，為現實人指示了一線似有似無、迷離恍惚的出路。陶淵明根據自己親身的體會，突出了勞動在這一社會的地位，把取消賦稅作為其經濟解放的前提，對其復古性則只是籠統地提一提「俎豆猶古法，衣裳無新制」，文化則只說「雖無紀曆志，四時自成歲」，「怡然有餘樂，於何勞智慧」，不再具體地提「山無蹊隧，澤無舟梁」、「結繩而治」等為「現代」人所譏笑的內容。這也使桃花源理想增添了含蓄之美，比老、莊、阮、鮑的理想更富於魅力。桃花源理想向我們昭示，由於「現代」文明的不斷發展，老、莊的回歸原始文明時代的社會理想受到的擠壓已越來越猛烈，不得不經過修補退到「現代」文明社會偏僻的一隅，作為「化石」存在了。

其次，從生活實踐來說，陶淵明繼承了魏晉以來玄學家們的真率為人作風。他的縱酒，頗似阮籍、劉伶，而不肯束帶為五斗米向督郵折腰，則近於嵇康。與人交往也一任天真，「觴至輒傾杯」（《乞食》）、「我醉欲眠卿可去」（蕭統《陶淵明傳》），一派無拘無束的樣子，似較竹林名士更為坦蕩，不拘禮法。連對子女的教育也很隨便：「夙興夜寐，願爾斯才。爾之不才，亦已焉哉！」（《命子》）但是只要我們仔細一考察，就會發現陶淵明的真率與竹林名士、晉朝名士（如王尼等「八達」）又有很大不同。他的恣縱始終沒有發展成為一種變態性的任誕，因而他好酒而不病酒，不拘禮法而又未見其違逆禮法。他有嵇康的剛強嫉惡，卻也有阮籍的「至性過人」，從他身上我們看不到嵇康的那種鋒芒和剛烈。他的《讀山海經》、《詠荊軻》之類的詠史之作被魯迅稱為「金剛怒目」式的作品，就其內在精神來說確是如此，然而其外在表現形式卻是較含蓄的。

陶淵明的最主要的生活實踐就是隱居。從其大背景來說，陶淵明的隱居是東漢末年以來隱逸風氣的產物，尤其是西晉永嘉以來隱逸風氣的產物。當時隱逸的方式極多，可以在朝為官而不理事，也可以退出官場，跑到窮山僻壤安貧樂道。在隱逸風氣盛行的時代，各種方式都有人試過。其他人隱逸不引人注目，而陶淵明卻獨獨流芳千古，這是為什麼？陶淵明身後，很多人總結了其原因。例如朱熹說：「晉宋人物，雖曰尚清高，然個個要官職，這邊一面清談，那邊一面招權納貨。陶淵明真個能不要，此所以高於晉、宋人物。」（陶澍集注《靖節先生集》之《諸本評陶彙集》）今人又認為陶淵明之所以高於晉、宋人物，是因為他能夠放下讀書人的架子去親自參加勞動，這實在難

能可貴。我本人過去就持這種看法。現在想起來，上述分析雖然不無道理，卻仍有未盡完滿之處。晉、宋間尚清高而確實又不要官、不招權納貨的人其實並不少，隱居後親自參加勞動的人也不在少數，這只要翻一翻《晉書・隱逸傳》就可以知道。例如有個公孫永，他「少而好學恬虛，隱於平郭南山。不娶妻妾，非身所懇植，則不衣食之，吟詠巖間，欣然自得，年餘九十，操尚不虧」，這個人比起陶淵明來就毫不遜色，但卻沒有多少人知道他。

那麼陶淵明名垂後世的奧秘在哪裏？我認為就因為他不僅有生活實踐，人格踐履，更重要是他有文學實踐，而且他的創作又因蕭統的搜集整理得以傳世，因而使後人能有機會認識他，瞭解他。更重要的是陶淵明的詩、賦、文都吸取了前代經驗的精華並在此基礎上有自己的獨創。主要表現在如下幾個方面：

1. 他召回了文學作品賴以存活的靈魂和生命——情，使文學創作重新回到了建安時期抒情的軌道。入晉以來，由於談玄和擬古風氣的影響，文學作品表「情」的功能有所衰減，至玄言詩、賦則發展到了極致。其實學老、莊的人，往往比世俗人更敏感、更多情，老、莊本人就是感情豐富的人，老、莊之書也都是感情洋溢之書。玄言詩、賦不主情，主要還是受了何晏的「聖人無喜怒哀樂」說的影響。陶淵明則力避玄言之淡薄寡情，「當憂則憂，遇喜則喜，忽然憂樂兩忘，則隨所遇而皆適，未嘗有擇於其間」（蔡啟《蔡寬夫詩話》，郭紹虞《宋詩話輯佚》卷下），把「情」作為作品的靈魂和生命，因而使自己的作品生機勃發，活潑潑地無往而不動人。他的詩，如「欲言無予和，揮杯勸孤影」（《雜詩》）、「歲月相催逼，鬢邊早已白」（《飲酒》）之類，可謂悲涼入骨；而「有風自南，翼彼新苗」（《時運》）、「我有旨酒，與汝樂之」（《答龐參軍》）、「晨風清興，好音時交」（《歸鳥》）之類，則可謂喜氣洋洋。陶詩首首有情，句句有情，其情之真，情之切，實兩晉以來所罕有。他的賦和文也是如此。他的《感士不遇賦》上承司馬遷的《悲士不遇賦》和董仲舒的《士不遇賦》，《閒情賦》上接張衡的《定情賦》和蔡邕的《靜情賦》，而情感的發露則較他們遠遠過之。《歸去來兮辭》則為魏晉以來的抒情小賦中之逸品。他的《祭程氏妹文》、《祭從弟敬遠文》、《自祭文》無不發自肺腑，流自靈臺，具有很強的感染力。

2. 他善於從自然景物和日常生活細節中提煉理趣，並用詩的語言表達出來，這樣就避免了玄言詩、賦直接說教的弊病。例如眾所周知的《飲酒》其

五。第一二句「結廬在人境,而無車馬喧」是說自己能做到鬧中取靜,有如前人所說的「大隱隱於市朝」;三四句「問君何能爾,心遠地自偏」,點出自己之所以能鬧中取靜的原因。「心遠」二字道出了一切隱逸者的心態——從精神上遠離現實、遠離官場,具有高度的哲學概括性。五六句「採菊東籬下,悠然見南山」,乃是「心遠」的形象寫照,寫出了一種渾融的心境。七八句「山氣日夕佳,飛鳥相與還」,是從自然景物中悟出人生的歸宿,人到晚年,如同倦飛之鳥,該有自己的歸宿了。最後「此中有真意,欲辯已忘言」,直接歸於理趣,以玄學家經常討論的言意問題作結,卻又不同於一般的言能不能盡意、意可不可以言傳的理性分析。因為陶詩富於理趣,前人或認為它從經術中來,如宋人真德秀(《真文忠公文集》卷三十六《跋黃瀛甫擬陶詩》);或認為陶淵明簡直就是理學家,他的詩都是「自性理中來」,如明人郎瑛(《七修類稿・淵明非詩人》)。這些說法都未必正確,卻反映陶詩所表現出來的理趣內涵之豐富。

3. 他通過自己的創作實踐將道家追求整體美、真樸美、自然美的思想發揮到了淋漓盡致的高度,創造了自己獨特的藝術風格。道家的「道」是一個整體,用《莊子・應帝王》的寓言表達,就是一個混沌,它不可鑿以七竅,鑿七竅則混沌死。混沌中就包含著真樸和自然,包含著道家所認為的最高的美。真樸和自然不等於質木無文,它是指情之真、景之真,而形式之樸,若渾金璞玉,未加雕琢。所謂大象無形,大音希聲,大巧若拙。陶淵明並不是沒有運用藝術匠心,事實上,他對詩、騷、古詩十九首以來的比興傳統,對曹植、陸機等的鍊字、運用多種修辭技巧等都有所繼承,但他用比興也好,鍊字也好,用典也好,都能從總體出發,以保持作品的自然真樸為度,因而一切匠心都在不知不覺間流露,好似信手拈來,涉然成趣;風行水上,自然成文。前人謂陶詩「豪華落盡見真淳」(元好問《論詩絕句三十首》),「外枯而中膏,似澹而實美」,「如人食蜜,中邊皆甜」(《經進東坡文集事略》卷五十七),確實道出了陶詩的佳處。

總的說來,道家思想發展到陶淵明這裡,其最突出的特點是通過陶淵明的天才創造形成了平淡自然這樣一種被前人認為難以企及的美學境界。陶淵明是第一個將道家思想詩化的人。

原載《求索》1997 年第 6 期

論兩漢的「賢人失志之賦」

　　班固《漢書・藝文志》說：「春秋之後，周道浸壞，聘問歌詠不行於列國，學《詩》之士逸在布衣，而賢人失志之賦作矣。」他所說的「賢人失志之賦」，主要指戰國時文人賢士如屈原、荀卿等在政治上失意後抒情言志的辭賦作品。實際上，就「賢人失志」而論，它是長期封建社會中代代有之的一個普遍性社會問題，漢代自然也不例外；就以辭賦這一體裁來抒情言志而論，漢代承戰國遺風，作者雲蒸霞蔚。不過漢代的賢人失志之賦已不同於戰國，戰國時天下紛爭，諸侯力政，文人賢士們各為其國，力圖革除時弊、匡救困危，使自己的國家在兼併中居於優勝地位。他們同那些只顧眼前享樂、看不到天下大勢的昏君群小水火不容，然而在強大的惡勢力面前，他們又總是陷入失敗的悲劇命運，因而他們都有發憤抒情之作。時局的動盪、時代的緊迫感造成了他們作品中或激昂慷慨、或哀怨悽絕的情調和蹈厲風發的作風。這些作品，百代之下猶感人肺腑，所以研究者都給予了充分的注意。漢代則是一個前後綿延達四百年之久的封建大一統王朝，在這樣的歷史背景下，文人賢士失志的問題變得更加突出，情形也更加複雜了。他們的命運、出路以及由此而引起的思想感情和精神風貌、生活態度和生活方式較之戰國時都已發生了重大變化。但因為種種原因，這些變化卻沒能引起研究者的充分注意。筆者有感於此，故作此文以析之。

　　今存的漢代「賢人失志之賦」約四十來篇，其中少數尚係殘卷。數量雖不算很多，但它分布於漢代的各個歷史階段，足以能反映漢代賢人失志賦的基本面貌和主導精神傾向。

一

　　賢人失志可能有各個方面的原因。例如每人所持的政治主張、生活態度的差異，性格有剛柔勇怯之分，出身有貧富貴賤之別，地位有尊卑高下之不同等等都可能是其中的重要因素，值得作細緻探索。但我以為最主要的還是時代原因，因為賢人失志的問題是一個普遍性的社會問題，只有從時代和社會入手，才能得到普遍合理的解釋。

　　從這些失志賦來看，漢代賢人失志的背景大致可分為五個階段：漢初至武帝初；武帝至宣帝；元帝至東漢光武初；光武至和帝初；和帝至獻帝初平。獻帝建安間歷來劃為一個獨立時期，此不論及。

　　漢初至武帝初，漢朝由創立、鞏固轉入強盛，政治還比較清明。這時的士人有錢的可到朝廷做郎官，無錢的可做郡吏，有名望的可受徵召，做官的路子還不太窄。但是，這一時期主要由黃老派執政，他們在政治上採取的是一條「守而勿失」的路線，在用人政策上多用那些「木訥於文辭」的所謂「忠厚長者」，而對那些有才能又企圖有所作為的人則斥之為「言文刻深，欲務聲名」，不予提拔乃至排擠打擊。青年改革家賈誼曾提出一系列的改革措施得到漢文帝的賞識，一年之內就由博士超遷為太中大夫，而且還準備提拔他「任公卿之位」。但他很快就受到周勃、張相如等人的排擠，被加上一個「專欲擅權，紛亂諸事」的罪名，連文帝也不得不疏遠他，最後把他貶為長沙王太傅。他的《弔屈原賦》、《鵩鳥賦》就是這種背景下的產物。

　　朝廷採取這樣的用人政策，一些想有所作為的士人就無法進取，只得跑到藩國諸侯門下。但諸侯養士多半對朝廷懷著野心，士人幫助諸侯出謀劃策反叛朝廷，實際上是破壞統一的罪人，是逆歷史潮流而動的。所以士人雖然暫時得到了一個棲身之所，但是想在諸侯國的小天地裏建功立業是不可能的。嚴忌的《哀時命》就反映了這種悲哀。他當了梁孝王的門客，梁孝王「甚奇重之」，這可算君臣知遇。但梁孝王與羊勝、公孫詭等策劃奪取當漢王的繼承權。嚴忌知道此事又不敢進諫，只得借屈原之口歎道：「塊獨守此曲隅兮，然欲切而永歎。……騁騏驥於中庭兮，焉能極夫遠道？置猿狖於櫺檻兮，夫何以責其捷巧？」在諸侯藩國的「曲隅」之中，士人失志同樣是不可避免的。

　　藩國諸王謀反被鎮壓下去以後，士人的出路越來越成為一個嚴重的社會問題。漢武帝似乎看到了這個問題，於是採取果斷措施把一大批人才延攬到中央朝廷中來。《史記·儒林傳》說：「及今上即位……於是招方正賢良文學

－162－

之士。自是之後……絀黃老、刑名百家之言，延文學儒者數百人，……天下之學士靡以鄉風矣。」罷絀百家獨尊儒術雖然會帶來學術文化上的一花獨放，但它結束了黃老派的質木無文的文化政策，卻是對當時文化事業的解放和促進，對士人特別是文士尤其是一種鼓舞，他們的出路緊張問題得到了某種程度的緩和。

但是，武帝的時代賢人失志的問題照樣存在。失志的原因主要是這時的封建專制已有所加強。最突出的表現是律令的猛增。漢初法律只有九章，現在已增至三百五十九章，其中死罪律四百零九條，共一千八百八十二目，又有死罪例一萬三千四百七十二條。法令如此煩多，不僅一般人容易得罪，就是那些能得武帝信任的人，也常常動輒得罪，甚至陷入死地。最容易致禍的是向武帝進諫。董仲舒曾因著書論說災異問題，被武帝認為有譏諷朝政的意思，險些被殺；司馬遷也因為替李陵說了幾句話，被處以宮刑。所以他們都有失志之賦。東方朔作《七諫》，雖多借哀傷屈原為辭，但說「願承間而效志兮，恐犯忌而干諱」，則正是針對這種情況。他的《非有先生論》借非有先生之口說：「談何容易！夫談有悖於目拂於耳謬於心而便於身者，或有說於目順於耳快於心而毀於行者，非有明主聖王，孰能聽之！」《韓非子‧說難》說，人主如龍，其喉下有逆鱗徑尺，若人有嬰之者則必殺人，武帝朝的賢人們正面臨這種危險境地。

導致賢人失志的另一原因是武帝用人不公，常以個人喜怒愛憎感情對士人黜陟幽明。東方朔《答客難》概括這種情況說：「綏之則安，動之則苦，尊之則為將，卑之則為虜；抗之則在青雲之上，抑之則在深泉之下；用之則為虎，不用則為鼠；雖欲盡節效情，安知前後？」這種高下在心的用人政策使賢人們感到命運無常，即使在做著官，也時常有一種臨深履薄感，很難說得意。

宣帝時只有王褒的《九懷》，但《九懷》的確如朱熹《楚辭辯證》所說的「無所疾病而強為呻吟」。大約是因為這時號稱中興，賢人失志賦才寫不出真正的失志感吧。

從漢元帝至東漢王朝由盛轉衰，社會上階級鬥爭逐漸尖銳，統治階級內部矛盾衝突激烈，隨之而來的是風雲變幻的王朝易代，賢人們在各種衝突中容易導致失意。

劉向是劉氏宗室，頗有才能，又敢於議論時政得失，語甚切直，後就被

權臣石顯和許、史兩家外戚所讒害，兩次入獄，被廢十餘年。因為這樣的身世和遭遇，所以他借追念屈原作《九歎》，融匯了自己的身世之感：「念社稷之幾危兮，反為讎而見怨。思國家之離沮兮，躬獲愆而結難。……孼臣之號咷兮，本朝蕪而不治。犯顏色而觸諫兮，反蒙辜而被疑。」

漢元帝用純儒，京師太學的博士弟子由宣帝時的二百人猛增至一千人，成帝時又增至三千人，郡國還設有五經卒史。儒生的隊伍擴大了，膨脹了。正如揚雄《解嘲》所描繪的：「天下之士，雷動雲合，魚鱗雜襲，咸營於八區。家家自以為稷契，人人自以為皋陶，……五尺童子，羞比晏嬰與夷吾」。這種表面上的人才過剩，使士人的出路變得十分艱難。士人進取的路主要是經學，為了取得自己所攻經籍的官學地位，今古文之爭激烈了。劉歆的《遂初賦》就是在這場鬥爭中失意而創作的。士人的另一條路是依附權貴，但在劇烈的政治角逐中，任何權貴都難以靠住。所謂「高明之家，鬼瞰其室」，弄得不好，「一跌而赤吾之族」，所以依附權貴也並非萬全之策。於是有些士人就寧願失志也不輕易去求取仕途通達。如揚雄大量的失志賦，就是在這種情勢下作的。

經過王莽新朝這一階段到光武初的士人，往往因在王朝易代中投錯了門而到頭來不便進取。例如崔篆本不願同王莽合作，只因母親師氏及兄崔發均受王莽厚寵，他怕牽累他們才勉強就任建新大尹，到官即稱疾辭去。但一經染指，便成汙點，漢光武建武初舉「賢良」，他便自感「慚愧漢朝」，寫了《慰志賦》來陳說自己當時不得已出仕新朝的矛盾痛苦心情。馮衍則在王莽時為更始將軍廉丹掾，曾力勸廉丹叛莽歸漢，廉丹不聽。後廉丹與赤眉戰死，他就投靠了反王莽的更始帝劉玄。後，劉玄敗亡，他直到確知劉玄已死才投降光武帝劉秀，但光武帝又怪他投降太晚，只給他做了曲陽令。後獲罪赦歸故鄉，雖多次上書，光武帝終不肯用他，他才作了《顯志賦》以顯其志。

班彪的《北征賦》、《冀州賦》、《覽海賦》等則是在這場動亂中避難全身的產物，他雖未介入易代之爭，但也深深地為動亂帶來的進取無門而悲哀。

漢光武至和帝初，社會逐漸趨向安定。到明帝時出現了「天下安平，百姓殷富」的局面。這時的士人可通過公府辟召、郡國薦舉、由曹掾積累資格等途徑得到官做。朝廷大興儒學，漢章帝曾親臨白虎觀與群儒講論五經同異，儒生們埋頭經典，揣著一個憑通經入仕的幻想，失意感淡薄了。這時班固的《幽通賦》、《答賓戲》、崔駰的《達旨》雖多是失志之賦，但都表現出一種寬緩和平的氣度，在失志的後面還存在著某種幻想。

　　和帝以後，東漢王朝逐漸走向崩潰，進入有漢一代最黑暗混亂的時期。在這種情況下，賢人失志已不可避免。張衡就曾受宦官讒害排擠而自歎「俟河清乎未期」，作了《應間》、《思玄賦》、《歸田賦》、《髑髏賦》等好幾篇失志賦，表示了對仕進無門的忿懣和絕望。桓、靈兩帝時，士人的隊伍已經空前擴大，僅京師太學生就達三萬人，加上地方學生、私門學生，士人已不計其數。這麼龐大的士人隊伍，要全部進入統治集團是不可能的。於是士人和鯁直派官僚聯合起來，同宦官集團進行了堅決的鬥爭。兩次黨錮之禍的發生，說明士人的出路已到了山窮水盡的地步。趙壹的《刺世疾邪賦》概括當時的社會狀況說：「於茲迄今，情偽萬方：佞諂日熾，剛克消亡。舐痔結駟，正色徒行。邪夫顯進，直士幽藏！」這時的賢士失志固不可免，整個社會也已無可藥救了。所以這時的失志賦也已不僅僅限於嗟歎個人或整個士人階層的不幸，而且還能與整個人民的命運聯繫起來了。例如蔡邕的《述行賦》就這樣唱道：「前車覆而未遠兮，後乘驅而竸及。窮變巧於臺榭兮，民露處而寢濕。消嘉穀於禽獸兮，下糠粃而無粒。」這一時期還有王逸的《九思》和崔寔的《答譏》，前者雖係模仿楚辭，卻說「何楚國之難化，迄於今兮不易」，也有點針對現實的意思；後者則表示了對現實的厭棄。

二

　　在兩漢四百年歷史中，興，有賢人失志；亡，也有賢人失志，這現實不能說不嚴酷。那麼，面對這種嚴酷的現實，他們的心情是怎樣的呢？

　　首先，我們看到的是，面對失意，他們有說不盡的憂傷、哀愁、焦慮。董仲舒《士不遇賦》這樣歎道：

> 嗚呼嗟乎，遐哉邈矣。時來曷遲，去之速矣。屈意從人，非吾徒矣；正身俟時，將就木矣。悠悠偕時，豈能覺矣。心之憂兮，不期祿矣。皇皇匪寧，祇增辱矣。努力觸藩，徒摧角矣。不出戶庭，庶無過矣。

這裡深刻地揭示了在封建專制制度之下士人的進退維谷處境，抒發了生不逢時的浩歎。它表達的不是那種爆發式的、以外力灼人的情感，而是一種經過長期壓抑、在多次的矛盾衝突中逐漸沉澱下來的一種憂鬱、焦慮的心境，它是深沉的，綿長的，是士大夫沒有出路而又無可奈何的內心寫照。

　　其次，那些表達對現狀強烈不滿的作品也很引人注目。例如賈誼的《弔

屈原賦》就抨擊了當時賢聖逆曳、方莊倒植的黑暗現實；揚雄的《太玄賦》則說：「豐盈禍所棲兮，名譽怨所集，薰以芳而致燒兮，膏含肥而見炳；翠羽媆而殃身兮，蚌含珠而擘裂。」對知識分子因才能和知識致禍的顛倒世態作了血與淚的控訴。他的《逐貧賦》則這樣問道：

> 人皆文繡，余褐不完。人皆稻粱，我獨藜餐。貧無寶玩，何以接歡。宗室之燕，為樂不槃。徒行負賃，出處易衣。身服百役，手足胼胝。或耘或耔，露體霑肌。朋友道絕，進官凌遲。厥咎安在，職汝之為。

賢人失志之後，接踵而來的不僅是政治上的走投無路，而且也導致物質生活上的貧困潦倒，所以劉向《新序》說：「貧者士之常。」趙壹的《刺世疾邪賦》，則極其大膽地揭露：「原斯瘼之攸興，實執政之匪賢。」把矛頭直接指向當時的執政者，真是字字如匕首，句句似投槍。他的《窮鳥賦》說當時自己的處境是「罩網加上，機阱在下；前見蒼隼，後見驅者；繳彈張右，羿子彀左；飛丸激矢，交集於我。」真是危險極了。另外，我們從那些模擬屈騷的作品中，也可以看到賢士們憤世嫉俗的悲憤和不平。

但是，漢代的賢人失志賦有一個總的特點，那就是從總體上看，它們更多的不是訴諸感情，而是訴諸理性。面對著無可奈何的現實，他們需要作出更多的冷靜的思考，通過思考，他們才會更深刻地認識自己所生活的社會的本質，並從而決定應當採取的生活態度和應當選擇的人生道路。

人們一定注意到了，在這些失志賦中，模仿東方朔《答客難》的賦比較多。如揚雄的《解嘲》、班固的《答賓戲》、崔駰的《達旨》、張衡的《應間》、崔寔的《答譏》都是。為什麼模仿《答客難》的作品這樣多呢？這是因為《答客難》提出了一個為漢代士人所共同關心、共同思考的問題，那就是在漢朝這樣封建大一統的時代，士人在社會上應當佔有一個什麼樣的地位。他們把自己同戰國時代的士人相比，覺得自己的地位明顯地降低了，貶值了。《答客難》說，當今之世同戰國時期比，真是「彼一時也，此一時也」，戰國時諸侯兼併，「得士者強，失士者亡」，所以像蘇秦、張儀那樣的士人憑口辯談說就能一躍而居卿相之位，建功立此而名著竹帛，澤及後世。現在大漢已「天下震懾，諸侯賓服，連四海之外以為帶，安於覆盂，動猶運之掌，賢不肖何以異哉」，因而他得出結論說：「使蘇秦、張儀與僕並生於今之世，曾不得掌故，安敢望常侍郎乎？」揚雄《解嘲》將這一觀點發揮得更加淋漓盡致。他說，戰國

時「上無常君，國無定臣，得士者富，失士者貧，矯翼厲翮，恣意所存」，所以「孟軻雖連蹇猶為萬乘師」；而當今大漢疆域的廣大統一，法制的嚴密，文化的發達，人材的集中，士人的地位就降低到「譬如江湖之崖，渤海之島，乘雁集不為之多，雙鳧飛不為之少」，成為可有可無的了！為什麼天下統一了，士人的地位反不如分裂時高？通過對這個問題的反覆思索，他們終於對封建專制制度壓抑人才的本質有所認識，從而進一步認清在這樣的歷史背景下自己的命運，不去對封建制度抱更多的幻想。

對屈原失志後應不應當沉江的問題的思考也反映了漢代士人對人生問題的冷峻態度。這些失志賦中對屈原沉江的問題大體上有兩種不同看法：一種是從忠於君國的角度出發，對屈原的沉江不僅表示同情，而且加以稱頌。這種看法多半集中在模擬屈騷的作品裏。如東方朔《七諫》：「懷沙礫而自沉兮，不忍見君之蔽壅。」嚴忌《哀時命》：「子胥死而成義兮，屈原沉於汨羅。雖體解其不變兮，豈忠信之可化。」另一種看法就是從封建大一統的角度出發，認為屈原可以不必沉江。賈誼的《弔屈原賦》給屈原提出了兩條路。一條是歸隱：「所貴聖人之神德兮，遠濁世而自藏」；一條是離開楚國到別國去尋找出路：「歷九州而相其君兮，何必懷此都也？」這裡雖沒明指屈原不該沉江，細審其意是容易明白的。所以梁竦《悼騷賦》批評賈誼說：「祖聖道而垂典兮，襃忠孝以為珍，既匡救而不得兮，必殞命而後仁。惟賈傅其違指兮，何揚生之欺真。」指的就是賈誼不該批評屈原沉江。賈誼之後，揚雄有《反離騷》，對屈原的沉江明確地提出了批評：

夫聖哲之不遭兮，固時命之所有。雖增欷以於邑兮，吾恐靈修之不累改。昔仲尼之去魯兮，斐斐遲遲而周邁。終回復於舊都兮，何必湘淵與濤瀨。

後來班彪有《悼騷賦》，雖殘，但根據殘文推斷，他與揚雄觀點是一致的。

這種反對屈原沉江的意見後世頗有異議，如朱熹就責備揚雄乃屈子之罪人。但是，我們倘問：為什麼他們要責備屈原的沉江呢？難道他們對屈原毫無同情之心嗎？難道他們有什麼異端思想嗎？不是。屈原是前代失志賢人的典型，他的命運為漢代士人們深深同情是毫無問題的。賈誼特地到湘水邊憑弔屈原，揚雄也「怪屈原文過相如而主不容，作《離騷》自投江而死。悲其文，讀之未嘗不流涕也」(《漢書・揚雄傳》)，足以證明他們是同情屈原的。而且，究其實，他們的評價屈原，也都是用的儒家思想的尺度。儒家思想原也

有兩端：從忠於君國的角度看，則屈原沉江乃是捨生取義的表現；從大一統的角度看，則戰國時的楚國不過是一個諸侯國，是天下的一部分，連孔夫子那樣的大聖人都曾離開父母之邦去尋找出路，那屈原沉江還有什麼意義呢？然而，這些都還不是他們否定屈原沉江的全部本意。他們的本意在於：在漢代這樣大一統的社會歷史條件下，他們的地位已遠遠沒有屈原在楚國那樣重要，他們的政治上的失意，對整個封建國家來說是無足輕重的，如果他們一遇到挫折失意就去沉江，那就只不過如司馬遷所說的「若九牛亡一毛，與螻蟻何異」！這是他們認清了這一時代的本質和自己的地位的結果，也是他們對封建名節觀較少幻想的表現。所以即使那些對屈原沉江持肯定態度的人，並且在賦中說到了死，其實也不過是些激憤之辭，事實上漢代那些失志的賢人沒有一個是忿懟沉江的。他們批判沉江，就是要求人們認清自己的命運，在艱難困躓之中頑強地生活下去。這也是根據他們自身所處的時代特點作出的人生決策。

三

由於賢人們認清了自己生活的時代特點，又堅持在失意之後頑強地生活下去，因而他們的生活態度和人生道路也有自己的獨特形式。

第一，面對失意，他們往往並不完全悲觀絕望，而是採取修身待時的策略，一有機會就進取立功。例如東方朔《答客難》說，雖然自己仕途不甚得意，可決不能自甘墮落，而應當繼續加強修養。他充滿信心地說：「苟能修身，何患不榮！」他引用《傳》曰：「天不為人之惡寒而輟其冬，地不為人之惡險而輟其廣，君子不為小人之匈匈而易其行。」不管時勢怎樣對他們不利，小人們怎樣叫囂著排擠他們，他們總是正道直行，堅持真理和理想。又比如劉歆，他因為主張將古文經《春秋左傳》列為學官，遭到今文諸博士的反對，並為朝廷大臣所排擠，只得出為河內、五原、涿郡太守。面對這種失意，他激憤之餘，在進入「迥百里而無家」的五原郡境，還是決心：「勒障塞而固守兮，奮武靈之精誠；攄趙奢之策慮兮，威謀完乎金城；外折衝以無虞兮，內撫民以永寧。」表現出一種不管個人處境如何，都要為官盡職的積極態度。這種積極態度，應當說代表了漢代失志賢人的主導傾向。

第二，面對嚴酷現實，即進取之途絕望的時候，他們往往採取一種淡然處之，自我超脫的態度。這種淡然超脫的態度往往與道家的無為齊物和儒家

樂道安貧的人生觀聯繫在一起。這兩種人生觀既有聯繫又有區別。其聯繫是：它們都是對物質慾望加以自我抑制，把自己引向淡泊無慾的境地，從而獲得心靈的恬靜與安寧。其區別是：道家的無為齊物以否定精神以外的一切為目的，它要求完全擺脫外物的一切繫累，進入大徹大悟的境界；儒家的樂道安貧則反對過分的超脫，要求自遵節操以立足於世，同外界仍保持一定聯繫。大致說來，西漢及東漢和帝以後的士人多採用道家的無為齊物人生觀，東漢初至和帝時則多採用儒家的樂道安貧人生觀。

我們先看前者：賈誼的《鵩鳥賦》，是以天地萬物的周流不息、吉凶禍福的倚伏轉化、死生遲速的難以預知之理出發，轉而向莊周的齊物論尋找安身立命的天地，以達觀的形式進行心理上的自我調整，以求取心靈上的片刻平衡的。董仲舒的《士不遇賦》也在表白自己進退維谷的處境之後，把自己一步步引向和光同塵，幽昧默足，最後進入齊物論：「苟肝膽之可同兮，豈鬚髮之可辨也！」司馬遷的《悲士不遇賦》也在拋棄了生死、貴賤、窮達的牽纍之後，進而「委之自然，終歸一矣」。劉歆的《遂初賦》亂曰：「……大人之度，品物齊兮。……守信保己，守老彭兮。」西漢比較值得注意的是揚雄。《漢書》本傳說他「清靜亡（無）為，少耆欲，不汲汲於富貴，不戚戚於貧賤，不修廉隅以徼名當世。家產不過十金，乏無儋石之儲，晏如也」。看來揚雄受道家人生觀影響比別人更深。他的每一篇失志賦裏幾乎都在談損益、倚伏、盛衰等周流轉化的大道理，其意圖就是要使自己擺脫外物。東漢和帝以後，如張衡的《思玄賦》。它在發了一番憤世嫉俗的議論之後，就逐步歸入「默無為以凝志，與仁義乎逍遙」。他的《髑髏賦》則從莊周「以死為休息，生為役勞」觀點出發，假託與莊周的髑髏對話，表示要「合體自然，無情無慾」，皈依道家。這些都是歸入道家一途的例子。

東漢初至和帝初是漢代儒學發展的高峰期，故這時的失志賦多主儒家樂道安貧態度。例如班彪《北征賦》、《覽海賦》、班固《幽通賦》、《答賓戲》、崔駰《達旨》都是如此。以《幽通賦》最為典型。這篇賦本也是抒發失意之情的，卻批評起莊周和賈誼來：「周賈蕩而貢憤兮，齊死生與禍福。抗爽言以矯情兮，信畏犧而忌鵩。所貴聖人至論兮，順天性而斷誼。物有欲而不居兮，亦有惡而不避。守孔約而不貳兮，乃輶德而無累。」這就是樂道安貧與無為齊物的區別。

漢代是儒家思想占統治地位的時代，儒家思想必然要影響到每一個人的

行為和思想。特別是儒家那種積極用世的精神，更是在士人們頭腦中根深蒂固。所以儘管他們在走投無路時歸入無為齊物、樂道安貧，但他們的基本傾向是積極的。消極只是積極用世而不得時的產物。

第三，賢人們失志以後，往往把著書立說當作自己的精神寄託。純粹地用抽象的哲理來自我解脫，沉溺在虛幻的精神境界畢竟不能長久，一旦這種幻象消除，就必然會陷入更加空虛和痛苦的境地。著書立說乃是一種具有創造性的勞動，是作者思想的物質性外化形式。面對自己辛勤勞動的成果，他們會享受到一種收穫的喜悅，內心便會充實。漢代人繼承了春秋時「太上有立德，其次有立功，其次有立言」的古訓，把政治上的建功立業放在首位，把著書立說當作一條退途。所以士人要立志從事著述的時候，首先就得打消政治上進取的念頭；又因為政治上的成功與權位富貴利祿聯繫在一起，所以他們又得消除外界的物慾。這樣，對物質利益，就得采取消極無為的態度了。這是漢代的失志賦中多宣揚無為齊物的另一原因。消除了物慾，他們的精神包袱拋掉了，就會集中精力從事精神創造，這也是一種以無為促進有為的方法。董仲舒《士不遇賦》：「嗟天下之偕違兮，悵無與之偕返。孰若反身素業兮，莫隨世而輪轉。」他離官家居時，不關心家裏的產業，專門著書立說。司馬遷《悲士不遇賦》：「諒才韙而世戾，將逮死而長勤。」他的這種逮死長勤的精神使他寫成了不朽的《史記》。揚雄則專心從事他的《太玄》。不管別人怎樣譏笑嘲諷他，他都始終非常自信。《解難》說：《太玄》雖不能為一般人所理解，但「老聃有遺言，貴知我者希」。知識分子的精神勞動從來被人輕視，揚雄這樣做維護了自己的尊嚴，是很值得肯定的。他上承董仲舒、司馬遷等人，下對東漢文人賢士如桓譚、班固、王充、張衡都影響很深。班固的《答賓戲》委婉地批評了「著作者，前列之餘事耳」的流行觀點，對前人的發憤著書給予了充分的肯定：「近者陸子優游，《新語》以興；董生下帷，發藻儒林；劉向司籍，辨章舊聞；揚雄覃思，《法言》、《太玄》，皆及時君之門闈，究先聖之壺奧，婆娑乎術藝之場，休息乎篇籍之囿，以全其質，而發其文，用納乎聖德，烈炳乎後人。」這已離曹丕「文章者，經國之大業，不朽之盛事」的觀點只有咫尺之遙了。張衡的《應間》則對史官職事的偉大意義作了辨明，為他取得偉大的科學成就鋪平了道路。總而言之，這些人政治上的失意對他們本人是一種不幸，然而正因為這種不幸，才促使了他們走上了創造精神財富的道路，並為人類作出了不朽的貢獻，這不能不是不幸之大幸。

第四，賢人們實在仕途不通的時候，還有最後一條路，就是退隱。退隱也有兩種情況：一種叫做「朝隱」，一種叫做「歸隱」。「朝隱」是身雖在朝廷做官，但所作所為與政治關係不大，而且心欲無為，口將緘默，以全身避禍。例如張衡曾兩次當史官，他就把當史官稱之為「聊朝隱於柱史」(《應間》)。「歸隱」就是辭官不做，回鄉隱居了。如崔篆晚年就隱居滎陽，閉門讀書而終。歸隱也是對現實反抗的一種形式，但隱士生活卻同樣是十分痛苦的。《招隱士》所描繪的那種陰暗危險的山中生活就是隱士生活的真實寫照。董仲舒《士不遇賦》說：「將遠遊而終古⋯⋯懼荒途之難踐。」所以歸隱也須下很大的決心。而且士大夫多半把做官從政當作自己的天職，不到朝廷實在黑暗得不能共處是不會飛遁的。張衡的《歸田賦》就是這種情勢下的產物。當然，張衡是個達人，他善於從田園的自然風光中捕獲美感，通過自然美來洗滌內心的憂傷。賦中描繪田園風光的寧靜和諧，漁獵生活的悠然恬適，正是為了與官場的腐朽黑暗，仕宦生活的煩亂多禍作鮮明的對照，從而表示對官場仕宦生活的厭棄，對保全獨立人格的嚮往。士大歸隱後如能滿足基本的生活條件，他們都可不從事生產，而從事著書立說，述往事，思來者，以自娛志。

從上面的分析中我們可以看到漢代文人賢士鮮明的思想特色：以天下國家為己任，積極進取是其主流；他們對自己的時代認識得相當清楚，甚至對封建專制制度壓抑人才的本質也有所認識，頭腦是相當清醒的；他們抱著一定的政治理想，願意與統治階級合作，以實現自己的主張，但他們又不把合作等同於出賣原則，一旦在原則上同統治者發生敵對，他們就表示出不合作的態度，即使陷入困境也不後悔；對惡勢力他們都表示厭惡，痛恨，內心常有一種不可遏止的憤世嫉俗之情。這些顯然對先秦時代屈原等賢士的品格有所繼承，對後世的影響也是極其深遠的。總而言之，漢代的「賢人失志之賦」內容十分豐富，它們是文學史特別是辭賦發展史上不可忽視的一部分。

原載《中國文學研究》1987 年第 3 期

從「風」與「勸」的問題
看漢大賦的發展趨勢

　　從西漢的賦家揚雄開始，就認為漢大賦存在著「風一勸百」的缺點，一直到現在，很多文學史研究者也都還這麼看，並且推而廣之，認為這是漢大賦中普遍存在的問題。說漢大賦存在著「風」與「勸」的矛盾，自古至今實際上都是用的傳統的儒家政治功利主義文學觀作為衡量尺度，而這個尺度本身就是值得懷疑的，因此結論的正確與否自然也就值得懷疑。然而，從今天的文學觀來考察，所謂「風」與「勸」的矛盾問題實際上又是作家的創作動機與作品的客觀效果的矛盾問題。漢大賦的創作動機和效果是否都做到了統一呢？這個問題是值得研究的。這裡，我們只有對漢大賦作歷史的實事求是的考察，才能作出比較接近科學的結論。我個人考察的結果，認為漢大賦的作者在創作某些作品時，確實抱有過「風」的動機，但所持的觀點是不一樣的。西漢文、景、武帝之世的作家雖然也「風」，但立場並不同於儒者，他們的動機和效果並不矛盾，相反地倒是和諧的統一的。揚雄以儒家的政治功利主義文學觀來考察前人的賦作，認為充滿了動機與效果之間的矛盾；用來指導自己的創作，更是矛盾重重。揚雄以後，班固一面反對揚雄的批評，一面又有意識地避免矛盾。在他的賦作中矛盾初步得到了克服。但又把大賦導向了脫離文學軌道的方向。到張衡遂力不能救。

一

　　通過文學作品來達到「風諭」目的，《詩經》中就已有此觀點。《詩經·陳風·墓門》「夫也不良，歌以訊之」，《魏風·葛屨》「維是褊心，是以為刺」，

《小雅‧節南山》「家父作誦，以究王訩」，《大雅‧民勞》「王欲玉汝，是用大諫」等等，都是。後來，儒者說詩，便推廣開去，專持「美」、「刺」二端。無論今存的三家詩遺說，還是毛詩，說法雖異，指歸卻同。它代表了有漢一代對文學功用的主要看法。漢代的賦家受這種觀念的影響，也是自然的。但是，對於漢初文、景、武之世的賦家，我們卻不要把他們和經學家等同起來。他們雖然也在一定程度上接受了作賦欲諷的觀念，但當他們具體做起來時，用什麼樣的理論去諷，又是值得深究的。現在大家都認識到了漢初賦家受戰國縱橫家影響甚深。從大賦鋪張揚厲的文風和循循善誘的說服方式來看，的確如此。然而，從作品中所持的觀點來看，也不能全把賦家當縱橫家看待。漢初是一個各種思想、各種流派並存的時代，賦作中也常反映出各種不同觀點。

從今存的有關資料看，自漢初至武、宣，大賦的創作數量是相當可觀的。據班固說，到成帝時，「論而錄之，蓋奏御者千有餘篇」（《兩都賦序》）。其內容，大致可分兩類：一類是純粹「宣上德」的頌歌，像枚皋、王褒等人的作品。這類作品的主旨是不究自明的。一類是「通諷諭」的作品，今存的枚乘的《七發》，司馬相如的《子虛》、《上林》、《大人賦》是其代表。而這些作品也常被當作「風一勸百」的典型。如果我們像上文所述的那樣把枚乘、司馬相如等賦家所持的觀點作一番歷史的考察，也許會得出不同的結論。

我們先看《七發》。劉勰說：「及枚乘摛豔，首制《七發》，腴辭雲構，誇麗風駭。蓋七竅所發，發乎嗜欲，始邪末正，所以戒膏粱弟子也。」（《文心雕龍‧雜文》）這裡姑不論「戒膏粱弟子」的說法是否合適，值得注意的是他說這篇賦是「始邪末正」。「始邪末正」與「風一勸百」是同一個意思。它是說吳客用來啟發楚太子的前六事都只是有勸無諷，是邪道，末尾「敘賢，歸以儒道」（《雜文》），才算歸入正道以諷。劉勰的說法有沒有道理呢？你看，《七發》一開始就借吳客之口說出：「縱耳目之慾，恣支體之安者，傷血脈之和。且出夫輿入輦，命曰蹶痿之機；洞房清宮，命曰寒熱之媒；皓齒蛾眉，命曰伐性之斧；甘脆肥膿，命曰腐腸之藥。」這對「耳目之慾」顯然是持批判態度的。但下面，他卻馬上用音樂、飲食、車馬馳騁、遊觀聲伎之樂來啟發太子，這還不是欲諷反勸嗎？這樣看來，劉勰之說，不為無理。

然而，《七發》卻稱下面六事為「要言妙道」。剛講完「縱耳目之慾」有害，立即又把它稱為「要言妙道」大加宣揚，不顯得太健忘，太出爾反爾嗎？真是匪夷所思！我覺得這裡面有些奧秘值得進一步研究。

前人都已注意到《七發》中「縱耳目之慾」云云的話，來自《呂氏春秋・本生篇》，但沒有人進一步去弄清《本生篇》對「耳目之慾」的真正態度。《本生篇》的思想來自《老子》。《老子》第十二章說：「五色令人目盲，五音令人耳聾，五味令人口爽，馳騁田獵令人心發狂，難得之貨令人行妨。是以聖人之治也，為腹不為目，故去彼取此。」這對慾望採取的是絕對否定態度。《呂氏春秋》是一本綜貫儒、道、名、法、墨、兵、農諸家思想的著作，它雖然也繼承了老子反對耳目之慾的思想，但它又接受了儒家「食色性也」的觀點，甚至接受了楊朱一派縱慾的觀點而加以折衷，因而構成了既不同於老，又不同於楊，還不同於儒的情慾觀。它認為人有情感，貪慾是生性如此。《情慾》說：「天生人而使有貪有慾，……故耳之慾五聲，目之慾五色，口之慾五味，情也。此三者，貴賤愚智賢不肖慾之若一，雖神農黃帝，其與桀紂同。」情慾既然是一種普遍的人性，那麼人們想使自己的生活過得好一些，就是合理的，正當的，聖賢也是如此。只是他們善於調節和提高罷了。《本生》說：「聖人之於聲色滋味也，利於性則取之，害於性則捨之，此全性之道也。」《貴生》說：「所謂全生者，六慾皆得其宜也。」枚乘《七發》結尾說「將為太子奏方術之士有資略者，若莊周、魏牟、楊朱、墨翟、便蜎、詹何之倫，使之論天下之精微，理萬物之是非，孔、老覽觀，孟子籌之，萬不失一。此亦天下要言妙道也」云云，表明它正是用的《呂氏春秋》那種綜貫百家的思想來作為勸誡太子的指導思想，而所謂「要言妙道」者，乃是指的折衷百家的「全性」思想，非劉勰所謂「敘賢，歸以儒道」也。在枚乘看來，同是「耳目之慾」，他所批判的是不利於性的，他所宣揚的是利於性的，二者看似相同，其實於性之功用有異，所以取捨不同。由此看來，所謂「始邪末正」，豈不是誣枉枚生麼？

　　當然，《七發》也有縱橫家那種鋪張揚厲、循循善誘的遺風在。它寫音樂、飲食、車馬馳騁、遊觀聲伎、田獵、觀濤這些東西，都是濃墨重彩，極盡鋪陳之能事，乍一看，似乎同他前面所批判的「耳目之慾」、「支體之安」自相矛盾，其實兩者的區別只有「利於性」或「害於性」而已。讀者仔細研究一下，就會發現，它所寫的「天下之至悲」的音樂，「一啜而散」、「如湯沃雪」的飲食，爭逐千里的車馬馳騁等等，大體上還是從「利於性」的原則取材的。吳客說前數事皆不能起太子，直到講田獵、觀濤、要言妙道時，太子才由有起色乃至霍然病已，也不過故作波瀾使文章跌宕曲折，以體現吳客的循循善誘罷了。總之，我們如果瞭解了枚乘所持的情慾觀，對這篇作品，就應該承認其

動機和效果基本上是一致的，不矛盾的。也正是由於枚乘所持的是這樣一種情慾觀，他才能放開手腳，鋪排描繪無所顧忌，在藝術上達到較高的境界。

對司馬相如的《子虛》、《上林》，司馬遷就曾提出批評：「無是公言天子上林廣大，山穀水泉萬物，及子虛言楚雲夢所有甚眾，侈靡過其實，且非義理所尚，故刪取其要，歸正道而論之。」（《史記·司馬相如列傳》）然而他又替相如辯護說：「《春秋》推見至隱，《易》本隱之以顯，《大雅》言王公大人而德逮黎庶，《小雅》譏小己之得失，其流及上。所以言雖外殊，其合德一也。相如雖多虛辭濫說，然其要歸引之節儉，此與《詩》之風諫何異！」（《史記·司馬相如列傳》）很顯然，他是用歷史學家的眼光來看待相如的作品的，從史家的尚實精神出發，他認為相如多「虛辭濫說」；從史家的批判精神出發，他對相如的「要歸引之節儉」表示稱許。可見他對相如並不苛求。到揚雄，看法就大不一樣了，他「以為靡麗之賦，勸百風一，猶馳騁鄭衛之聲，曲終奏雅」，對相如就完全否定了。其實，不管是司馬遷還是揚雄，都是從自己的觀念出發的，究之相如，未必如此。《上林》的結尾雖有諷的意思，然而它不是由作者之口說出，而是化為天子自己的感悟和行動，說「天子芒然而思，似若有亡，曰：『嗟乎，此大奢侈。』」「於是乃解酒罷獵而命有司……從倉廩救貧窮，補不足，恤鰥寡，存孤獨，出德號，省刑罰，改制度，易服色，革正朔，與天下為更始」。這樣，就塑造了一位能奢極知返的理想君主形象。聯繫上文，我們即可知道，這篇賦的本意是既頌揚天子的上林壯麗雄偉，遊獵之動人心魄，又頌揚天子本人的仁慈聖哲，前後是有機地統一的。當然說天子的形象有諷諭意義也是可以的，那就是他要通過作品中奢極知返的天子形象來教育現實中的漢武帝，以達到諷諭目的，但不能獨獨把後面有諷諭意義的部分從全文中割裂開來，當作諫書看待。把文學作品當諫書恐怕不是司馬相如的本意。他如果要諫，就可直接上書。《史記》本傳說他「嘗從上至長楊獵。是時，天子方好自擊熊豕，馳逐野獸，相如因上疏諫」，就是明證。

《大人賦》是後世議論最多的所謂「風一勸百」的典型。揚雄和王充都曾專門論及此賦，後世舉「風一勸百」的例子，也都舉它。然考之《史記》，卻是如此說：

> 相如見上好仙道，因曰：「上林之事未足美也，尚有靡者。臣嘗為《大人賦》，未就，請具而奏之。」相如以為列仙之傳居山澤間，形容甚臞，此非帝王之仙意也，乃遂就《大人賦》。其辭曰：

「……。」相如既奏《大人之頌》，天子大說，飄飄有凌雲之氣，
似遊天地之間意。

司馬遷對《子虛》、《上林》有微辭，而對這篇《大人之頌》，反毫無批評之意，
豈不怪哉！原來他對此賦主旨的理解與揚雄是不一樣的。他看了司馬相如的
本意並不是反對好仙道，只是帝王之仙意不應當「形容甚臞」，即因好仙而影
響身體，所以他要勸武帝更超脫一些，能做到「必長生若此而不死兮，雖濟
萬世不足以喜」（《大人賦》），武帝看了，果然飄飄然有凌雲之志，心胸寬闊
多了。如果說這篇賦有諷諫目的的話，那就是因勢利導地把漢武帝好仙的境
界更向前提高一步。所以《西京雜記》卷三記此事說：「相如將獻賦，不知所
為。夢一黃衣翁謂之曰：『可為《大人賦》。』遂作《大人賦》，言神仙之事以
獻之。賜錦四匹。」乾脆說相如言神仙之事而不說諷諫，事雖不經，卻也代表
了對作賦目的的不同理解。

《史記索隱述贊》說：「相如縱誕，竊貲卓氏，其學無方，其才足倚。」
可見司馬相如是個浪漫氣很濃的文士，他為學無方，思想不拘一格，從他上
《封禪文》看，他不反對好仙道是完全可能的。《西京雜記》卷二記載說：「司
馬相如為《上林》、《子虛》賦，意思蕭散，不復與外事相關，控引天地，錯綜
古今；忽然如睡，煥然而興，幾百日而後成。其友人盛覽……嘗問以作賦，相
如曰：『合綦組以成文，列錦繡而為質，一經一緯，一宮一商，此賦之跡也。
賦家之心，苞括宇宙，總覽人物，斯乃得之於內，不可得而傳。」由於他作賦
乃是從所謂「賦家之心」出發，較少地受諷諭勸誡的功利目的的捆縛，因而
較多地注意形象思維，注意賦的文采和音樂特質。所以能自然裕如，自在流
出。魯迅說：「蓋相如嘗從胡安受經，故少以文詞遊宦，而晚年終奏封禪之禮
矣。……然其專長，終在辭賦，製作雖甚遲緩，而不師故轍，自擅妙才，廣博
閎麗，卓絕漢代，明王世貞評《子虛》、《上林》，以為材其富，辭極麗，運筆
極古雅，精神極流動……其為歷代評騭家所傾倒，可謂至矣。」（《漢文學史
綱要》）相如，是個真正從文學要求出發從事創作的文學家，如果拿傳統的儒
家政治功利主義尺度去衡量他的作品，那是格格難入的。

二

相對於枚乘、司馬相如等人，揚雄的思想就大不一樣了。揚雄在自然觀、
人生觀方面受老莊影響，在政治觀上卻以正統的儒者自命。在文學觀上，他

是個狹隘的政治功利主義者。他和一般說詩的儒者不同。一般儒者說詩尚既肯定詩的諷諭作用，又肯定詩的美頌作用，揚雄則只肯定諷諭一途了。由於他把作賦的目的完全歸於諷諫，因此當他用這把尺子來衡量宋玉、枚乘、司馬相如等賦家前輩時，他就覺得他們離諷諭的要求實在是太遠了。於是賜給他們一個頗有貶意的謚號：「辭人」。本來，揚雄對辭賦的文學特質也是頗為注意的，他稱「詩人之賦麗以則，辭人之賦麗以淫」，儘管「則」與「淫」有別，但終歸還是要「麗」。他既然不反對「麗」，自然也就得按「麗」這一重要的文學特質去創作，因而他寫出的就只能是文學作品，讀者閱讀的時候也就只能按審美規律去感知。可是，這麼一來，當揚雄回過頭來用自己事先確立好的諷諫標準來檢驗它的客觀效果的時候，他就不能不大吃一驚，發現自己竟受了買櫝還珠式的嘲弄！於是他激憤地說，作賦乃是「童子雕蟲篆刻」，華麗的文辭是「女工之蠹」，作賦與孔門是不相容的：「如孔氏之門用賦也，則賈誼升堂，相如入室矣，如其不用何！」（均見《法言·吾子》）揚雄的激憤之辭無意中道出了一個真理：文學創作有它自身的獨特審美規律，它與狹隘的政治功利主義要求是不相容的。揚雄堅定的儒家立場使他不可能認清這一點，最後他只好宣布對文學創作喪失信心，棄而不為了。

揚雄獻賦的動機和司馬相如也不同。司馬相如往往是自己先有作品，君主索取，他才獻，並不一定要跟著君主轉。揚雄作賦，是典型的「合為事而作」，每逢君主有什麼活動，舉措不當，揚雄就作一篇賦獻上去，進行諷諫，這已經是把賦純粹當諫書用了。《漢書·揚雄傳》說：漢成帝打獵，他作《羽獵賦》「以風」；漢成帝在射熊館「將大誇胡人以多禽獸」，他就上《長楊賦》以諷，連漢成帝「郊祀甘泉泰畤，汾陰后土，以求繼嗣」，他也作《甘泉賦》「以風」！誠然，揚雄反對奢侈，主張不擾民，動機是好的。但他要把自己的意見表達出來，就得有膽量直指當政者之非，可是他那和光同塵的人生態度又決定了他不可能有這種勇氣和膽量。這樣，他的諷諭要求就無形中成了捆縛自己手腳的繩索，他不能不帶著桎梏作文了。

揚雄的諷諭常常採取這樣一些手法：（一）把事物描繪到極致以顯示諷諭。《甘泉賦》運用超現實的手法，把甘泉宮描繪得比仙宮還要美，連仙人徼僑和偓佺到此，也「猶彷彿其若夢」。王充說：「孝成皇帝好廣宮室，揚子雲上《甘泉頌》，妙稱神怪，若曰非人力所能為，鬼神力乃可成。皇帝不覺，為之不止。」（《論衡·譴告》）這樣的用意的確是迂曲的。況且，據揚雄本傳說，

這篇賦本是針對漢成帝郊祀甘泉泰畤，汾陰后土，以求繼嗣而加以諷諭的，賦的「亂曰」也提到「聖皇穆穆，信厥對兮。來祗郊禮，神所依兮。徘徊招搖，靈迉迡兮。光輝炫耀，降厥福兮。子子孫孫，長無極兮」，可見《漢書》本傳說得不差，據此，這篇賦的主旨就應當是頌揚天子郊祀求嗣之盛舉，而又突然插入一個諷諫甘泉宮之建耗費民力的意思，真是牛頭不對馬嘴了。（二）在賦中隨處插入有諷諫意思的詞句。如《甘泉賦》中寫到甘泉宮的雄偉華麗時就插入這麼兩句：「襲璇室與傾宮兮，若登高眺遠，亡國肅乎臨淵。」服虔曰：「襲，繼也。桀作璇室，紂作傾宮，以此微諫也。」應劭說：「登高遠望，當以亡國為戒，若臨深淵也。」寫到天子禮神時又插入這麼兩句：「想西王母欣然而上壽兮，屏玉女而卻宓妃。」李善注：「言既臻西極，故想王母而上壽，乃悟好色之敗德，故屏除玉女，而及宓妃，亦以此微諫也。」（以上均見《文選》注）如服虔、應劭、李善等人的理解不差，則揚雄為了達到頌中有諫的目的，簡直是見縫插針，挖空心思了。（三）以正說反聽為諷諫。《長楊賦》，《漢書》本傳是說為了諷諫漢成帝在長楊宮射熊館「縱獸其中，令胡人手搏之，自取其獲，上親臨觀焉」的事，賦中假設子墨客卿和翰林主人的對話。子墨客卿認為「此天下之窮覽極觀也，雖然，亦頗擾於農人。三旬有餘，其廑至矣，而功不圖」云云，已經代表了作者對這件事的反對態度。然而作者卻又讓翰林主人一本正經地進行辯護，說「今朝廷純仁，尊道顯義，並包書林，聖風雲靡，英華沉浮，洋溢八區，普天所覆，莫不沾濡……振師五柞，司馬長楊……亦所以奉太尊之烈，遵文武之度」，並說「客徒愛胡人之獲我禽獸，曾不知我亦已獲其王侯」。這些辯護詞無疑是要達到正說反聽的目的。但他又說得那樣懇切，那樣理由充分，振振有詞，如果作者不事先告訴聽者這是諷諭之言，要認識到這是正言若反，何其難也！諷諫的效果既然收不到，剩下的就只是自己打嘴巴了。

揚雄的時代是西漢王朝已經走向陵替衰微、弊端百出的時代，而揚雄卻是一個有一定事業心和正義感的人，想隨時站出來批評朝政，甚至為民請命，因而他只肯定賦的政治諷諭作用而排斥歌頌作用。這一點是應當給予充分的理解的。但是他把文學作品當諫書，是違背文學本身的規律的。這不僅使自己陷入了苦惱，而且也把大賦的創作引入了迷途。今天還有人認為揚雄這樣做是為了反對漢賦創作中的形式主義傾向，而主張文學應當反映社會生活，應當將思想性與藝術性統一起來。這種說法一方面拔高了揚雄，另一方面卻

又貶低了漢賦的價值，是值得商榷的。當然，如果我們撇開揚雄的諷諭動機
而論他的作品，由於他還在一定程度上尊重形象思維，尊重文學的特質，可
肯定之處還是甚多的。不過，這已經超過本文討論的範圍了。

三

班固對揚雄片面強調賦的諷諭功能進行了批評。他從統治階級的實際需
要出發，肯定了歌頌和諷諭具有同等價值，同樣是「雅頌之亞」。他的觀點較
揚雄全面多了。但是，班固既然也肯定諷諭的政治功用，他就很難擺脫揚雄
「風一勸百」說的影響，當創作涉及到諷諭之旨時，他就極力避免這一矛盾
的產生。從《兩都賦》來看，他主要採取了這麼一些補救措施：

第一，加序言說明作賦之主旨。關於作賦加序之例，王芑孫說：「（《文選》
所選）西漢賦七篇，中間有序者五篇：《甘泉》、《長門》、《羽獵》、《長楊》、
《鵬鳥》，其題作序者，皆後人加之，故即錄史傳以著其所由作，非序也。自
序之作，始於東京。」（《讀賦卮言》）作賦加自序的方法起於東漢，雖不一定
都是為了避免作品主旨為人誤解，避免「風一勸百」作用的發生，但班固運
用這一方法顯然有此用意。《兩都賦序》說：「臣竊見海內清平，朝廷無事，京
師修宮室，濬城隍，起苑囿，以備制度。西土耆老，咸懷怨思，冀上之眷顧，
而盛稱長安舊制，有陋雒邑之議。故臣作《兩都賦》，以極眾人之所眩曜，折
以今之法度。」這已明確告訴讀者，這篇賦是針對反對建都洛陽而作的；賦
中寫了長安的繁華昌盛，並不是讚美長安，而只是「極眾人之所眩曜」，即把
「西土耆老」所緬懷的昔日長安的繁盛景象推向極致，以證明充其量也不過
如此，然後以東京之合乎法度折服他們。這不僅把作賦的主旨，而且把作賦
的先揚後抑、欲擒故縱的方法也合盤向讀者交底了。

第二，班固雖宣稱要「極眾人之所眩曜」，卻儘量使描寫徵實化，他自己
也稱讚《兩都賦》「義正於揚雄，事實於相如」，足見他是有意這樣做。的確，
在《兩都賦》中，我們看不到《子虛》、《上林》那種「虛辭濫說」，也看不到
《甘泉賦》那種超現實、驚鬼神的描繪了。班固賦中也很少見到那種抽象奇
譎的形容詞，鋪排渲染也都有限度、有分寸了。這一切，無非是為了避免過
分渲染會造成諷一勸百的效果。

第三，加強賦中的議論成分，通過議論正面突出諷諭的主旨。《西都賦》
寫長安以鋪排為主，《東都賦》則以夾敘夾議的手法，先批評眩曜長安之壯麗

乃是秦人「矜誇館室」之陋習，指明建都長安不過是權宜之計。這樣就把《西都》中的描繪一筆勾倒了。接著又描述東京一切制度之合禮，鮮明地表現出對東都的肯定態度，最後還要進一步把西都同東都進行對比：

> 且夫僻界西戎，險阻四塞，修其防禦，孰與處乎土中，平夷洞達，萬方輻湊？秦嶺九峻，涇渭之川，曷若四瀆五嶽，帶河泝洛，圖書之淵？建章甘泉，館御列仙，孰與靈臺明堂，統和天人？太液昆明，鳥獸之囿，曷若辟雍海流，道德之富？遊俠踰侈，犯義侵禮，孰與同履法度，翼翼濟濟也？子徒習秦阿房之造天，而不知京洛之有制也；識函谷之可關，而不知王者之無外也。

通過對比，作者的傾向性就不容置疑了。

第四，在選材上，班固也下了一番工夫。他寫長安，重點選擇未央宮和建章宮，而寫未央宮又特別突出漢成帝為寵妃趙飛燕建的昭陽殿，寫建章宮則特別突出武帝經意的太液池中的瀛洲、方壺、蓬萊。這樣，對漢武帝和成帝淫靡奢侈的貶抑態度就寓含其中了。寫洛陽，他則重點選擇那些合乎「王制」、「風雅」的制度、典禮、明堂、靈臺、辟雍等來寫，以表明對它的褒揚態度。

班固通過多方努力，賦中的諷諭主旨和它客觀效果的確是臻於統一了。能做到這一步，確是不容易的，班固的探索精神是值得肯定的。然而，也應當看到，班固的努力是建立在使文學適應他所持的政治功利主義目的的。為了達到這一目的，他不得不犧牲文學，使文學朝著脫離自身的發展軌道向政治功利主義靠攏。他那種由作者自己直接指點作品主旨的做法，顯然使作品失去了它應有的內涵豐富、耐人尋味的效果。恩格斯說過：「傾向應當從場面和情節中自然而然地流露出來，而不應當特別把它指點出來。」（《致敏·考茨基》）「作品的見解愈隱蔽，對藝術作品來說就愈好。」（《致瑪·哈克奈斯》）大賦雖不同於小說，但它卻偏重於對場面、事物形貌作客觀的描寫，以它獨有的崇高壯美打動讀者，如果給讀者一個先入為主的觀念，它的審美效果就會遭到削弱。班固的徵實觀點在理論上是用生活真實取代藝術真實，在實踐上相對於枚乘、司馬相如、揚雄等是一種倒退。儘管班固的作品裏仍不乏想像、虛構（左思《三都賦序》說「班固賦《西都》而歎以出比目……侈言無驗」即是），讀來也文采斐然，不乏氣勢，但畢竟開了一個不好的端。後來左思主張「美物者貴依其本，贊事者宜本其實」，主張「歸諸訓詁」，使大賦創作

等於地理名物著作，其源即始於此。在賦的結構方面，主客問答的形式自枚乘、司馬相如以來已趨向程式化，揚雄《甘泉》、《羽獵》、《河東》等都不用這種結構，以求賦的形式變得靈活而富於變化。班固為了達到便於議論的目的又採用了這種結構，相對揚雄不能不是一種退步。在題材方面，班固以京都為題材，對大賦題材無疑是一種開拓。但這也有一個弊端，即它不得不在賦中描繪較多的場面、事物以顯示京都之壯觀。這樣一來，他就不能不對場面和事物只作概括的粗線條的勾畫，不能發揮賦多角度地對事物精雕細刻的特長。如果精雕細刻，勢必使篇幅龐大臃腫。

據說張衡看到班固《兩都賦》，薄而陋之。於是花了十年時間，殫精竭慮，作《兩京賦》，以求超過班固。從反映生活的廣度，批評現實態度的鮮明，具體描繪的細緻生動等方面看，比班固是有所前進的。從對作賦目的認識看，他和班固是不同的。班固主張賦可以有諷有頌，張衡則只肯定諷。《東京賦》說：「相如壯上林之觀，揚雄騁羽獵之辭，雖系以隤牆填塹，亂以收置解罘，卒無補於風規，祇以昭其愆尤。」這裡他從文學的辭采方面批評了揚雄，而在文學的功利觀上卻又回到了揚雄。這顯然又是為了反對「風一勸百」而提出的作賦主張。平心而論，張衡在其所處的東漢後期那黑暗的時代，提出這種主張是有積極意義的。然而，從文學本身的要求看，拋棄了它的美學特質，它還剩下些什麼呢？張衡一方面堅持作賦以諷的觀點，於是在《東京賦》中長篇大議，把形象思維變成抽象的說教以突出諷諭之主旨；一方面又沿襲了班固以京都為題材的老路子，特別是企圖對班固的思路只作某些修正來趕超班固，於是把筆觸伸得很寬，簡直鉅細不遺。為了救班固描繪粗疏概括之病，又轉而極力精雕細刻，於是篇幅規模不得不膨脹，終於形成了所謂「長篇之極軌」。老實說，《兩京賦》雖然在某些方面佳處不少，但在藝術上已陷入了不能拔救的困境。張衡以後，大賦的衰微陵替也就是自然而然的了。

縱觀兩漢大賦發展的道路，我們可以清楚地看到，漢初至武、宣，由於思想比較自由，不拘一格，賦作較少受到純政治功利目的的限制而較多地注意了藝術方面的要求，因而產生了一些質量較高的作品。揚雄以後，大賦創作雖然在某些方面有所進步，有所發展，但總的趨勢卻是在退步。退步的原因可能有多種，如社會政治經濟的變化，大賦形式本身的侷限，文人創作的模擬習氣的影響等等，但根本原因在於它愈來愈為狹隘的政治功利主義文學觀所捆縛。這種文學觀要求文學犧牲自己去適應政治諷諭目的，它窒息了作

家的藝術想像力，捆住了他們的手腳，要求他們背離形象思維的特點轉向抽象說教。它使作家只能在合乎政治諷諭要求的範圍內取材。這就大大地限制了大賦的題材範圍，使大賦題材逐漸走向枯竭。大賦重在以客觀描繪為主，它和議論結合的道路是走不通的。所以建安作家便逐漸轉向把客觀描繪與抒情言志結合起來，到劉勰，進一步作出了理論概括，他說：「原夫登高之旨，蓋睹物興情。情以物興，故義必明雅；物以情觀，故詞必巧麗。麗詞雅義，符采相勝，如組織之品朱紫，畫繪之著玄黃，文雖新而有質，色雖糅而有本，此立賦之大體也。」（《文心雕龍‧詮賦》）他把客觀描繪與抒情言志結合起來看成是「立賦之大體」，正是根據賦的基本發展方向作出的判斷和結論。

原載《中國韻文學刊》1988 年第 2、3 期